Hans Ernst

Der große Heimweg

Hans Ernst

Der große Heimweg

Roman

rosenheimer

5., überarbeitete Auflage 1999

Titelbild: Michael Wolf, München
Satz: Buch-Werkstatt GmbH, Bad Aibling
Druck und Bindung: Ebner Ulm
Printed in Germany

ISBN 3-475-52258-6

1

Der Abend dämmert schon, als der Jäger Franz Goreiter vom Kar herunter auf die Rumboldalm zukommt. Die Hütte liegt in einer kleinen Mulde und ist auf der Nord- und Westseite von alten Bäumen umgeben. Nur nach den Bergen hin und ins Tal hinunter ist der Blick frei. Barbara Rumbold, die achtzehnjährige Bauerntochter, kann also den Jäger schon früh genug sehen; sie braucht nicht mehr rot zu werden, wenn er kommt, und kann ihre leise Erregung im Zaum halten. Der Jäger kommt jetzt seit einem Vierteljahr in regelmäßigen Abständen, ein geduldiger, friedfertiger Mensch, der fast demütig um ihre Liebe wirbt wie jemand, der warten kann.

Von einem zum anderen Mal hat Barbara, die von allen immer nur Babsi genannt wird, ihre Liebe zu dem Jäger entdeckt. Er ist älter als sie, reifer und vom Schicksal bereits einmal geschlagen. Vierundzwanzig Jahre ist er alt, der Jäger Franz Goreiter, und wenn er am Wochenende ins Tal hinuntergeht, nimmt er jedes Mal Almblumen mit und legt sie auf das Grab seiner Silvia, die ihm vor eineinhalb Jahren bei der Geburt des gemeinsamen Kindes gestorben ist.

Zwei Sträußlein Almrosen. Eins für die tote Silvia, eins für die Barbara, das an einer Schnur am Riemen seines Rucksacks baumelt. So macht er manchmal gleich einen weiten Sprung, einen größeren Absatz hinunter, als könne er gar nicht schnell genug ans Ziel gelangen.

Die Barbara sieht ihn von dem kleinen Fenster aus. Sie hat gerade gewaschen, sich das Haar aufgesteckt und hat sich umgezogen. Jetzt tritt sie heraus und schaut ihm entgegen. In ihren hellen Augen leuchtet die Freude, ihr etwas herber Mund öffnet sich zu einem Lächeln. Das Almfeld, auf dem die Kühe weiden, ist schon vom Schatten verdunkelt. Nur etwas weiter drüben, auf dem Grünetzerhang, bleibt noch ein kleiner sonniger Abglanz des zur Ruhe gehenden Tages.

Der Jäger öffnet jetzt die Gartentür und schließt sie wieder hinter sich. Die Barbara geht auf ihn zu. »Grüß dich, Franz!«

»Grüß dich, Babsi!«

Sie fasst vertrauensvoll seine Hand und geht langsam mit ihm zur Hütte. Das hat sie noch nie getan. Er ist diesmal über Gebühr lange ausgeblieben, fast vierzehn Tage, und in dieser langen Zeit hat Barbara viel nachgedacht. So viel zumindest, dass das Eis in ihr gebrochen zu sein scheint. Der Jäger merkt das ganz deutlich, er sieht es an ihrem leuchtenden Blick, spürt es an der Heftigkeit, mit der sie seinen Arm drückt, und an der Bereitwilligkeit, mit der sie ihm in der Hütte gleich das Gewehr abnimmt und ihn zum Hinsetzen einlädt.

»Jetzt wirst du Hunger haben«, sagt sie und eilt in die kleine Kammer, die hinter dem Wohnzimmer liegt. Gleich darauf kommt sie zurück mit Butter, Milch und Schwarzbrot.

»Oder hättest du lieber was Warmes gehabt?«, fragt sie diensteifrig wie eine Frau, die es um alles in der Welt ihrem Mann recht machen will.

»Aber nein, Babsi. Mach dir doch keine Umstände«, wehrt er ab. »Mir wäre es bloß lieber, wenn du mitessen würdest, weil es mir dann besser schmeckte.«

»Und ob ich mithalte! Ich hab einen Hunger wie selten sonst.«

Das hört sich gerade so an, als möchte sie damit eingestehen, dass sie sehnlichst auf ihn gewartet hat.

Ja, es ist etwas anders heute. Es ist eine so beschwingte

Heiterkeit in ihr. Obwohl es schon duster wird in der Hütte, meint der Jäger, er befinde sich in einem erleuchteten Raum. Wärme und Behaglichkeit umgeben ihn, eine unaufdringliche Zärtlichkeit weht ihn an. Immer wieder trifft ihn ihr fragender Blick und dann sagt sie auf einmal: »Jetzt bist aber lang nimmer gekommen, Franz.«

Sie hat ihn beim Vornamen genannt. Hinter ihrer Frage steht forschend ihr Blick, der auf seine Augen gerichtet ist. Aber er braucht ihrem Blick nicht auszuweichen, er braucht nicht zu lügen, denn er hat tatsächlich einen anstrengenden Dienst gehabt und an seinem freien Wochenende hatte er unten im Dorf so viel zu erledigen, dass es ihm mit dem besten Willen nicht möglich war ein paar Stunden für die Rumboldalm abzuzweigen.

Langsam legt er das Messer weg, nimmt einen Schluck Milch. »Hat dir mein langes Wegbleiben denn Leid getan, Babsi?«

»Der Strauß!«, besinnt sie sich plötzlich. »Ich muss ja deinen Almrausch noch ins Wasser stellen! Dank dir übrigens schön dafür, Franz – aber iss doch, du kannst ja noch nicht satt sein.«

»Doch, Babsi, ich bin satt.« Er lehnt sich zurück und nimmt eine filterlose Zigarette aus seinem Etui. Nachdem er sie angezündet hat, fährt er fort: »Ich hab so viel zu laufen gehabt an meinem letzten freien Tag, dass mir einfach die Zeit nimmer gelangt hat da raufzukommen.«

Barbara hat nun das Gesicht in die eine Hand gestützt, mit dem Zeigefinger der anderen zeichnet sie mit etwas Milch, die sie auf der Tischplatte verschüttet hat, merkwürdige Figuren. Zuerst einen leichten Bogen nach links, unten eine Spitze, dann wieder einen leichten Bogen nach rechts hinauf und schließlich ist es ein Herz.

»Am Sonntag hast doch frei gehabt?«, forscht sie ohne ihn anzublicken.

»Ja, aber am Samstag Abend bin ich schon hinunter.«

»Am Sonntag war aber doch Tanz beim Oktoberwirt.«

Der Jäger bläst den Zigarettenrauch von seinem Gesicht weg und fasst über den Tisch nach ihrer Hand. »Meinst du, dass mir jetzt schon nach Tanzen zumute ist?«

Plötzlich steht eine scharfe Falte zwischen ihren Brauen. Es ist auf einmal sehr still im Raum. Nur die Kuckucksuhr hört man eilfertig ticken und einmal vernimmt man den Klang einer Kuhglocke vom Almgrund herauf. In diese Stille hinein sagt die Barbara, mit etwas sprödem Klang in der Stimme: »Wie viele Jahre musst du eigentlich noch trauern um die Silvia?«

Sofort zieht er seine Hand zurück. Diese schroffe Frage macht ihn betroffen und glücklich zugleich, denn im Unterton klang etwas mit wie Eifersucht. Er zieht heftig an seiner Zigarette, aber sie ist bald aufgeraucht. »Das hat mit Silvia gar nichts zu tun, Babsi«, sagt er dann. »Wenn es nach ihr gegangen wär, hätt ich kein Vierteljahr zu trauern brauchen und hätt meine Hand schon lange nach einem neuen Glück ausstrecken dürfen. Am Sterbebett hat sie mir noch gesagt: Musst wohl bald wieder heiraten, Franz. Aber schau weniger auf dich, sondern mehr aufs Kind, dass es eine anständige Mutter kriegt.«

»Ach ja, dein Sohn«, seufzt die Barbara und ist schon wieder ganz versöhnt. »Der kleine Klausi. Wie geht's ihm denn?«

Sein Gesicht hellt sich sofort auf. Sie hat nach dem Büberl gefragt, das ist wie Balsam auf eine Wunde. »Der Klausi, na ja, das ist mein Kummer gewesen! Von der Frau Schreiner, wo er in Pflege war, hab ich ihn wegnehmen müssen, weil sie es nicht mehr schafft mit ihrem Rheuma. Jetzt hab ich ihn beim Unterrainer untergebracht. Vorläufig wenigstens. Aber das ist auch nicht das Rechte, die haben selber vier kleine Kinder und – ich muss auch zehn Mark mehr zahlen dort. Obwohl das das wenigste wär, wenn nur das Kind gut untergebracht ist. Ja, Babsi, das sind so meine Sorgen. Und da meinst du, mir wär zumut zum Tanzen zu gehen!«

Es tut ihr längst Leid, dass sie sich nicht beherrscht hat. Versöhnend kommt ihre Hand über den Tisch herüber. »Ich hab's nicht so gemeint, Franz. Und was dein Kind betrifft, darüber müssen wir noch mal reden. Soll ich Licht machen?«

»Meinetwegen nicht. Wir könnten uns draußen noch ein bissel hinsetzen.«

Die Nacht ist auf einmal da. Am Himmel erstrahlen schon die ersten Sterne und ein warmer Wind kommt aus der Tiefe des Gebirges. Hin und wieder das Klingeln einer Herdenglocke, und wenn der Wind einmal stärker weht, dann rauscht es in den alten Bäumen ringsum, als wären es tausend geheimnisvolle Stimmchen.

Gelegentlich saßen sie schon so auf den Hüttenstufen, wie zwei Menschen, die auf etwas warten. Aber heute ist es irgendwie anders. Von dem Mädchen ist etwas abgefallen, eine Scheu, die sie in sich getragen hat und die sie bisher nicht überwinden konnte. Es hat ihr einfach nicht eingehen wollen, dass der erste Mann, dem sie ihre Liebe schenkte, ein Witwer ist. Das hat sich mit ihren Vorstellungen nie vereinbart, weil sie sich nicht hat denken können, mit dem vorlieb nehmen zu müssen, was von der Liebe zu einer anderen übrig geblieben ist. Auch weiß sie nicht, wie ihre Eltern sich dazu stellen, ihre Geschwister, die Brigitte zum Beispiel, die in allem so kalt und berechnend ist, oder die Bettina, die mit ihren siebzehn Jahren eine ganz eigene Meinung von der Liebe hat und den Himmel voller Geigen sieht.

Sie spürt, dass der Mann den Arm um ihre Schultern legt, und schmiegt sich gern an ihn, so als ob sie ein wenig Wärme und Geborgenheit suche.

»Wissen möchte ich gern, was alles sich manchmal abspielt in deinem Kopf«, sagt der Jäger.

Sie lehnt ihren Kopf noch näher gegen seine Schulter. Ihr Herz ist weit geöffnet, voller Vertrauensseligkeit ist sie auf einmal. »Es ist viel vorgegangen in mir«, gesteht sie. »Aber jetzt wird alles klarer; alles ordnet sich.«

»Dann kommt es vielleicht doch noch so weit, dass du mich lieben kannst.«

»So weit ist es schon, Franz«, antwortet sie lachend. »Auf alle Fälle weiß ich, du bist ein großartiger Mensch.«

»Na ja«, meint er. »So schwer ist es nicht großartig zu sein, wenn man jemanden ins Herz geschlossen hat.«

»Zum zweitenmal«, sagt sie trocken und, wie es scheint, schon wieder in einer leisen Aufwallung von Eifersucht.

Immer mehr Sterne flammen am Himmel auf. Die Milchstraße ist da und der Große Wagen. Sie machen die Nacht ein wenig heller, das Haar des Mädchens schimmert in diesem trüben Licht.

»Es wird alles erst dann richtig werden mit uns beiden«, sagt er, »wenn wir uns an nichts mehr erinnern, was gewesen ist.«

Sie nickt und fasst nach seiner Hand. »Vielleicht bin noch ein bissel dumm und es fällt mir schwer mich nicht zu erinnern, dass vor mir eine andere gewesen ist. Sag, Franz, hast du sie geliebt, ganz tief und fest?«

Hier hätte er ihr nun viel erzählen müssen. Wahrscheinlich hätte die Nacht dazu gar nicht ausgereicht. Aber er hat bereits begonnen Vergessen über alles zu breiten, was über sein junges Leben schon hereingebrochen war. Und das war viel Bitteres.

»Weißt du, Babsi«, beginnt er zögernd, weil es ihm an den richtigen Worten für so ein schwieriges Thema mangelt, »im Leben eines Menschen kommt es oft darauf an, wer ihm zuerst begegnet und in welcher Verfassung er dann gerade ist. Wenn man ausgebrannt ist, dann ist man leer und hilflos, dann suchen die Hände nach einem Halt, an dem man sich wieder aufrichten kann.«

»Ja«, sagt sie, »das versteh ich schon.« Aber sie versteht es in Wirklichkeit nicht. Da muss er schon weiter ausholen; sie fordert ihn auf ihr aus seiner Kindheit, aus seinem Leben zu erzählen, denn alles erscheint ihr wichtig genug um es wissen zu müssen, bevor sie sich dem Wunder hingibt, von dem sie träumt und das sie erwartet.

Und der Jäger, dazu nun aufgerufen, nimmt Bild um Bild aus dem Buch seines Lebens und hält es im Sternenlicht dem Mädchen vor die Augen. Und die Barbara blickt andächtig zum Himmel empor und lauscht der dunklen Stimme des Jägers, von der sie sich wünscht, dass sie sich manchmal heben möchte, um auch etwas Glänzendes zu berichten. Aber es gibt aus dem Leben des Jägers nicht viel Glänzendes zu vermelden. Allzu dunkel umschattet waren seine Kindheit und Jugend, er hat eine Stiefmutter gehabt und kann sich nicht erinnern, dass sie ihn jemals geküsst hätte. Dazu wäre wahrscheinlich ihr verkniffener Mund gar nicht fähig gewesen. Aber ihre Hand hat verstanden zu schlagen und wenig Essen zu reichen. Das Schlagen hat erst aufgehört, als Franz ins Forstamt zur Lehre gekommen ist. Damals hat dann auch das Hungern aufgehört. Er hatte bald den Tod des Vaters zu beweinen, aber als die Stiefmutter starb – er war gerade siebzehn Jahre –, hat er keine Träne vergossen. So ist er in Bitterkeit durch die Kindheit und die frühe Jugend gestolpert. Und als er dann meinte sich erheben zu können, frei wie eine Wolke am Abendhimmel, da hat sich wiederum eine schwere Hand ihm auf die Schulter gelegt: Ohne sein Verschulden erlitt er einen schweren Motorradunfall. Monatelang lag er im Krankenhaus; man hatte ihn aufgegeben und nur sein unbändiger Lebenswille rettete ihn. Als er sich halbwegs erholt hatte, da war er gerade zwanzig Jahre alt und da ist ihm die Silvia Tumler begegnet, die ihm Wärme schenkte, ein kleines Zuhause und die Liebe, die er bisher immer hatte entbehren müssen.

»Aber du hättest sie doch in deinem Alter nicht gleich heiraten müssen«, unterbricht Barbara ihn.

Vielleicht nicht. Aber sie könne keine Ahnung haben, wie er gefroren habe und wie er aufgetaut sei, als sich erstmals ein gütiges Menschenantlitz über ihn geneigt und ihm Wärme geschenkt habe. Jawohl, ein gütiges Menschengesicht, er wisse gar nicht einmal, ob es ihm schön erschienen sei, dieses Gesicht. Es sei wohl ein herbes Gesicht gewesen, auch von der Armut gezeichnet, und es sei ja wohl so, dass Menschen aus bescheidenen Verhältnissen leicht zueinander finden. Sie sei wie eine Mutter zu ihm gewesen, still und gut. Und sie habe ihm ein Kind geschenkt, ein kleines Wesen mit seinen Augen, und wenn es nun wohl auch besser wäre, das Kind wäre nicht da –

»Das darfst du nicht sagen«, unterbricht sie ihn zum zweiten Mal.

»Es muss aber darüber gesprochen werden, Babsi«, meint er und fügt sinnend hinzu, es könne ihr ja nicht verborgen geblieben sein, dass er sie liebe. Wenn er das auch noch nie mit Worten gesagt habe, er sei kein großer Held in solchen Worten, so denke er aber schon seit Monaten Tag und Nacht nur mehr an sie und wie das werden könnte, wenn auch sie ihn lieben würde.

Da rutscht es ihr heraus, ganz ungewollt und von Herzen: »Merkst du denn das noch nicht?«

Er schweigt eine Weile und sie hören die Quelle wieder plätschern. Unweit liegen die Kühe auf der Wiese, ganz still jetzt, ohne Glockenklang. Wie kleine dunkle Hügel liegen sie da, nur an den Umrissen erkennbar.

Seine Hand streichelt jetzt ihr Haar und Barbara spürt die Wärme seiner Hand über den ganzen Körper sich ausbreiten.

»Erst seit heute hoffe ich«, sagt er leise. »Heute bist du zum ersten Mal anders.«

»Ich habe meine Zeit gebraucht um das zu werden«, gibt

sie zu und reckt sich ein wenig, gerade so hoch, dass ihr Mund dicht unter dem seinen ist. »Und es wird jetzt auch nie mehr anders werden. Ganz langsam bist du mir ins Herz gewachsen und –«

Weiter kommt sie nicht, er hat sie fest in den Arm genommen und küsst sie.

Hernach meint sie, dass ihre Stirn vor Scham brenne. Zum erstenmal hat ein richtiger Mann sie geküsst. Aber dann merkt sie mit wachsendem Staunen, dass dies etwas Großes ist und sie stark genug macht alles Bittere zu ertragen, das vielleicht kommen wird. Und dass ihre Liebe so groß ist nun auch das Kind in den Kreis aufzunehmen, das Kind der anderen, das er ja mitbringen wird. Ja, bei aller Glückseligkeit fällt ihr das Kind ein und sie muss auch gleich davon sprechen. »Ist es dort gut aufgehoben bei – wo hast du es untergebracht?«

»Den Klausi meinst du? Beim Unterrainer.« Er zuckt die Schultern. »Das muss ich erst abwarten. Weißt du, das sind immer so Experimente. Aber schließlich kann ich das Kind ja nicht mit mir nehmen in den Wald und in die Berge.«

»Nein, das kannst du nicht. Aber du kannst was anderes tun, Franz.«

»Was denn?«

»Du kannst es mir bringen. Ich muss mich doch daran gewöhnen.«

»Das wird leicht sein, es ist ein braves Kind, ein ganz liebes Kind.«

»Könnt es denn anders sein bei so einem Vater? Mich wundert es, dass du das Kind nicht schon lang einmal mit raufgebracht hast.«

»Weil ich nicht haben wollt, dass dein Herz erst über das Kind zu mir findet.«

»So sehr bist du überzeugt, dass ich den Buben gern haben werde?«

»Ja, davon bin ich überzeugt, Babsi. Ich weiß schon, jeder Vater lobt sein Kind. Aber der Klausi ist wirklich ein goldiger Kerl mit Löckchen und blauen Augen.«

»Die hat er von dir. Und hat er auch das Grübchen im Kinn?« Der Jäger nickt und seufzt hinterher. »Es fragt sich bloß, was deine Familie sagen wird zu allem.«

»Warum?«, fragt sie. »Wie oft bringt ein Mädel ein Kind mit in die Ehe! Warum soll es nicht auch umgekehrt sein können? Und dein Bub braucht eine Mutter. Das müssen meine Eltern doch begreifen! Im Sommer kann er auf alle Fälle bei mir sein und im Herbst, wir werden dann schon sehen, Franz. Was musst du denn zahlen beim Unterrainer?«

»Fünfhundert Mark.«

»Auch grad nicht wenig für so einen kleinen Wurm. Bei mir brauchst du nichts zu zahlen.«

»Umsonst soll es nicht sein, Babsi. Und bei dir hat er's ja gut, das weiß ich.«

»Du weißt alles immer schon im vorhinein, scheint mir.«

»Bei dir ist das nicht schwer zu erraten.«

»Meinst, dass du dich nicht täuschst?«

Er schüttelt den Kopf und es ist jetzt wohl an der Zeit sich zu erinnern, dass ein neuer Abschnitt in seinem Leben angebrochen ist und dass er nicht vergessen darf die Babsi lieb zu haben, nachdem sie doch heute endlich an die Tür gepocht haben, die zum Glück führen soll. Die Tür hat sich einen Spalt geöffnet und durch den Spalt sehen sie den Weg vor sich, der sie in eine stille Geborgenheit führt, an einen warmen Herd, auf dem zur Winterszeit die Äpfel auf der Herdplatte braten und im Frühling die Blumen um das kleine Haus blühen. Vielleicht haben sie dann auch einen kleinen Acker, auf dem Korn wächst, das um die Hochsommerzeit so hell wird wie das Haar Barbaras, die sich jetzt den Küssen hingibt und mit geschlossenen Augen doch alles sieht, die Blumen im Garten und das wiegende Kornfeld und den großen, weiten Heimweg, an dessen Ende sie sich zur Rast niedersetzen, sie und der Mann und das Kind mit dem Lockenhaar.

Dem Jäger ergeht es in dieser Stunde nicht viel anders. Auch er sieht ein kleines Haus am Rande des Waldes, das gedämpfte Licht über dem Garten des Kornackers, die Frau am Gartenzaun, mit dem Buben auf dem Arm. Das Große und Unveränderliche zieht auch ihn hinein in die Vorstellung eines Kreislaufes, in dem sich das Leben, sein Leben, erfüllt.

Wie schön das einmal alles werden wird, denkt er mit fröhlichem Herzen und beugt sich wieder über den Mund unter ihm und bedenkt gar nicht, dass die Stunden dabei vergehen und dass er eigentlich ins Dorf hat gehen wollen.

Die Zeit ist gleichsam angehalten, es tickt keine mahnende Uhr, nur ihre Herzen schlagen und darin fühlen sie das Unbeirrbare, das erste zögernde Schreiten auf dem Weg, der sie irgendwann dann heimführen muss in die Geborgenheit.

»Geh jetzt nicht in die Nacht hinein«, sagt Barbara, als er aufstehen will. Sie steht zwar mit ihm auf und hält seinen Hals umschlungen, doch will sie ihn nicht loslassen. »Ich habe Angst, wenn du jetzt gehst«, sagt sie.

»Wovor denn Angst?«

»Ich weiß es nicht, Franz. Vor dem Alleinsein vielleicht.«

»Du warst so lange allein und hast dich nicht gefürchtet.«

»Ja, aber jetzt will ich nimmer allein sein.«

»Am Sonntagabend bring ich dir den Buben, dann bist du nie mehr allein.«

Sie geht ihm voran in die Hütte und schaltet das Licht ein. Er schließt die Tür und schiebt den Riegel vor. Dann schaut er auf die Uhr und sieht, dass die Mitternacht schon vorüber ist.

2

Ein paar Tage später – es ist ein trüber Tag, der Regen verkündet – kommen zwei Männer das untere Almfeld herauf. Die Barbara erkennt ihren Bruder Bernd, der andere Mann ist ihr unbekannt. Jetzt bleiben sie bei der Herde stehen und Bernd deutet auf eine von den buntscheckigen Kühen. Der andere tritt näher, befühlt das Tier, klopft ihm den Hals und nickt. Eine ganze Weile stehen sie da unten und verhandeln. Barbara sieht, wie Bernd die Hand hinhält und der andere einschlägt. Dann kommen sie langsam zur Hütte herauf.

Bernd Rumbold ist genau das Gegenteil von seiner Schwester. Er ist mittelgroß und von seinem Wesen geht nicht der leiseste Hauch einer Fröhlichkeit aus. In dem breitflächigen braunen Gesicht liegt ein Paar dunkler Augen, in denen ganz offen das Misstrauen nistet. Ein Mensch, der alles besser versteht und keine andere Meinung gelten lassen will als die seine.

Ganz seinem Wesen gemäß fällt auch der Gruß an die Schwester aus. Er brummt nur etwas, das man nicht versteht. Dann deutet er mit dem Daumen auf seinen Begleiter und sagt mit seiner hellen, so gar nicht männlichen Stimme: »Das ist der Harasser Michael von Waidholzen. Eine Kuh will er kaufen.«

Die Barbara wundert sich, weil sie es nicht recht verstehen kann, dass der Vater eine von den schönsten Kühen verkauft. Aber dann reicht sie dem Fremden doch die Hand. »Grüß Gott, ich bin die Barbara.«

»Ja, das ist die Babsi«, ergänzt jetzt der Bernd und lümmelt sich gleich auf die Bank. »Vielleicht bringst du uns schon eine Brotzeit.«

»Na, na«, sagt die Barbara. »Du hast dich ja noch gar nicht richtig hingesetzt.« Sie schiebt dabei für den Harasser einen Stuhl zurecht und geht.

Der Harasser schaut ihr verwundert nach. Er ist groß und mag schon an die dreißig sein. Seiner Kleidung nach ist er ein reicher Bauer. Sein Blick ist ruhig, sein Wesen bedächtig und ausgeglichen.

Als die Barbara mit einem Krug Bier, Brot und Butter erscheint, meint der Harasser sein Hiersein entschuldigen zu müssen. »Ich bin ja nicht zum Essen hergekommen.«

»Das weiß ich schon«, sagt die Barbara und der Bernd fügt hinzu: »Die Brotzeit ist im Kaufpreis schon noch inbegriffen.«

Der Harasser hebt die Augen und schaut die Barbara an. Dann hebt er den Krug, prostet ihr zu und hernach sagt er: »Wir haben Unglück gehabt im Stall. Klauenseuche und jetzt müssen wir halt schaun, dass wieder was Gutes in den Stall kommt.«

»Ah so«, sagt die Barbara. »Die Gustl stammt aus einem guten Stall und ich wünsch halt dann alles Glück dazu.«

»Danke«, sagt der Harasser und schaut sie wieder so dankbar an. Bedächtig schneidet er das Butterbrot in kleine Stücke und isst. Plötzlich fällt ihm dann ein: »Du warst wohl noch nie in Waidholzen?«

Die Barbara schüttelt den Kopf.

»Wenn du grad einmal des Wegs kämst, schau ruhig einmal rein bei uns, es wird dir sicher gefallen.«

»Wann komm ich schon einmal fort«, meint die Barbara und es klingt nach Bedauern in ihrer Stimme.

»Drei Stunden Fußmarsch sind es von Schierding aus«, meint der Harasser. »Aber es lohnt sich schon, weil man sonst nirgendwo einen so schönen Ausblick übers Land hin hat.«

»Vierhundert Tagwerk hat er«, brummt der Bernd und es klingt wie Neid, weil sie daheim nur etwa hundertfünfzig Tagwerk haben. Überhaupt, was ist er schon gegen diesen Harasser, der da um die Mittagsstunde mit einem dicken Auto in den Hof gefahren kam. Ihm, dem Bernd, ist der Hof noch gar nicht übergeben, obwohl er längst verheiratet ist. Dieser Harasser aber ist bereits Bauer, seine Mutter ist im Frühjahr gestorben und der alte Harasser hat sich von der Wirtschaft zurückgezogen. Ja, so müsste man's haben wie dieser Michael Harasser, der die Brieftasche so großspurig zieht und gleich einen Hunderter Anzahlung für die Kuh gibt.

Die Barbara war kurz einmal draußen und hat ein paar Wäschestücke hereingeholt, die gerade trocken genug zum Bügeln sind.

»Ich mein, es kommt bald ein Regen«, sagt sie.

Der Harasser nickt. »Der Erde kann ein bissel Regen jetzt nicht schaden. Das Heu haben wir eingefahren und fürs Getreide hat's noch Zeit. Drum hab ich auch heut früh losfahren können.«

»Wie bist du denn eigentlich auf uns gestoßen?«, fragt der Bernd.

»Herumgefragt hab ich halt ein bissel. Zu Kurning beim Lörmoser hab ich drei Stück Vieh gekauft und da hat man mir gesagt, dass man bei euch was Gesundes und Gutes haben kann. Gewusst hab ich es auch sonst so ungefähr, weil ich voriges Jahr in Miesbach bei der Stierprämiierung gesehen hab, was ihr für einen Prachtkerl vorgeführt habt.«

»Ja, der Nero!«, lacht die Barbara. »Auf den ist der Vater aber auch mächtig stolz. Schaut, jetzt fallen schon die ersten Tropfen!«

»Dreckwetter, verrecktes!«, schimpft der Bernd. »Hätt's jetzt nicht warten können bis zum Abend! Bis wir hinunterkommen, werden wir pitschnass.«

»Das wär ja nicht das erstemal«, lacht der Harasser. Dieses Lachen wirkt gefällig und befreiend. »Weiter als bis auf die Haut kann es nicht gehen.«

»Vom Vater ist eine Regenhaut hier«, fällt der Barbara ein, »und für den Harasser« – sie schaut ihn an und lächelt – »dir könnt ich ja meinen Regenumhang leihen.«

»Vielleicht hört es bald wieder auf«, sagt der Bernd und trinkt den Bierkrug leer. Aber wenn sich alles nach seiner Meinung richtet, der Petrus lässt sich nicht kommandieren. Er hat jetzt anscheinend alle himmlischen Schleusen aufgedreht. Ganz grau geht es nieder, tief ziehen die Wolken über das Almfeld, man sieht nichts mehr vom Latschenhang, nichts mehr vom Kar und nichts mehr von den Bergen. Der Wind pfeift kalt um die Ecken der Hütte und der Bernd sagt tiefsinnig einen Spruch herunter, der eigentlich gar keine Bedeutung hat: »Dös ist ein Wetter für die Knecht, arbeiten sie net, dann friert sie recht.«

»Heutzutage gibt's ja keine Knechte mehr«, stellt der Harasser fest. »Und wenn man noch ein paar Erntehelfer braucht, dann muss man froh sein, wenn man welche findet.«

»Ihr tut euch ja leicht«, meint der Bernd. »Ihr könnt euch die neuesten Maschinen leisten. Ein bisschen Holz verkaufen und schon habt ihr wieder Moneten im Haus!«

»Na ja«, lacht der Harasser gutmütig, »gar so einfach ist's auch grad nicht. Alles kannst auch nicht mit den Maschinen machen. Allerdings, die neue Melkmaschin, die wir kürzlich gekriegt haben, die bewährt sich schon.«

»Den neuen Typ hab ich noch nie gesehen«, mischt sich die Barbara ins Gespräch.

»Das wär ein Grund zu uns zu kommen«, antwortet der Harasser flink. Dann erklärt er ausführlich und mit sichtbarem Genuss die Einzelheiten so einer Melkanlage.

»Und treten nie Probleme mit den Kühen auf?«

»Manchmal leider schon.«

»Also ist so eine Maschin doch nicht vollkommen«, sagt der Bernd und schaut missmutig zum Fenster hinaus. Es gießt immer noch. Wie mit tausend Hämmerchen pocht es auf das Hüttendach.

»Was ist auf der Welt schon vollkommen?«, fragt der Harasser und schaut dabei die Barbara wieder an mit einem tiefen und langen Blick, der sagen könnte: Außer dir natürlich. Aber das verschweigt er, es liegt ihm nicht Komplimente zu machen und außerdem, er weiß selber nicht, wie das kommt, hat er diesem Mädchen gegenüber Hemmungen. Auch stört ihn die Anwesenheit Bernds. Im Stillen nimmt er sich vor das Angebot mit dem Regenumhang anzunehmen. Dann hat er einen Grund wiederzukommen um das Kleidungsstück zurückzubringen. Deshalb macht es ihm gar nichts aus, als der Bernd jetzt zum Aufbruch drängt.

»Du kannst ihn bei uns drunten lassen«, meint die Barbara, als er den Umhang um die Schultern schlägt. Der Bernd ist gerade noch schnell in den Stall hinausgegangen, sodass der Harasser noch fragen kann: »Macht es dir was aus, wenn ich dir den Umhang selber wiederbring?«

Einen Augenblick lang wird die Barbara etwas verlegen, dann schaut sie ihn offen und ehrlich an.

»Nein, was sollte mir denn das ausmachen? Nur – es ist doch ein ziemlich weiter Weg, mein ich, und ich brauche den Umhang jetzt wirklich nicht.«

Der Harasser druckst ein bissel herum, dann rutscht es ihm heraus: »Ich käm ganz gern wieder einmal auf einen Plausch, aber ohne deinen Bruder.«

»Ich kann dir's nicht verwehren, Harasser. Ein bissel Unterhaltung mag ich immer gern.«

»Michael heiß ich doch. Kannst ruhig Michi zu mir sagen. Das Harasser hört sich so hart an.«

»Aber es klingt schön«, weicht die Barbara aus.

»Wie man's nimmt!«

Der Bernd kommt jetzt wieder vom Stall herein und fragt unwirsch: »Warum ist denn das Kälbchen nicht auf der Weide?«

»Weil's krumm geht.«

»Freilich, weil's krumm geht! Hast halt wieder nicht Obacht gegeben!«

Die Barbara hat nicht besonders viel Respekt vor dem Bruder, der immer etwas an ihr auszusetzen hat. »Gib doch nicht so an, als wenn du auch schon was zu reden hättest! Noch ist der Vater der Bauer!«

Der Bernd schluckt ein paarmal, antwortet aber nicht mehr und schlüpft in die Regenhaut. Erst draußen sagt er zum Harasser: »Der helf ich schon noch!«

Der Harasser stapft neben ihm her, ein versonnenes Lächeln im Mundwinkel. »Ein grandioses Mädchen«, stellt er dann fest. Er sagt das mehr für sich, aber der Bernd geht gleich drauf ein. »Die ist doch bloß Durchschnitt. Da solltest die Brigitte einmal sehen!«

Der Harasser macht einen Sprung über eine Pfütze. »Wer ist die Brigitte?«

»Meine ältere Schwester. Im Augenblick ist sie zwar nicht daheim, weil sie bei einer Tante in Aibling aushelfen muss. In der Saison, weißt du.«

»Ich hab aber noch eine gesehen im Haus?«, erinnert sich der Harasser.

»Das ist die Bettina, die jüngste. Die muss erst noch trocken werden hinter den Ohren.« Ein schwerer Seufzer. »Sei bloß froh, dass du keine Schwestern hast. Mit der Arbeit hat's keine eilig, aber wenn's um Männer geht, kann keine genug kriegen. Da würden sie dir am liebsten das Fell übern Kopf ziehen!«

»Hast du schon eine verheiraten müssen?«

»Noch nicht, aber das wird nicht ausbleiben. Und zudem muss man grad froh sein, wenn dir nicht eine ein Kind ins Haus bringt. Das kannst dann umsonst durchfüttern und ihre Mitgift verlangen sie trotzdem.«

Weil nun der Michael Harasser in seiner inneren Einstellung der krasse Gegensatz zum Rumbold Bernd ist, kann er nur noch nachsichtig darüber lächeln und das Ganze als dummes Geschwätz bezeichnen.

Sie sind jetzt durch den Wald gekommen und haben

zum Dorf nur mehr eine gute Viertelstunde. Der Regen strömt noch immer mit der gleichen Heftigkeit. Im Rumboldhof stehen große Pfützen. Unterm Vordach des Stalls sitzen zusammengeduckt die Hühner wie an einer Schnur aufgereiht und der Hofhund knurrt nur aus dem Rundloch seiner Hütte heraus. Auch ihm ist das Wetter zu schlecht.

Der Harasser will gleich fahren, er wird aber noch genötigt unbedingt eine Tasse heißen Tee mit Rum zu trinken. Dabei sieht er auch die Bettina noch mal, die nach der Meinung Bernds erst trocken werden muss hinter den Ohren. Das findet der Harasser nicht gerade. Bloß arg jung ist die Bettina halt und herrlich unbekümmert. Sie setzt sich an den Tisch, stützt den Kopf in die Hände und schaut dem Harasser unverwandt ins Gesicht. Als der Harasser erschrocken die Tasse hinstellt, weil er sich an dem heißen Getränk beinahe den Mund verbrannt hätte, lacht die Bettina lustig auf. »Jetzt hättst dir bald die Zunge verbrannt, gell? Wenn ich mehr Zeit hätt, würd ich dir den Tee blasen.«

»Bettina!«, schreit die Frau Rumbold erschrocken aus dem Ofenwinkel heraus. »Wie redest denn du mit dem Harasser?«

»Warum, was hab ich denn gesagt?«, fragt das Mädchen unschuldig und lacht wieder so hell und unbekümmert, als der Harasser meint: »Aber geh, das macht doch nichts! Mir ist es lieber, wenn ein Mensch redet, wie ihm der Schnabel gewachsen ist.«

»Mir auch«, gesteht die Bettina und beachtet gar nicht den wütenden Blick des Bruders. »Vorhin hab ich mich einmal in deine Kiste draußen gesetzt«, plappert sie dann weiter. »Das ist aber eine alte Schaukel!«

»Stimmt«, sagt der Harasser und betrachtet schmunzelnd das quecksilbrige Mädel. Sie sieht der Barbara ein bissel ähnlich, stellt er fest. Nur spontaner ist sie. Ihre Eltern nennen es Frechheit und die Mutter seufzt wieder in ihrem Ofenwinkel. »Wie die jungen Leute heutzutage aufwachsen! So was sagt man doch nicht!«

»Doch, doch, sie hat ja Recht«, lacht der Harasser. »Aber einen neuen Wagen kann ich mir im Augenblick nicht leisten.«

Da muss die Bettina die Hand vor den Mund heben um nicht laut herauszuprusten. »Du und nicht leisten können! Im ganzen Tal weiß man, dass du den größten und besten Hof hast!«

Der Rumbold betritt die Stube. Ein kleiner, abgearbeiteter Mann mit schütterem Haar. Er kommt vom Heuboden und hat noch ein paar Spinnwebfäden an seinem Jackenärmel hängen. »Seid ihr handelseins geworden?«, fragt er, geht langsam zum Tisch vor und wirft einen missbilligenden Blick auf Bettina. »Wie sitzt denn du bloß wieder da! Schämst du dich nicht?«

Die Bettina stellt die übereinander geschlagenen Beine folgsam zu Boden und sagt mit leichter Verdrossenheit: »Jeder nörgelt grad an mir immer rum! Ich mag schon bald nimmer!« Dann steht sie auf, nimmt aus der Obstschale einen Apfel und beißt herzhaft hinein.

»Dann lass ich morgen die Kuh abholen«, sagt jetzt der Harasser und steht auf. »Wie weit kann man denn mit dem Viehwagen hinauffahren?«

»Bis zum Bühel geht's und von da aus ist's noch eine gute halbe Stunde zur Alm«, erklärt der Rumbold.

»Gut. Aber was mach ich jetzt mit dem Umhang? Kann ich ihn dalassen, oder –«

»Lass ihn nur da«, sagt der Bernd. »Ende der Woche kommt sowieso wieder jemand hinauf zur Alm.«

»Ja, dann sag ich halt dankeschön für'n Tee und den Rum.«

»Bitteschön«, sagt die Bettina recht vorlaut und hätte am liebsten noch hinzugefügt: Macht sechsfünfzig mit.

»Grüß mir deinen Vater recht schön«, fällt es dem Rumbold noch ein, als er den Gast zur Tür hinausbegleitet.

»Werd's ausrichten. Ihr kennt euch ja?«

»Flüchtig. Bei einer Wallfahrt nach Birkenstein hab ich ihn kennen gelernt. Mag er 's Bier immer noch so gern?«

»Na ja, schmecken tät's ihm schon, er muss sich bloß ein bissel halten jetzt, wegen seiner Leber.«

»Ja, ja, das ist immer so, wenn man's jahrelang zu bunt treibt, dann packt's einen im Alter. Ich hab's mit der Bandscheiben. Das kommt allerdings nicht vom Saufen.«

Der Harasser steht auf der Terasse und schaut zum Himmel hinauf. Alles ist noch grau in grau. Nur ein starker Wind hat jetzt noch eingesetzt und treibt den Regen schräg über den Hof. »Mir scheint, das gibt einen Landregen«, meint er.

»Das glaub ich nicht. Im Wetterwinkel hinten wird's schon heller. Morgen kann wieder der schönste Tag sein.«

Der Harasser besteigt seinen Wagen. Beim Anfahren spritzen ein paar Wasserfontänen hoch, dann biegt der Wagen in einer scharfen Kurve zur Straße hinaus.

Wenn die Harassers sagen, dass man nirgendwo einen so schönen Blick ins weite Land hinaus hätte wie von Waidholzen aus, so ist das durchaus keine Prahlerei. Beherrschend liegt dieser mächtige Hof auf einem breit auslaufenden Hügel und man kann bei klarem Wetter wirklich an die zwanzig Kilometer hinaussehen ins Land. Das prächtige Wohnhaus ist ockerfarbig verputzt, das Holz daran ist dunkel. Der große Stall ist aus roten Klinkersteinen gebaut und zum Heuboden hinauf führt eine breite, mit Bohlen belegte Brücke.

Waidholzen ist ein Aussiedlerhof und der Harasser ist für seinesgleichen eben auch ein Bauer, ein wohlhabender Bauer, während die Städter schon etwas ehrfurchtsvoller zur Höhe hinaufdeuten und meinen, das müsse doch etwas anderes sein als ein einfacher Bauernhof, ein Gutshof etwa.

Am Abend, als der Michael Harasser von seiner Fahrt nach Schierding zurückgekommen ist, sitzen sich Adam Harasser und sein Sohn Michael in dem Stübchen neben der Küche gegenüber, der Alte in einem bequemen Polsterstuhl neben dem Kachelofen, Michael auf der Rundbank, die sich um den Ofen zieht. Der Ofen wird von der Küche aus geheizt und Michael meint, dass man bei diesem Sauwetter eine warme Stube vertragen könne. Den Viehhandel haben sie bereits besprochen, sodass der Harasser sich nach anderem erkundigt. »Ist er noch immer so dürr, der Rumbold?«

»Wenn man von dem ausgeht, Vater, du wiegst wohl noch mal so viel wie er. Er sagt, er kennt dich flüchtig.«

»Ja, ich kann mich schon noch erinnern, bei einer Wallfahrt nach Birkenstein sind wir hernach im Wirtshaus nebeneinander gesessen. Limonad hat er getrunken und ein einziges Salzstangerl hat er gegessen, obwohl's damals so gute Weißwürst gegeben hat.«

»Wird's ihm halt nicht gepasst haben. Der Hof ist zwar nicht schlecht beisammen, aber es sind doch vier Kinder da. Und ein Knicker ist er sowieso, mein ich.«

»Ja, ein Knicker, der den Pfennig dreimal umdreht!«, lacht der alte Harasser.

Eine Weile herrscht Schweigen. Der Michael zündet sich eine Zigarette an, schaut ganz andächtig den Rauchwölkchen nach, die sich unter der niedrigen Holzdecke stauen, und sagt dann: »Sie hat sich total kaputt gearbeitet.«

»Die Frau Rumbold meinst? Ich glaub, sie ist vom Simmeringer von Kötzing.«

Wieder pafft der Michael eine Weile, bis es ihm herausrutscht: »Aber hübsche Töchter haben s'! Das heißt, die eine, Bettina, glaub ich, heißt sie, ist noch ein Backfisch. So ein richtiger, lustiger Fratz. An der ist ein Bub verloren gegangen.«

»Und die andere?«

»Die hab ich auf der Alm getroffen. Schaut gut aus und tüchtig, mein ich, ist sie auch.«

»Ah, da schau her! Und das alles hast du in der kurzen Zeit festgestellt?« Der Alte lächelt verschmitzt und steht auf, holt sich die große bauchige Tasse, die mit Kaffee gefüllt ist, und rührt um. Dann setzt er sich wieder und hält die Tasse zwischen den beiden Händen. »Wie heißt denn die auf der Alm?«

»Barbara. Babsi sagt man zu ihr.«

»Babsi, ja, oder Bärbel hat man früher auch gesagt. Das kommt aber mehr und mehr aus der Mode. So, so, die hat dir also gefallen?«

»Das hab ich grad nicht behauptet«, wehrt sich der Michi.

»Direkt nicht, aber aus deinem Reden kann ich mir schon einen Reim machen.« Er schlürft an seiner Tasse und macht ein saures Gesicht. »Kreizteufl, das Luder hat den Kaffee wieder schlecht gezuckert! Ein Kreuz ist's schon, seit die Mutter nimmer da ist!« Er öffnet das kleine Fenster zur Küche hinaus. »Rosl, gib mir die Zuckerbüchse her! Wer sagt dir denn, dass du sparen musst? Schließlich geht's ja auf meine Rechnung.«

Eine mürrische Haushälterin schiebt die Zuckerbüchse herein und schließt das Fenster wieder. Vier Stück Zucker gibt er noch in die Tasse, rührt um und nickt zufrieden. »So, jetzt ist's was anders. – Also was ist jetzt mit der Babsi?«

»Ein ansehnliches Ding.«

»Aha. Welche Haarfarbe?«

Der Michael betrachtet andächtig die Glut seiner Zigarette. Das verträumte Lächeln spielt wieder um seine Mundwinkel. »Ganz hell, weißt.«

»Wie ist sie sonst?«

»Wie sonst?«

»Geh, du weißt schon, was ich mein.«

Der Michael zuckt wie in Unbehagen mit den Schultern und meint: »Na ja, arbeiten mag die schon, das sieht man ja gleich.«

»An den Händen sieht man's ja. Ich hab immer gemeint, der Rumbold hätt drei Töchter.«

»Ja, aber die dritte ist zur Zeit nicht daheim. In Aibling ist sie bei einer Tante und hilft in der Saison aus.«

Der Alte hat nun seinen Kaffee ausgeschlürft und ist erst jetzt bei richtiger Laune. Wenn man über zwanzig Jahre Abend für Abend an so eine braune Brühe gewöhnt ist, auch wenn das Nachtessen noch so üppig war, kommt die Zufriedenheit erst, wenn man das Gewohnte endlich hat. Der Harasser jedenfalls meint, sein Tag sei erst erfüllt, wenn er zum Abschluss noch seinen Kaffee gehabt hat. Nicht zu stark, aber mit viel Zucker und brauner Haut auf der Oberfläche, die sich vom langen Stehen bildet. Jetzt erst kann er sich behaglich zurücklehnen und die Daumen drehen. Vielleicht auch ein bissel philosophieren oder mit der Zukunft liebäugeln.

»Ich hab dir schon oft gesagt«, beginnt er jetzt und schließt dabei halb die Augen. »Wenn du einmal die Richtige triffst, heiraten kannst jederzeit. Die Mutter hat eine Lücke hinterlassen, die ausgefüllt werden muss. Aber bis dir einmal eine gefällt!«

»Heut hat mir eine gefallen«, schmunzelt der Michael.

»Na also dann! Weißt ja, dass du aufs Geld nicht schauen brauchst. Recht viel wird der Rumbold seinen Töchtern nicht mitgeben können. Aber wie gesagt, 's Geld ist nicht so wichtig. Arbeiten muss sie mögen. Dann ist schon alles beieinander.«

»Und mögen muss sie mich.«

»Das liegt ja an dir. Manchmal kommst mir vor, als

wenn du so ein richtiger Trau-mich-nicht wärst. Da hättest dir an mir ein Beispiel nehmen können, als ich jung war! Wenn ich ein junges Mädel gesehn hab, da ist mir das Mundwerk gegangen wie geschmiert.«

»Zuletzt ist es aber dann doch die Mutter gewesen.«

»Ja und ich hab es keine Stund bereut. Besser hätte gar keine hergepasst nach Waidholzen.« Der Alte zieht seine Taschenuhr, dann steht er auf und schaltet wegen des Wetterberichts den Fernseher ein.

Nach Abzug des Tiefdruckgebiets sei wieder besseres Wetter zu erwarten. Allerdings ziehe von den Azoren her noch ein kräftiges Tief nach Norwegen.

»Was die da droben für ein Wetter haben, das interessiert mich nicht. Die Hauptsach, wenn bei uns die Sonn wieder lacht!« Der Harasser zieht die Gewichte der Uhr hoch, dann knöpft er seine Hosenträger auf. »Ich geh jetzt ins Bett.«

Der Michael verlässt ebenfalls das Stübchen, schaut im Stall noch nach, der nach der Klauenseuche erst wieder zu einem Drittel gefüllt ist, krault den beiden Haflingern in der Mähne und steht dann noch eine Weile draußen unter dem Vordach. Es regnet jetzt nur mehr ganz sacht. Von Süden her sieht man sogar schon ein paar Sterne blinken, der Wind hat aufgehört, ganz in der Ferne hört man einmal ein Auto, dann ist es wieder still.

Der Michael geht in sein Zimmer hinauf. Am Waidholzenhof ist der obere Flur allein schon so groß wie ein mittlerer Tanzboden. Ein breiter Schafwolläufer zieht sich in der Mitte hin. Links und rechts sind Türen, wie bei einem Gasthof, der Fremdenzimmer hat. Vorn, in der Ecke, steht auf einem Podest eine Grotte mit einer Muttergottes. Eine Ampel brennt davor und die Ampel ist in dreißig Jahren nicht einmal erloschen. Erst als die Frau Harasser starb, erlosch ihr Licht, weil niemand daran gedacht hatte Öl nachzufüllen.

Die Balkontür steht offen und Michael tritt noch hinaus. Tief atmet er die Luft ein und stützt die Hände auf das Geländer. Oft steht er in den Abend- oder Nachtstunden so da, fast jeden Tag, bevor er sich schlafen legt. Er webt an seinen Gedanken und es sind immer frohe und helle Gedanken. Er ist ein bisschen schwermütig, ein bisschen unnahbar. Aber es ist keine hochmütige Unnahbarkeit, sondern eine heimliche Scheu, eine leise Erschrecktheit, die man seit seiner Kindheit an ihm kannte.

Heute ist es auf einmal ganz anders. Heute ist ein heller Schein in seinem hageren Gesicht und manchmal zuckt es um den strengen Mund. Die Begegnung mit Barbara auf der Alm hat ihn ganz eigenartig angerührt. Es ist doch so, dass bei ihr seine Hemmungen wie Spreu abgefallen sind. Sein Herz hat etwas berührt wie ein leiser, warmer Wind in der Frühe, unter dem die Blumen ihre Kelche willig öffnen. Sie geht ihm einfach nicht mehr aus dem Sinn, ganz deutlich sieht er Barbaras Gesicht vor sich, ihr blondes Haar, ihre hellen Augen und den vollen Mund.

Er nickt, als hätte er soeben einen Entschluss gefasst. Er weiss auf einmal, dass er bei ihr auch reden können wird, dass er seine Scheu abstreifen kann. Er wird sie auch nicht Babsi nennen, sondern Barbara. Das klingt viel schöner.

Und mit ihrem Namen auf den Lippen schläft er dann ein.

3

Am nächsten Morgen, schon sehr früh, macht er sich auf den Weg nach Dilling und leiht sich den Anhänger des Viehhändlers Dürrmaier aus. Das ist ein robuster Kastenwagen mit einer Treppe, die man hinten herunterlassen kann.

Es ist kein strahlend schöner Morgen. Da und dort ziehen noch ein paar graue Wolken dahin, dazwischen aber sind breite Lücken, durch die die Sonne scheint und die nassen Wiesen zum Dampfen bringt.

Als Michael nach halbstündiger Fahrt in Schierding eintrifft, läuten gerade die Kirchenglocken. Mitten auf dem malerischen Dorfplatz hält er an, steigt aus und schaut sich ein wenig um. Schierding ist auch ein Fremdenverkehrsort und hat eine ganze Anzahl von Urlaubern. Die Fassade des »Gasthofs zum Ochsen« muss gerade neu verputzt worden sein. Die frisch getünchten Mauern leuchten ockergelb in der Morgensonne und der Ochse in seiner Nische unter der runden Eingangstür steht so sieghaft da, als wäre er gerade dem Metzger noch in letzter Sekunde entwischt.

»Suchen Sie jemand?«, fragt plötzlich eine Stimme neben ihm. Es ist der Kaplan Hugo Goldbrunner, der vor ihm steht. Ein schlanker, gut aussehender Mann.

»Nein«, sagt Michael.

»Ich dachte nur, weil Sie fremd hier sind. Guten Morgen.«

Der Kaplan geht auf die etwas höher gelegene Kirche zu. Die breiten Schärpen seiner Soutane wehen leicht im Wind.

Ein freundlicher Mann, denkt Michael, dann schlendert er auf den Lebensmittelladen der Sophie Rauscher zu, verlangt eine Tafel Schokolade und eine Schachtel Zigaretten.

»Bist auch nicht von hier?«, fragt die redefreudige Rauscherin.

»Nein, von Waidholzen bin ich.«

»Ah, von Waidholzen. Wo liegt das gleich wieder?«

»Ein bissel hinterm Mond«, schmunzelt der Michael.

»So, so. Na, auf alle Fälle, ich weiß es nicht. Was macht jetzt das? Schokolad einsachtzig, die Zigaretten fünf Mark, macht sechs Mark achtzig. Auf Wiedersehn, der Herr! Beehren Sie uns wieder.«

Im Hinausgehen sagt Michael noch: »Das kann leicht sein, dass ich jetzt öfter nach Schierding komm.«

Ganz langsam fährt er durch das Dorf, ganz langsam beim Rumbold vorbei, in der Hoffnung die Bettina zu sehen oder den Bernd. Und da hat er Glück. Hinter dem Haus, wo das Sträßlein zum Wald hinaufführt, sieht er den Bernd Gras mähen. In scharfem Tempo fährt er jetzt dorthin, hält mit einem Ruck und dreht das Fenster ganz herunter.

»Ach, du bist es!«, sagt der Bernd und betrachtet ihn gespannt.

»Ja, ich bins's. Hab mir gedacht, da fährst du gleich selber. Hast du viel Gras zu mähen?«

»Nein, ein paar Schubkarren voll bloß, für die zwei Küh, die daheim geblieben sind. Und du holst die Gustl?«

»Ganz richtig.«

Michael zieht die Brieftasche. »Wer kriegt jetzt das Geld für die Gustl?« Er lacht. »Gustl ist eigentlich für eine Kuh ein komischer Name.«

»Den hat sich die Brigitte ausgedacht. Kommt von Auguste. Und das Geld, das kannst mir geben.«

»Gut. Hundert Mark hab ich dir gestern schon anzahlt, da ist der Rest. Und jetzt noch was, Bernd!«

»Was denn noch?«

»Könntest mir einen Gefallen tun.«

»Wenn ich kann. Was soll's denn?«

»Ich hab mir halt gedacht – wenn du vielleicht bei der Barbara für mich ein gutes Wort einlegen möchtest.«

Sofort hellt sich das verdüsterte Gesicht des Bernd auf. »Ach so, daher weht der Wind! Na ja, wenn's weiter nichts ist!«

»Nein, weiter wäre es nichts.« Der Michael reicht dem Bernd die Schachtel Zigaretten hinunter. »Da, pack's ein. Und wenn du halt für mich ein bissel gut redest, es soll dein Schaden nicht sein.«

Der Bernd packt die Zigaretten ein und macht ein überlegenes Gesicht. »Die Babsi müsste ja ein Brett vorm Hirn haben, wenn sie da nicht zugreifen würde! Da brauchst dir gar nichts denken, Michi, das klappt schon. Reden musst natürlich schon zuerst selber ein bissel.«

»Heut werd ich's ihr sagen.«

»Dann viel Glück, zukünftiger Schwager!«, sagt der Bernd und grinst. Lachen kann er sowieso nicht richtig. Nur grinsen und dabei verzerrt er die Lippen so, als hätte er Essig geschluckt.

Mit schmalen Augen sieht er dem Gefährt nach, das auf dem immer schlechter werdenden Weg dahinholpert, bis es unter den ersten Bäumen verschwindet. Seine Stirn ist in nachdenkliche Falten gezogen. Er rechnet und kalkuliert. Wenn der Harrasser die Babsi heiratete, dann brächte er die erste von denen, die an seinem späteren Erbe zehren, schon los. Und wie gut er die losbrächte! Die Babsi müsste ja verrückt sein, wenn sie da nicht gleich zugriffe! Ha, so was Dummes! Er soll ihr gut zureden! Die Babsi muss ganz einfach und basta! Jawohl, wär ja noch schöner!

Ganz gut gelaunt setzt er seine Arbeit fort. Lautlos stürzt die grüne Mauer des fetten Grases vor ihm zusammen.

Währenddessen fährt der Harasser Michael durch den Wald hinauf. Der Weg wird immer steiler und steiniger und er ist froh, als er endlich am Bühel ankommt. Dort kann er den Wagen mühsam wenden und so hinstellen, dass er dann nurmehr wegzufahren braucht, wenn die Gustl verfrachtet ist.

Der Weg bis zur Alm kommt ihm weit vor, weil er unruhig ist. Ruhig wird er erst, als er wieder vor der Barbara steht. Sie erscheint ihm jetzt, da sie, vom Sonnenlicht verklärt auf der Hüttenstufe steht, noch reizvoller. Etwas ungemein Verlässliches geht von ihr aus, und erst als er ihre

Hand gar nicht loslassen will, zieht sie die Stirn ein bissel kraus. »Du kommst selber wegen der Kuh? Komm, setz dich doch.« Sie wischt mit einem Lappen über die Bank hinter dem Tisch. »Wo ist denn dein Wagen?«

»Den Wagen hab ich da drunten stehen. Aber jetzt hab ich richtig den Strick vergessen.«

»Einen Strick kann ich dir geben.«

Sie setzt sich neben ihn und meint, es sei kaum zu glauben, die ganze Nacht habe es gegossen und jetzt sei wieder das schönste Wetter.

»Ja, es ist schön, wenn einem die Sonn leuchtet«, antwortet er und rückt ein wenig näher. »Mir ist grad, als hätt ich dich eine Ewigkeit nimmer gesehen, und dabei war ich erst gestern da. Aber in der Zwischenzeit hab ich viel an dich gedacht, Barbara.«

»Was denn?« Sie rückt ein wenig von ihm fort, geradeso, als ob sie ihn besser betrachten wolle.

»Na ja«, meint er zögernd. »Was man halt so denkt, wenn einem ein Mensch recht gut gefällt.«

»Ah geh!«, lacht die Barbara auf. »Bis gestern hast du ja von mir noch gar nichts gewusst!«

»Eben, das ist ja das Eigenartige an der Sach. Dich hab ich gesehen und gefallen hast mir auch gleich.«

»Geht das bei dir immer so schnell?«

Er schüttelt den Kopf und wird ernst. »Bis Mutter gestorben ist, hab ich überhaupt nicht ans Heiraten gedacht. Aber jetzt fehlt eine Bäuerin an allen Ecken und Enden. Der fällt gleich mit der Tür ins Haus, wirst meinen, aber warum soll ich denn lange um den heißen Brei herumreden?«

Jetzt erst wird die Barbara auch nachdenklich. Der Jäger fällt ihr ein und dass sie ja gar nicht mehr frei ist. Und es ist für sie ein sonderbar beglückendes Gefühl nicht mehr frei zu sein. Sie hat bereits entschieden, sie horcht in sich hinein und sie täuscht sich nicht, alles ist so klar ausgewogen, alles spricht für den Jäger Franz Goreiter, es gibt kein Zurück mehr, es lockt sie nicht der große Hof des Mannes, der neben ihr sitzt, von dem sie eigentlich noch gar nichts weiß und auch nichts wissen will. Dass sie ihn sympathisch findet, besagt noch nichts, und während sie über ihn nachdenkt, fällt ihr plötzlich ein: »Was darf ich dir denn bringen?«

»Nichts«, sagt er und hält sie zurück. »Du musst mich jetzt anhören, Barbara. Und du musst mir hernach auch nicht gleich eine Antwort geben. Zuerst aber eine Frage: Bist du noch frei, Barbara?«

Barbara schaut den Hang hinauf, als suche sie droben in den Felsen irgend etwas. Keine Wolke ist jetzt mehr am Himmel, er ist wie rein gewaschen nach dem großen Regen der Nacht. Die Schwalben fliegen hoch und einmal hört man vom tieferen Wald herauf einen Kuckuck rufen.

Langsam wendet jetzt Barbara ihr Gesicht dem Mann zu, schaut ihm ganz offen in die Augen und sagt: »Nein, Michael Harasser, ich bin nimmer frei.«

Ein Schatten liegt auf seinem Gesicht, zwischen seinen Brauen steht eine Falte, um seine Mundwinkel zuckt es. Dann senkt er den Kopf. »Dann ist es also nichts.«

Mitleid will Barbara überkommen. In diesem Augenblick begreift sie erst wirklich, dass er es mit völligem Ernst gemeint hat. Ihre Hand legt sich auf seine Schulter. »Lass den Kopf nicht hängen, Michael. Du kannst doch an jedem Finger eine haben.«

»Ja, das stimmt, Barbara. Aber darum geht es ja gar nicht. Ich will dir einmal was sagen, Barbara: Die Mutter war kaum unter der Erde, da sind sie schon angekommen auf Waidholzen, haben mich gar nicht beachtet zunächst, sondern nur den Hof besichtigt. Die Absicht war zu offensichtlich, als dass ich es nicht gemerkt hätte, worum es denen ging. Aber ehrlich gesagt, Barbara, es war keine dabei, die mir gefallen hätt.«

»Du wirst schon recht heikel sein«, meint Barbara und will damit ein bissel Heiterkeit in die düstere Stimmung bringen. Aber der Michael verliert seine strenge Falte zwischen den Brauen immer noch nicht.

»Freilich schaut man sich ein Mädchen kritisch an, das man heiraten soll«, gibt er zu. »Aber wenn mir eine schon so offen zeigt, dass es ihr zuerst um den Hof geht und dann erst um mich, dann überlegt man sich's doch. Bei dir war das ganz anders, Barbara. Dich habe ich gestern gesehen und – ach was, reden wir nimmer davon. Wenn du nimmer frei bist, hat alles keinen Sinn.«

Stille herrscht auf einmal. Sie hören die Bäume hinter der Hütte leise rauschen und der Kuckuck ruft wieder.

»Vor einem halben Jahr«, sagt die Barbara nachdenklich, »da wär's noch anders gewesen.«

»Erst seit einem halben Jahr! Warum hab ich dich nicht früher kennen lernen dürfen!«

Die Barbara zuckt mit den Schultern. »Ich glaub, es kommt im Leben eines Menschen immer so, wie es ihm bestimmt ist.«

»Ja, da hast Recht. Dem einen fällt's Glück blindlings in den Schoß und der andere –« Er unterbricht sich abermals und steht auf. »Ja, dann mach ich mich halt wieder auf den Weg. Magst mir einen Strick leihen?«

Dann gehen sie miteinander zur Weide hinunter. Barbara legt der Kuh den Strick halftermäßig an und hat dabei feuchte Augen. Es tut ihr jedes Mal weh, wenn so ein Tier, das sie lieb gewonnen hat, weggeführt wird. Aber die Rührung dauert nur ein paar Minuten. Sie überreicht dem jungen Harasser den Strick. »Ich wünsch dir viel Glück mit der Gustl.«

»Dankeschön«, sagt er. »Mit dir hab ich zwar keines gehabt. Oder – dürft ich vielleicht doch ein bissel hoffen?«

Nachdenklich krault Barbara die Kuh im Haarwulst zwischen den Hörnern. Dann sieht sie ihn wieder an: »Sei mir nicht bös, Michael. Aber ich bin wirklich nimmer frei, und – du möchtest doch auch nicht haben, dass ein anderer Mensch unglücklich wird.«

»Nein, das auf keinen Fall! Aber trotzdem, wenn du einmal in die Näh kommst, geh nicht an Waidholzen vorbei und sag uns wenigstens hallo.«

»Ja, wenn ich einmal in die Gegend komm, recht gern.«

Die Kuh will am Anfang gar nicht recht mit ihm gehen. Immer wieder dreht das Tier den Kopf und schaut zurück. Erst als dann das Gatter hinter den beiden zuschlägt, trottet die Gustl gutmütig hinter dem Harasser her.

Recht nachdenklich geht Barbara zur Hütte zurück. Nicht dass sie bereut dem Harasser einen Korb gegeben zu haben. Sie wundert sich nur, wie merkwürdig es manchmal zugeht. Vor einem halben Jahr, da war ihr der Jäger noch fremd und sie hätte dem Mann aus Waidholzen eine andere Antwort geben können als sie sie ihm jetzt hat geben müssen. Keine rasche Zusage allerdings, weil alle Dinge langsam wachsen und gedeihen müssen, besonders die Liebe, von der nur die Dichter berichten, dass sie auf den ersten Blick da sein könne. Aber sie hätte ihm ein bissel Hoffnung schenken können, so wie sie dem Jäger Hoffnung geschenkt hat, bis sie sich selber ganz sicher geworden ist ihn so zu lieben, dass es fürs ganze Leben reicht. Der Harasser hat zwar einen großen Hof zu bieten, ein Leben vielleicht mit weniger Sorgen, mit etwas Glanz. Der Jäger kann mit so etwas nicht aufwarten. Aber Heimat ist doch überall, auch an einem kleinen Herdfeuer, vor dem man sitzen und mit fröhlichem Herzen an die Zukunft denken kann.

Und da ist Barbara schon wieder in ihre gefestigte Welt eingesponnen. Der Harasser hat nichts zurückgelassen, was sie verwirren könnte. Ihr ist, als wäre er nie hier gewesen, und sie blickt hinunter ins Tal. Über dem Dorf schwebt ein feiner Dunst und dahinter sieht sie das dunkle, breite Band der neuen Straße, an der nun schon bald ein Jahr lang gebaut wird und die sich aus den Wäldern hinausschlängelt ins freie Land.

Von diesem Straßenbau hat ganz Schierding seinen Nutzen. An die fünfzig Arbeiter sind daran beschäftigt, haben Zimmer belegt und lassen ihr Geld zum größten Teil in Schierding.

Auch die Witwe Adelheid Wunderlich hat einen von den Arbeitern aufgenommen, obwohl sie auf diese Einnahmequelle leicht hätte verzichten können. Aber der recht sympathische Bursche hat sie mit so treuherzigen braunen Augen angesehen, dass sie ihm die Bitte um das Mansardenstübchen nicht hat abschlagen können.

Ihr kleines Haus liegt außerhalb des Dorfes, nahe am Wald. Ihr Mann war Bahnhofsvorstand in Schierding, starb genau drei Tage nach seiner wohlverdienten Pensionierung und hinterließ seiner Frau Adelheid eine ganz schöne Pension, mit der sie sogar recht üppig hätte leben können. Aber Adelheid Wunderlich hat nie üppig leben wollen, steht zur Sommerszeit, wenn Urlauber in Schierding sind, aushilfsweise beim Ochsenwirt am großen Küchenherd, verdient ganz schön dabei und legt ihre monatliche Pension bis auf den letzten Pfennig auf die Seite.

Zwischen Frau Wunderlich und dem jungen Straßenarbeiter Matthias Schober hat sich mit der Zeit ein richtiges Mutter-Sohn-Verhältnis herausgebildet. Er braucht nicht viel zu bezahlen, sie umsorgt ihn, sie wäscht für ihn, kocht am Abend für ihn, gibt ihm drei dicke Wurstbrote mit auf die Baustelle, und wenn er einmal vergisst zu bezahlen, verliert sie auch kein Wort. Übers Wochenende fährt Matthias Schober immer in die Stadt und kommt entweder am Sonntagabend wieder oder am Montag ganz früh. Wenn Frau Adelheid Wunderlich dann an so einem Sonntagnachmittag allein daheim sitzt, kommt sie sich irgendwie verlassen vor, so sehr hat sie sich an den Burschen bereits gewöhnt. Dieses Großstadtgewächs versteht es aber auch vortrefflich sich in ihr Herz zu schmeicheln. Sie, die nie selber Kinder gehabt hat, glaubt an die Ehrlichkeit des jungen Menschen. Sie nimmt es für bare Münze, wenn er sagt, dass es ihm schwer fiele, sich demnächst von ihr trennen zu müssen, weil ja nun die Straße bald fertig sei und er mit seiner Firma in die Oberpfalz ziehen müsse. Sie schenkt ihm die goldene Uhr ihres Mannes zum Andenken und er schaut ihr mit feuchten Augen zu, wie sie die Uhr aus einer eisernen Kassette nimmt, in der er auch blaue und braune Geldscheine sieht. Er sträubt sich die Uhr zu nehmen, sie sei zu wertvoll für ihn, aber er würde sie sein ganzes Leben lang tragen und sich immer liebevoll dabei an sie erinnern. Am Wochenende darauf hat er die Uhr bereits verschachert.

An einem Sonntagvormittag sitzt die Witwe ganz allein auf der Bank unter dem Ahornbaum und sinnt über die braune Fläche des Moores hin, das sich gen Osten ausdehnt. Der im Frühjahr gestochene Torf ist schon aufgeschichtet und Frau Wunderlich denkt daran, dass sie vom Moserbauern heuer wohl wieder ein großes Fuder Torf wird kaufen müssen. Ihr Schuppen ist leer. Matthias Schober hat es gern warm gehabt, wenn er von der Arbeit heimgekommen ist, ihr Vorrat ist aufgebraucht.

Es ist eine friedliche Morgenstunde. Sie ist gerade von der Frühmesse heimgekommen und sitzt nun da und es ist so schön hier zu sitzen und zuzusehen und zuzuhören, wie der Friede des Morgens sich mit den leisen Stimmen aus dem Moor mischt. Frösche quaken in den grünlichen Tümpeln und ein Habicht kreist mit heiserem Schrei über den jungen Birken.

Auf einmal hört sie Schritte von dem Sträßlein heraufkommen. Sie schaut auf und sieht den Jäger, der an seiner

Brust etwas geborgen hat. Es ist sein kleiner Sohn Klaus, den er auf dem Arm trägt und dem er leise zuspricht, dass sie jetzt hoch hinaufsteigen bis zu einer Hütte aus Holz, in der eine junge Frau auf sie wartet.

Vor dem niedrigen Zaun, hinter dem Rosen blühen, bleibt der Jäger einen Augenblick verschnaufend stehen. »Guten Morgen, Mutter Wunderlich!«

Frau Wunderlich kommt an den Zaun und öffnet das Türchen. »Setzt euch ein bissel zu mir. Lass einmal dein Büberl sehen! Ein strammes Kerlchen! Wo wollt ihr denn schon hin?«

Franz Goreiter setzt sich, nimmt den Hut ab und wischt sich den Schweiß von der Stirne. Der Klausi sitzt auf seinem Schoß und schaut mit großen Augen hinter einem Zitronenfalter her.

»Auf die Rumboldalm«, sagt der Jäger dann.

»Und da schleppst du das Bübchen mit?«, fragt die Frau mit dem weißen Scheitel.

»Ja, es soll dort daheim sein. Für den Sommer wenigstens. Die Babsi will den Buben zu sich nehmen.«

Frau Wunderlich, durch ihre Aushilfstätigkeit im »Roten Ochsen« so ziemlich über alles informiert, was sich in Schierding abspielt, lächelt gutmütig: »Wo das Büberl einmal ist, da wirst ja dann du auch bald hinkommen.«

Der Jäger nickt und streicht dem Buben über das Lockenhaar.

»Könnt schon sein. Schließlich brauchen wir ja wieder eine Mutter, gelt, Klausi?«

Das Kind versteht das noch nicht und hascht nach dem Falter.

Beinahe hätte es ihn erwischt.

»Hast deinen Mieter nimmer?«, fragt dann der Jäger. Bekümmert schüttelt die Alte den Kopf. »Leider, leider. Der fehlt mir schon sehr. Man möchte es nicht glauben, wie man sich an einen Menschen so gewöhnen kann.«

Der Jäger hatte den jungen Mann des Öfteren gesehen, hier im Haus, beim Oberwirt und manchmal auch im Wald. Einmal mit der Roghofer Monika, ein andermal mit der Peindl Kerstin. Auf ihn hat er nicht gerade einen guten Eindruck gemacht. Er hat ihn für einen Angeber gehalten, für hinterlistig und zwiespältig.

»Wie schaut es denn eigentlich mit Brennholz aus?«, fragt Frau Wunderlich. »Kann man vom Forst nichts haben?«

»Doch. Wenn du willst, kann ich dir einen Holzschein besorgen.«

»Ja, sei doch so gut! Jetzt hab ich grad Zeit und es liegt ja so viel dürres Zeug im Wald herum. Weißt, grad zum Anheizen brauch ich so was. Sonst brenn ich ja Torf.«

»Ich besorg dir eine Erlaubnis und bring sie dann vorbei«, verspricht der Jäger und steht auf. »Komm, Klausi, jetzt müssen wir weiter, sonst kommen wir in die ärgste Hitz!«

Sie steigen das Stück bis zum Wald noch empor. Der Knabe läuft jetzt an seiner Hand. Später wird er ihn wohl wieder tragen müssen, es ist für die kleinen Füße noch zu weit. Hinter ihnen läuten die Glocken zum Hochamt, ein dunkler, schwerer Ton, der sich im Walde sammelt und weiterschwingt in vielfachem Echo.

»Wenn der Sommer vorbei ist, werden auch Glocken läuten«, redet der Jäger zu seinem Buben herunter. »Dann werden wir zwei nicht mehr allein sein und du wirst eine Mutter haben.«

Sie kommen an die kleine Lichtung, wo das Sachingeranwesen steht, ein etwas heruntergekommener Hof, von dessen Mauern der Verputz heruntergefallen ist. Ein paar magere Kühe weiden im Garten und der Sachinger sitzt vor dem Haus. Seine einzige Tochter hat einen Amerikaner geheiratet und lebt in New York. »Neikork«, sagt der alte Mann immer und zeigt jedermann gern die Briefe, die von der Tochter geschrieben werden, in denen sie ihn bittet, er möge doch den Krempel verkaufen oder verpachten und zu ihr kommen. Bis jetzt hat er aber noch niemanden gefunden, der dieses verluderte Anwesen haben möchte, obwohl es sehr schön liegt. Man sieht von der kleinen Höhe über das Dorf hin und weit über das Moor hinaus. Der Jäger hat ihm einmal versprochen sich nach einem Käufer umzuhören, aber auch er hat noch niemanden gefunden.

Als der Sachinger des Jägers ansichtig wird, steht er sofort auf und tritt auf den Weg hinaus. Im Gehen kramt er schon in seiner Hosentasche und zieht einen Brief heraus. »Da schau her, Jäger, hat schon wieder geschrieben, meine Cordula! Kommen soll ich halt. Hast noch nichts gehört von einem Käufer?«

Der Jäger schüttelt den Kopf. »Wenn ich nur besser bei Kasse wär! Für mich wäre das gerade recht.«

»Freilich, freilich! Wirst ja doch wieder heiraten. Bloß achtzig- bis neuzigtausend, wenn du die anzahlen könntest, den Rest könntest schön langsam nach und nach zahlen. Für dich wär's grad recht. Deine Frau könnte sich drum kümmern und am Abend und in deiner Freizeit könntest ihr ja helfen.«

»Ja, recht wär's schon«, meint Franz Goreiter und lässt seine Augen über das niedrige Wohnhaus mit dem daran angebauten Stall schweifen. Das wäre alles herzurichten und auf Hochglanz zu bringen. Aber, wenn er alles zusammenkramte, mehr als zwanzigtausend Mark brächte er einfach nicht zusammen. Und einen Kredit aufzunehmen, davor hat er Angst wegen der Zinsen. Traurig lässt er den Kopf hängen, meint dann: »Na ja, vielleicht hör ich doch noch was.«

Im Weitergehen denkt er dann doch recht angelegentlich über die Sache nach. Der Wald hat sie jetzt ganz aufgenommen. Es ist so still ringsum wie in einer Kirche. Nur manchmal stößt der genagelte Schuh des Jägers gegen einen

Stein. Er trägt den Buben jetzt auf der Schulter und hat das Gesicht zu den Wipfeln aufgerichtet.

Plötzlich bleibt er stehen, von einem Gedanken gefangen, der ihm siedend heiß durch den Körper strömt. Wäre dieses Sachingeranwesen nicht gerade das Richtige für ihn und die Babsi? Vom Dorf abseits, auf einer stillen Höhe. Wartet dies heruntergekommene Gehöft nicht geradezu auf ein paar tüchtige Hände, die es wieder zum Glänzen bringen, die dem Acker wieder Saat schenken, dass Brot daraus würde? Kartoffeln könnte man anbauen, die Wiesen wieder richtig düngen, dass man etliche Kühe füttern könnte. Seit die Sachinger Cordula nach drüben gegangen ist, hat der Alte die Hände ruhen lassen. Für ihn lohnt sich nichts mehr, gerade noch, dass er von der Hand in den Mund lebt und mit seinen Gedanken nicht mehr in Schierding, nicht mehr bei seinem Grund und Boden ist, sondern auch im fernen Amerika. Die Cordula schreibt ihm so wunderliche Dinge, dass es für ihn nur das gelobte Land sein kann, wo Milch und Honig fließen, ohne dass man Kühe dazu braucht oder Bienenstöcke.

Immer festere Formen nehmen die Bilder an, die den Jäger überwältigt haben. Er hat sich wirklich schon ein paar Mal wegen eines Käufers umgehört, doch niemals an sich selber gedacht. Ja, da hat er aber auch noch nichts von der Babsi gewusst. Jetzt auf einmal ist alles anders, jetzt lässt er sich überwältigen von dem Gedanken, lässt sich tragen von diesem Glücksgefühl und kann nun gar nicht mehr schnell genug über den Wald hinaufkommen.

Und dann ist doch alles ganz anders als er es sich gedacht hat. Er kann die Babsi nicht gleich überfallen mit seinen gewaltigen Gedanken, er muss sich damit abfinden, dass die Babsi sich zunächst um gar nichts anderes kümmert als um den Klausi. Sie hält den Buben an den schmalen Schultern fest und studiert Zug um Zug in dem rosigen Gesichtchen. Dann drückt sie das Kind fest an sich und schaut zu dem Jäger auf. »Der ist ganz nach dir geraten, Franz.« Und dann erst besinnt sie sich, legt ihre Arme um den Hals des Mannes und küsst ihn. »Ich hab schon gemeint, der Sonntag käm nimmer.«

»Na, sei so gut!«, lacht er. »Sag nur gleich, du hättest Sehnsucht gehabt.«

»Und wie«, gesteht sie. Du musst wissen, dass jetzt alles ganz anders ist. Seit zwei Stunden schon bin ich jeden Augenblick zum Gatter vorgelaufen und hab in den Wald hineingehorcht, ob ich keine Schritte hör. Aber jetzt seid ihr ja endlich da.«

»Unterwegs hab ich mich ein bissel aufgehalten. Zuerst bei der Frau Wunderlich und dann beim alten Sachinger. Du – da muss ich dir gleich was sagen –«

»Später«, unterbricht sie ihn. »Jetzt muss ich mich um das Kind kümmern. Ist das ein lieber Kerl! Was wird er denn mögen?«

»Jetzt gar nichts, höchstens ein Glas Milch. Hast Durst, Klausi?«

Der Bub nickt, sieht zuerst seinen Vater an und dann die Babsi. Dann lächelt er dem Mädchen vertrauensvoll zu, so als kenne er sie schon lange. Die Babsi nimmt ihn auf den Arm und drückt ihre Wange an das Gesicht des Kindes. »Armes Zwergchen! Haben sie dich herumgeschubst von einem Haus ins andere! Aber damit hat es jetzt ein End! Jetzt bleibst bei mir, gelt, Klausi?«

Der Bub ist verschreckt. Ihm sind so viele Zärtlichkeiten fremd. Bis jetzt hat ihn außer dem Vater niemand so liebkost. Und die Babsi treibt es auch gleich ein bissel zu weit, so bezaubert ist sie von dem kleinen Lockenköpfl. Sie gibt ihm Milch zu trinken, führt ihn in den Stall hinaus, dann auf den Heuboden und hernach muss er neben ihr am Herd sitzen, während sie kocht.

Der Jäger sitzt unterdessen draußen und spinnt an seinen Gedanken weiter. Einmal wird sich ja der Sturm ihrer

Zärtlichkeiten legen, dann wird er mit der Babsi schon vernünftig reden können. Aber das dauert bis nach dem Mittagessen, als der Klausi von Müdigkeit übermannt draußen in Barbaras Bett eingeschlafen ist.

Eine friedvolle Stille herrscht über dem Almfeld. Über den Bergen liegt eine feine Dunstschicht und die einzelnen Spitzen und Riffe sehen aus, als lägen sie hinter Glas.

Die Barbara geht nun daran den Rucksack des Jägers auszupacken, der nichts weiter enthält als die wenigen Kleidungsstücke, die der Klausi besitzt.

»Na ja«, sagt sie, »da werd ich ihm gleich noch ein paar Hosen stricken müssen. Viel ist's ja grad nicht, was er hat. Hemdchen braucht er auch noch ein paar.«

Mit glücklichem Lächeln sieht er zu, wie sie die Wäschestücke sortiert, die einen gleich auf die Seite legt, weil sie gewaschen werden müssen, und andere in den Flickkorb.

»Weißt ja, wie das ist, wenn keine Mutter da ist«, sagt er. »Und Hemdchen muss ich halt bei der Frau Rauscher ein paar kaufen.«

»Lass dich aber nicht anschmieren! Am besten ist's, du nimmst auch ein wollenes Jäckchen, falls grad einmal kalte Tage kommen.«

Die Barbara ist nun fertig und setzt sich zu ihm. »Ich kann dir gar nicht sagen, was ich für eine Freud hab mit dem Kind!«

»Und vor lauter Freud vergisst du ganz, dass ich auch noch da bin.«

»Ach geh, du!«

Sie schlingt ihre Arme um seinen Hals und küsst ihn. Hernach fragt sie: »Jetzt wirst ja wohl öfter kommen?«

»Sooft der Dienst es erlaubt. Und wenn ich frei hab, dann brauch ich auch nimmer ins Dorf hinunter.«

»Ja, eben. Das hätten wir eigentlich schon lang so halten können.«

Er greift ihr unters Kinn und biegt ihr Köpfchen zurück. »Du hast ja so lang gebraucht, bis du mich mochtest.«

»Ja, aber jetzt bist drin in meinem Herzen und rauslassen werd ich dich nimmer! Was Bestand haben soll, braucht Zeit.« Sie lehnt ihren Kopf an seine Schulter. »Ach, Franz, sag doch, wie es wird mit uns dreien?«

»Das kann ich dir ganz genau sagen, Babsi! Wenn es nach mir ginge, dann könnten wir im Herbst, wenn du von der Alm ins Tal kommst, heiraten. Es kommt bloß darauf an, was deine Familie dazu sagt.«

»Was sollen s' denn sagen? Der Bernd wird froh sein, wenn er mich loswird. Bloß – wo werden wir wohnen? Darüber denke ich schon die ganze Zeit nach.«

Am Grat oben sieht man jetzt ein Häuflein Menschen dahinwandern. Missmutig schaut Franz mit seinem Glas hinauf und runzelt die Brauen. »Andauernd müssen s' plärren! Als ob man nicht ohne auch wandern könnt. Aber nein, 's Wild muss verscheucht werden! Hoffentlich kommen sie nicht zu uns runter.«

»Jetzt muss ich nachschaun, ob er noch schläft«, sagt die Barbara, schon ganz erfasst von ihren Mutterpflichten. Aber Franz hält sie zurück. »Der rührt sich schon, wenn er wach wird. Bleib nur da und erschrick nicht über das, was ich dir jetzt sage.«

»Sei so gut, du machst mir ja direkt Angst.«

»Angst hab ich im ersten Augenblick auch gehabt bei dem Gedanken. Aber je länger ich darüber nachdenk, desto vertrauter wird mir alles. Der Sachinger will sein Anwesen verkaufen. Gelt, jetzt verschlägt's dir auch die Sprach?«

Die Barbara schüttelt den Kopf. »Warum denn? Ist zwar sehr runtergekommen, das Anwesen –«

»Aber wir zwei könnten es wieder in die Höh bringen! Bloß wird uns halt das nötige Kleingeld fehlen. Achtzig- bis neunzigtausend müssten wir fürs Erste haben.«

Hat die Barbara diesen Gedanken zunächst weit von sich geschoben, so kommt sie ihm jetzt doch näher. Die Vorstellung gewinnt Gestalt, es erscheint auf einmal alles gar nicht mehr so abwegig. »Zwanzigtausend Mark hab ich mir schon gespart«, sagt sie.

»Und ich habe auch zwanzigtausend und außerdem hab ich ja mein monatliches Gehalt. Wenn ich mich noch mehr einschränke –«

»Kostgeld brauchst jetzt keines mehr zahlen«, spinnt die Barbara den Faden gleich weiter. »Und wenn du bei mir auf der Alm bist, brauchst auch nichts mehr auszugeben. Müsstest es halt so einrichten, dass du ziemlich oft zum Essen kommst.«

Er nickt und rechnet ebenfalls weiter, aber sie unterbricht ihn gleich wieder: »Wenn wir heiraten, müssen meine Leut mir doch was auszahlen. Der Vater hat immer gesagt, dass wir Mädchen einmal an die fünfzigtausend Mark mitkriegen.« Ganz ungestüm fasst sie ihn plötzlich am Arm. »Franz, das Sachingeranwesen darf uns nicht durch die Lappen gehen!« Ganz aufgeregt ist sie und von einer wunderbaren Unternehmungslust. Freudselig redet sie sich alles vom Herzen, sie hält alles für einen freundlichen Wink des Schicksals und fühlt sich mit der ganzen Welt eins.

Sie bauen an diesem Nachmittag keine großen Luftschlösser, sie zeichnen nur mit ein paar kräftigen Strichen an dem verlotterten Sachingeranwesen herum, dass es alle Düsterkeit verliert und sich die helle Sonne in den Fensterscheiben spiegelt.

So zukunftsfreudig sehen sie ihren Weg vor sich. Und wenn ein Stein daliegt, dann stößt der Fuß des Mannes ihn lachend weg, bevor sich Barbara danach bücken kann. Der Wind, der in den Bäumen rauscht, ist für sie plötzlich kein Wind mehr, sondern Harfenspiel von Engelshänden, das Plätschern der Quelle ist ihnen wie Orgelklang, der Himmel ist eine Glocke aus Glas und sie sehen die kleine schwarze Wolke nicht, die unter der Sonne einmal hinzieht und wie ein Sinnbild wirken könnte, dass auch Träume von Schatten umweht werden können.

Die Schatten steigen bereits drei Tage später herauf, als der Bernd mit dem Traktor heraufkommt, wie jede Woche. Er bringt Bier und Brot, etwas Fleisch und Eier, damit die Babsi etwaige Sonderwünsche von Touristen erfüllen kann. Butter und Käse nimmt er dann mit hinunter.

Er lädt die Bierkiste ab und schimpft über die Hitze. Plötzlich weiten sich seine Augen, als die Barbara mit einem kleinen Buben an der Hand hinter der Hütte hervorkommt. So sehr trifft ihn dieses unerwartete Ereignis, dass er den Mund vor Staunen offen hält. Schließlich fragt er wie von bösen Ahnungen erfasst: »Wem gehört denn der?«

»Gell, da schaust? Mir gehört er, gell, Klausi!«

Der Bernd zerrt den Rucksack noch vom Karren und wirft ihn auf die Stufe hin. Auf so eine blöde Antwort braucht er noch lange nicht einzugehen. Auch will er die Schwester heute nicht unnötig reizen, denn er ist sich seiner schwierigen Aufgabe bewusst. Unglücklicherweise war in der vorigen Woche der Vater heraufgefahren, sodass er sich seines Auftrages nicht hat entledigen können.

»Hast noch eine Flasche Bier im Keller drunten?«, fragt er. »Das, welches ich grad gebracht hab, wird warm sein.«

»Ach, hol dir doch selber eins und nimm die Kiste gleich mit hinunter.«

Wieder schluckt er ihre Unbotmäßigkeit, obwohl er sonst immer gleich saugrob wird, wenn ihm die Schwester widerspricht. Hernach setzt er sich vor die Hütte, trinkt die Hälfte der Bierflasche leer und blinzelt dann ein wenig, weil ihm die Kinderwäsche auffällt, die an einer Leine zwischen dem Hüttendach und dem Vogelbeerbaum hängt. Obwohl es ihm schwer fällt, bleibt er freundlich.

»Jetzt sei einmal gescheit, Babsi, wem gehört das nette Bübchen?«

»Gell, sagst es selber, dass es ein netter Kerl ist«, lächelt die Barbara und streichelt dem Buben über den Kopf. »Er hängt schon recht an mir.«

»Ja, das seh ich. Aber nun sag, wem er gehört!«

»Dem Franz Goreiter.«

»Dem Jäger? Hast ihn vielleicht gar bei dir aufgenommen?«

»So was Ähnliches, ja.«

Dem Bernd wird ungemütlich, grad als ob er was ahnt. Seine weitere Frage klingt schon weit sachlicher: »Zahlt er wenigstens Kostgeld?«

Die Barbara hat gerade begonnen ein paar Sachen von der Leine zu nehmen. Langsam dreht sie sich ihm zu. In ihrem Blick ist bereits der feste Wille sich gegen alles standhaft zu wehren, was jetzt kommen musste. »Warum interessiert dich das?«

»Fragen wird man doch schon noch dürfen.«

»Ja, fragen schon, aber ob ich gerade dir alles beantworte, das weiß ich nicht.«

Der Bernd schweigt eine Weile. Ihm kommen die merkwürdigsten Gedanken. Und doch bezwingt er sich abermals und will nun das Gespräch auf seinen Auftrag lenken. »Der Harasser hat die Gustl selber abgeholt, gell?«

»Ja, ich war überrascht, dass er nicht einen Knecht drum geschickt hat.«

»Der ist schon in Ordnung, der Michael.«

»Ja, das kann man wohl sagen«, bestätigt Barbara.

Bernd verdreht die Augen und sagt mit eindringlicher Wichtigkeit: »Der mag dich narrisch gern.«

Barbara hebt rasch den Kopf. »Hat er dir das etwa gesagt?«

»Angedeutet hat er es. Und so was merkt man ja schließlich auch gleich. Der hat dich ja gar nimmer aus den Augen gelassen. Und was der für einen Hof hat! Dagegen sind wir arme Schlucker!«

»Übertreib nur nicht, Bernd. Unser Hof kann sich auch sehen lassen. Und dass wir uns in dem Punkt gleich klar sind« – sie legt die Wäsche in einen Korb und verschränkt die Arme über der Brust – »erfahren müsst ihr es ja doch. Ich werde den Franz Goreiter heiraten.«

Der Bernd erschrickt so sehr, dass ihm die Bierflasche aus den Händen fällt und auf den Steinen zerschellt. Ganz bös und schmal werden seine Augen. »So was Blödes wär dir schon zuzutrauen! Aber jetzt geht mir ein Licht auf! Deswegen hast du den Balg da und deswegen hast vorhin gesagt, dass er dir gehört!«

»So viel wie mir. Aber mich freut es, Bruder, dass du es so schnell begriffen hast. Ich werd zwar nicht hoffen dürfen, dass du bei den Eltern ein gutes Wort für mich einlegst, aber ich werd es auch allein durchfechten können.«

Immer wieder muss er den Kopf schütteln, weiß nicht, ob er seine Mission schon als gescheitert betrachten oder mit einer wüsten Schimpfkanonade über die Schwester herfallen soll. Sein Instinkt rät ihm es noch einmal mit Freundlichkeit zu versuchen. Er lächelt dünn und stößt mit der Fußspitze die Scherben der Bierflasche zur Seite. »Da hast mir aber einen Schrecken eingejagt. Bloß gut, dass ich nicht alles gleich für bare Münze nehm! Du wärst ja hirnvernagelt, wenn du Sekt trinken könntest und nimmst mit Wasser vorlieb.«

Barbara, am Anfang doch noch ein wenig aufgeregt, ist immer ruhiger geworden. In ihrem Gesicht spiegelt sich eine stille Freude. »Nimm ruhig an, dass ich so hirnvernagelt bin. Du aber bist dagegen begriffsstutzig, weil du sonst merken müsstest, dass mir damit ernst ist. Das hab ich auch dem Harasser gesagt und der wenigstens hat es respektiert.«

»Jetzt sag ich gar nichts mehr.«

»Besser wär's. Und dass wir uns klar sind –« sie unterbricht sich und schaut nach dem Buben, den sie dann auf der Sonnenseite der Hütte im Gras sitzen sieht. »Bleib nur schön da, Klausi, nicht fortlaufen, gell?« Dann kommt sie zurück. »Also, dass wir uns klar sind, Bruder, im Herbst werden wir heiraten, der Franz und ich.«

»Warten wir's ab«, sagt der Bernd und steht auf. »Wenn es nach mir geht –«

»Nach dir geht's aber nicht«, unterbricht sie ihn. »Das ist ganz allein meine Angelegenheit. Du hast dir ja auch nichts dreinreden lassen, als du die Bergmüller Carmen geheiratet hast.«

»Du kannst doch mich nicht mit dir vergleichen! Ich war immerhin schon fünfundzwanzig Jahre alt, als ich geheiratet hab, ich hab die Einwilligung der Eltern nimmer gebraucht. Aber du brauchst sie.«

»Ja, die brauch ich. Aber lass das nur meine Sorge sein. Du kannst jetzt hetzen, wie du magst, ich lass mich nimmer abbringen.«

Der Bernd macht eine wegwerfende Handbewegung, als wenn das, was Barbara sagt, nichts zu bedeuten hätte. Er lädt die leeren Bierkisten auf, verlangt in barschem Ton, dass die Barbara ihm die Almerträgnisse gibt, und schließlich fordert er noch: »Und die Abrechnung?«

»Der Vater hat vorige Woch alles mitgenommen, was ich gehabt hab. Höchstens zehn Mark werd ich dahaben.«

»Das gibt's ja gar nicht!«, mault er. »Du willst mir doch nicht weismachen, dass du außer dem Bier nicht auch Milch, Butter und Käs verkauft hast!«

Mit dem gleichen schroffen Ton antwortet Barbara: »Ich sag dir ja grad, dass höchstens zehn Mark da sind.«

»Aber fremde Kinder durchfüttern! Und schön langsam auf die Seite räumen für den Herrn Jäger! Da werd ich dir eine Suppe einbrocken! Da pass auf!«

»Tu, was du nicht lassen kannst«, antwortet die Barbara

und wendet sich ab. Sie setzt sich zum Klausi ins warme Gras und spürt heftiges Mitleid mit dem Kind. »So schlechte Menschen«, jammert sie. »Nicht einmal das Tröpferl Milch wollen sie dir vergönnen! Aber jetzt erst recht! Bei mir sollst es nicht schlecht haben, Klausi!«

Als ob der Bub sie verstanden hätte, krabbelt er auf ihre Knie und schmiegt sein Köpfchen an ihre Wange. Talwärts hört man den Traktor davonknarren. Dann wird es wieder still.

4

Am Sonntagnachmittag, nach dem Essen, setzen sich die Rumbolds zusammen um über das schwarze Schaf auf der Alm droben Familienrat zu halten und es zu verdammen, falls die Barbara es sich nicht doch noch anders überlegt. Das allerdings ist kaum zu erwarten, denn die Barbara hat ihrem Vater, der gestern durch den von Bernd ausgelösten Alarm bis ins Herz hinein erschreckt zur Alm hinaufgerannt ist, die gleiche feste Haltung gezeigt wie ihrem Bruder.

Den Jäger Franz Goreiter wird sie nehmen, jawohl. Man braucht darüber gar nicht lange zu diskutieren, das sei ihr fester Entschluss, daran könne niemand mehr etwas ändern.

Ob man wirklich nichts mehr ändern kann, das zu beraten sitzen sie nun beisammen und einzig die Bettina findet es erheiternd, wie hier über einen Menschen verhandelt wird, der nicht anwesend ist und sich nicht verteidigen kann. Sie allein findet die Haltung ihrer Schwester großartig.

Es ist ein etwas verhangener Tag, die Sonne will nicht recht durchkommen, der Rumbold sitzt mit einem verdrossenen Gesicht da und hat schon ein paar Mal gesagt: »Einheizen hättet ihr schon dürfen.«

Aber niemand kommt seinem Wunsch nach. Die Frau Rumbold sitzt auf der Ofenbank und hat die Hände gefaltet, als ob sie bete. Vielleicht tut sie es wirklich, in der Hoffnung, der liebe Gott möchte das »Dirndl« doch noch erleuchten und ihr die Erkenntnis eingeben, dass es doch weit besser wäre sich in ein gemachtes Harasserbett zu legen als auf das ärmliche Schlafsofa einer Jägerwohnung, von dem heraus sich keine große Zukunft ausrechnen lässt.

Die junge Schwiegertochter darf keine eigene Meinung äußern. Neben dem robusten Bernd nimmt sie sich aus wie ein verschüchtertes Reh, das immerzu Angst hat. Sie ist ein guter Kerl, die Carmen, und vielleicht denkt sie in ihrem Innern, dass es sich in einem Jägerhaushalt besser leben ließe als auf so einem Hof, von dem man nicht weiß, wann ihn der Alte einmal aus den Händen gibt. Sie ist hier nicht recht viel mehr als eine Angestellte und denkt in dieser Stunde daran, wie man auch ihr einmal zugeredet hat, der Rumbold Bernd sei eine gute Partie und sie dürfe es für ein Glück halten in solch einen Hof einheiraten zu können.

»Ich wollt ja nichts sagen«, nimmt der Bernd wieder das Wort, »wenn ihr nicht der Harasser Michael schon einen Antrag gemacht hätte. Schämen muss man sich vor ihm, dass man eine so saudumme Schwester hat.«

Die Bettina sitzt auf dem Fensterbrett und schaut zum Fenster hinaus auf die Wiese, die der Oberwirt der Jugend von Schierding als Fußballplatz zur Verfügung gestellt hat. Dort sammelt sich gerade die Schierdinger Mannschaft um gegen die von Aichtling zu spielen. Jetzt aber dreht die Bettina den Kopf und verteidigt die Schwester: »Dass unsere Babsi saudumm ist, brauchst du nicht zu sagen. Die Alm bewirtschaftet sie jedenfalls recht gut.«

»Du bist nicht gefragt und bist auch noch gar nicht trocken hinter den Ohren!«

»Dann hättet ihr mich gleich nicht reinholen brauchen.«

»Ich denk halt«, meint der Vater jetzt, »der Harasser müsst Manns genug sein, dass er mit dem, was er hat, so einen Hungerleider von Jäger leicht ausstechen könnt.«

»Sie lässt sich nimmer abbringen vom Franz, hat sie gesagt.«

»In der Verliebtheit sagt man oft was. Aber wenn ich dir da ein Kalbsschnitzel hinstell und dort eine dünne Suppe, da greift halt doch jeder vernünftige Mensch nach dem Schnitzel!«

Auf der Wiese hat das Fußballspiel inzwischen begonnen und die Bettina schreit plötzlich: »Schieß doch schon, Armin! Dribbel doch nicht so lang rum!«

»Plärr nicht so!«, raunt der Bernd sie an, »und mach gefälligst das Fenster zu, der Vater friert.«

»Hättest ja bloß einzuheizen brauchen«, antwortet die Bettina schnippisch.

»Immer wird der Mensch das Bessere wählen, wenn es ernst wird«, fährt der Rumbold in seinen Gedanken fort.

Da lässt sich die Stimme der Schwiegertochter Carmen vernehmen: »Ich glaub, dass das mehr Charaktersach ist.«

Verblüfft schaut der Bernd auf. »Wie kommst jetzt auf so was? Meinst, dass es da so viel Charakter gebraucht hat, dass du mich heiratest?«

»Ich weiß nicht«, sagt die Carmen schon wieder unsicher geworden.

»Du musst ja froh sein, dass sie dich genommen hat«, meint die Bettina in ihrer vorlauten Art und springt vom Fensterbrett, weil der Bruder mit erhobener Hand auf sie zugeht.

»Ruh muss sein!«, schreit der Vater mit einer so scharfen Stimme, wie man es ihm gar nicht zugetraut hätte.

»Ist das ein Kreuz!«, jammert die Mutter und dreht die Daumen dabei. »Wenn wenigstens die Brigitte da wär, die hätt vielleicht mehr Einfluss auf die Babsi!«

In diesem Augenblick hellt sich das Gesicht von Bernd auf. Eine Weile starrt er nachdenklich vor sich hin, dann spielt ein dünnes Lächeln um seinen Mund. So gut ist plötzlich seine Laune, dass er sich eine Zigarre anzünden muss. Aber er sagt nicht, was in ihm vorgeht, und beginnt wieder zu nörgeln: »Auf keinen Fall geht das aber, dass wir ein fremdes Kind auf der Alm durchfüttern. Dann soll er Kostgeld zahlen, der Herr Jäger.«

»Nein, da bekäm ich ein schlechtes Gewissen!«, wehrt sich die Mutter sofort. »Was braucht denn so ein kleines Kind schon?«

»Ja freilich, wenn man so rechnet! Die Babsi ist imstand und bringt uns den Balg im Herbst noch ins Haus!«

»Zuerst hast gesagt, dass sie im Herbst heiraten will«, mischt sich die Bettina wieder ein. »Und so viel ich weiß, hat der Jäger zwei Zimmer beim Holsterer.«

»Eine Rumboldtochter heiratet nicht in zwei Zimmer«, sagt der Vater gereizt, der noch viel zu sehr an den alten Überlieferungen haftet.

»Dann musst ihr halt ein Häuschen bauen«, witzelt die Bettina und rennt zur Tür hinaus, bevor der Bernd sie erwischen kann. Sie rennt durch den Obstgarten zum Fußballplatz hinüber und feuert den Hörl Armin an: »Jetzt zeig, was du kannst, Armin!«

Das Spiel wird vom Kaplan Goldbrunner geleitet. Er rennt in einem Sportdress auf dem Platz umher und pfeift, manchmal auch da, wo nicht hätte gepfiffen werden müssen. Aber er will das Spiel in der Hand behalten.

Wie zufällig ist die Rumboldmutter ans Fenster getreten und erschrickt so heftig, dass sie sich gleich hinsetzen muss. »Das darf doch nicht wahr sein!«, klagt sie händeringend.

»Was darf nicht wahr sein?« erkundigt sich der Rumbold und tritt auch ans Fenster. Ihn erschreckt es weniger, von diesem Kaplan ist man ja schon allerhand gewohnt.

Neulich soll er sogar auch einmal in der Disco gesehen worden sein.

»Hab ich mich getäuscht oder ist er's wirklich?«, fragt die Bäuerin.

»Er ist's schon«, bestätigt der Rumbold. »Und wie er rennt!«

»Du lieber Herrgott, was sind denn das bloß für Zeiten! Dass der Herr Geistliche Rat so was duldet! Ich versteh das nimmer!«

»Na ja, die Geistlichkeit muss halt auch ein bissel mit der Zeit gehen.«

»Aber doch nicht auf dem Fußballplatz! Früher hat so ein junger Kaplan um die Zeit die Christenlehre halten müssen.«

»Früher wär's einer Bauerntochter auch gar nicht eingefallen einen Jäger zu heiraten. Die Zeiten haben sich geändert.«

»Aber bloß zum Nachteil der Moral! Mit der schaut's schlecht aus«, jammert die Bäuerin. »Ist ja auch kein Wunder, wenn die Pfarrer heut schon tanzen und auf dem Fußballplatz sind!«

Sie kommt gar nicht zu Ende mit der Feststellung, dass sich die Zeiten nur zum Nachteil der Menschheit geändert hätten.

Ganz unbemerkt von allen hat sich der Bernd zurückgezogen. Er sitzt droben in einem abgelegenen Raum und schreibt an seine Schwester Brigitte:

»Liebe Schwester! Am Sonntag ist bei uns in Schierding der Jakobimarkt und es wär gut, wenn du da kämst, weil ich dir ganz was Wichtiges sagen muss. Bist so lang nimmer da gewesen, ich weiß schon, weil's so umständlich ist mit dem Zug und du gleich zweimal umsteigen musst. Aber ich habe einen Freund, den Harasser Michael, der würde dich mit seinem Wagen zurückfahren nach Aibling. Kennst ihn nicht, den Harasser Michi? Weißt doch, der den großen

Hof in Waidholzen hat. Also, Brigitte, kommst ganz gewiss, ja? Es gibt daheim auch allerhand mit der Babsi und die Bettina wird immer frecher. Ich hol dich vom Bahnhof ab, wenn du am Samstag mit dem letzten Zug kommst. Die Tante muss dir doch auch einmal ein paar Tage freigeben. Dieses ist meine Meinung. Es grüßt dich bestens dein Bruder Bernd.«

Gegen Abend trägt er den Brief noch zur Post und anschließend geht er zum Ochsenwirt. So fröhlich zeigt er sich selten wie an diesem Abend. Er ist wie berauscht von seinem Plan, und wenn alles so klappt, wie er es sich denkt, dann kann die Babsi den Goreiter Franz haben. Er muss jetzt nur noch den Harasser Michael so weit bringen, dass er auch zum Jakobimarkt kommt. Am besten ist es, wenn er dem auch schreibt, dass er ihm etwas Wichtiges mitzuteilen habe. Der meint dann sicherlich, es drehe sich um die Babsi. Aber wenn er ihm dann die Brigitte vorstellt, na ja, das müsst ja doch mit dem Teufel zugehen! Auf alle Fälle ist der Rumbold Bernd an diesem Abend so aufgekratzt, wie man ihn seit langem nicht mehr gesehen hat.

Die Brigitte kommt tatsächlich am Samstagabend mit dem Neun-Uhr-Zug und der Bernd holt sie vom Bahnhof ab. Sie hat nur ein kleines Köfferchen bei sich und ist recht elegant gekleidet. Das passt dem Bernd nicht ganz in den Kram und er sagt gleich: »Morgen musst dann schon was Schlichteres anziehen.«

Die Brigitte sticht von ihren Schwestern bedeutend ab. Schon ihr Gang auf den hohen Stöckelschuhen erregt Staunen. Den hellen Sommermantel trägt sie lose über dem Arm. Das beigefarbene Kleid sitzt wie angegossen, ihr dunkles, fast schwarzes Haar ist wohl frisiert und der Bernd seufzt: »Da wird die Mutter Augen machen, wenn du so daherkommst.«

»Soll doch schaun!«, sagt die Brigitte. Sie bleibt jetzt beim Stadel vom Zwerchlechner stehen und fragt geradeheraus: »Was hat das eigentlich für eine Bewandtnis mit diesem Harasser, von dem du schreibst, dass er dein Freund ist?«

»Schau ihn dir morgen nur einmal an!«

»Du meinst es umgekehrt, Bruder. Er soll wahrscheinlich mich anschaun. Schön langsam dämmert mir was.«

Der Bernd fühlt sich durchschaut und gibt zu: »Du warst von deinen Schwestern schon immer die schnellste im Denken.«

»Danke für dein Kompliment. Und was ist mit der Babsi los?«

»Ja, denk dir nur grad, die möchte den Witwer, den Jäger Franz heiraten.«

»Warum nicht, wenn sie ihn mag!«

»Ja, freilich, das sag ich ja auch, aber – gehen wir jetzt weiter?« Die Brigitte hat sich, nachdem sie ja nun schon den zweiten Sommer bei der Frau Tante in Bad Aibling ist, ganz schön herausgemacht. Sie ist schlanker geworden und ist zweifellos eine auffallende Erscheinung. Sie hat in eine andere Welt hineingeschmeckt und Verschiedenes angenommen, dennoch aber hat sie sich vorsichtshalber kaum geschminkt.

»Irgendwo muss der Harasser Michi dich schon gesehen haben«, spricht der Bernd dann weiter.

»Ich wüsst nicht wo.«

»Auf alle Fälle möchte er dich näher kennenlernen.«

»Also doch eine Kuppelei! Bruder, Bruder! Auf welchen Pfaden wandelst du! Und wie stellst du dir das überhaupt vor? Einen Bauern? Ich bin jetzt was anderes gewöhnt.«

Der Bernd schluckt und sieht auch diese Berechnung danebengehen. Aber ganz gibt er die Hoffnung noch nicht auf, zumal die Brigitte jetzt sagt: »Anschauen kann ich ihn mir ja einmal und den Hof müsst ich auch erst sehen. Wenn es sich lohnt, kann man ja weiterschauen.«

Und da stehen sie vor dem väterlichen Hof. Der Bernd macht ihr die Wohnzimmertür auf und die Brigitte hat inzwischen gelernt, dass es einen guten Eindruck macht, wenn man die Eltern umarmt. Sie tut das, es sieht nach echter Herzlichkeit aus, obwohl die Brigitte ein nüchterner, berechnender Mensch ist. Das ist sie eigentlich immer schon gewesen, die Abwesenheit von Schierding hat das nur noch verstärkt. Sie sagt das, was sie von feineren Leuten gelernt hat zu sagen: »Wie ich mich freue euch wieder zu sehen!«

Die Mutter kann gar nicht genug staunen und ringt immerzu die Hände. »Du wirst immer schlanker, Brigitte. Aber dass du dir die Haare hast abschneiden lassen!«

»Die wachsen wieder, wenn ich will«, lacht die Brigitte. Und wie sie lachen kann, klingend wie eine Glocke!

An diesem Abend sitzt man sehr lange beisammen und sie erfahren von der Brigitte, dass die Tante zwanzig Fremdenbetten hätte, das es Arbeit genug gäbe und dass sie für ihre Tätigkeit immerhin im Monat achtzehnhundert Mark bekäme. Ja, Arbeit habe sie viel, kaum dass sie einmal dazu käme, im Kurpark ein bisschen spazieren zu gehen. Es ist dann schon gleich Mitternacht, als man sich trennt und sich schlafen legt. Das vom Jäger Franz und der Babsi erfährt die Brigitte erst von Bettina, mit der sie das Zimmer teilt. Hier sind die beiden Schwestern ein Herz und eine Seele. Wenn die Babsi den Jäger mag, dann soll sie ihn doch haben.

»Aber du glaubst ja gar nicht, was sie für ein Theater gemacht haben am letzten Sonntag!«, erzählt die Bettina. »Grad, als wenn sie den ärgsten Lumpen heiraten möchte!«

»Und wie steht's bei dir, Bettina?«

Die Bettina richtet sich eiligst in den Kissen auf. »Sag aber nichts: Der Hörl Armin läuft mir dauernd nach. Aber er traut sich nicht recht Farbe zu bekennen.«

»Der von der Autowerkstatt Hörl?«

»Ja, der. Am letzten Sonntag hat er drei Tore geschossen. Eins war ein Elfmeter.«

Du bist noch ein richtiger Kindskopf, denkt die Brigitte, dreht sich auf die andere Seite und macht das Licht aus. Noch beim Einschlafen fällt es ihr ein: »Kennst du den Harasser Michael?«

»Ja, der war einmal da. So einen gut aussehenden Typen gibt's kein zweites Mal!«

»Da solltest erst einmal ein bissel in die Welt hinauskommen, was man da so alles sieht! Da war bei uns ein Prinz aus Jordanien, der ist am Tag gleich fünfmal an unserer Pension vorbeigelaufen, bloß damit er mich sieht. Und tanzen hat der können!«

Das ist was für die Bettina. Schon ist sie aus dem Bett heraus und setzt sich zur Schwester auf den Bettrand. »Du warst mit ihm beim Tanzen?«

»Ja, im Kurhaus. Das hättest sehen sollen, Bettina! Er war so groß und schlank, dass ich ihm bis knapp ans Kinn gegangen bin.«

»Und das will was heißen, bei deiner Größ!«

»Und Manieren hat der gehabt, sag ich dir. So was Feines wie der war! Wenn er mir bloß ein bissel an den Ellenbogen hingekommen ist, hat er sich gleich entschuldigt. Das Geld hat überhaupt keine Rolle gespielt bei dem.«

Die Brigitte kommt wunderbar ins Fantasieren hinein. In Wirklichkeit war ihr jordanischer Prinz bloß ein iranischer Schüler vom Goetheinstitut, der so arm war, dass die Brigitte ihm ein Eis und ein Coca-Cola zahlen hat müssen. Nicht im Kurhaus, sondern in einer Eisdiele.

»Hättest ihn dir nicht schnappen können?«, fragt die Bettina.

»Der hätt mich vom Fleck weg geheiratet«, lügt die Brigitte. »Aber meinst, dass ich blöd bin? Ich hab mich erkundigt, in Jordanien ist doch die Vielweiberei erlaubt, meinst, dass ich die vierte oder fünfte sein möchte? Entweder die Lieblingsfrau oder gar nicht.«

»Ich möchte auch einmal nach Aibling«, meint die Bettina.

»Kannst ja du im nächsten Jahr zur Tante gehen.«

»Warum, magst du nimmer zur Frau Tante?«

»Ich weiß was Besseres, wo ich mehr Freiheit hab und wo ich den Hausschlüssel mitkrieg, wenn ich fortgeh. Die Tant hätt mich immer schon um neun Uhr ins Bett geschickt und ich hab mich dann meistens heimlich aus dem Haus schleichen müssen. Doch jetzt geh wieder in dein Bett hinüber, ich möchte jetzt wirklich schlafen.«

»Aber morgen musst mir noch mehr erzählen von dem Prinzen«, verlangt die Bettina und schleicht wieder hinüber. Dann wird es endlich still.

»Weißt, Michael, darfst mir's glauben, zugeredet hab ich der Babsi wie einem kranken Pferd. Aber es war nichts zu machen. Sie hat sich da in einen anderen verguckt, und wenn ein Mädel einmal –«

»Brauchst mir nichts mehr zu sagen, ich weiß schon alles«, antwortet der Harasser Michael.

Sie sitzen nach dem Hochamt im Weinstüberl beim Ochsenwirt in Schierding. Draußen drängt sich die Menge durch die engen Gassen. Die Menschen schieben sich an den Ständen vorbei und der »Billige Jakob« schreit, als wenn ihn jemand schlüge, obgleich er bloß seine Rasierklingen anpreist, zehn Stück, einschließlich Apparat, zehn Mark und weil's gleich sei, weil er nichts verdienen wolle und ein guter Mensch sei, achtfünfzig und um keinen Pfennig mehr weniger.

Sie haben beide einen Steinkrug mit Rotwein vor sich stehen und es ist noch genau eine halbe Stunde bis zum Beginn der Zehnuhrmesse, in die Brigitte gehen soll um hernach ganz unauffällig den Harasser kennenzulernen. Darum hat der Bernd den Michael vorsorglich schon zum Fensterplatz gedrängt, von dem aus man den Kirchenweg genau übersehen kann. Der Hitze wegen steht das Fenster offen und Bernds Berechnung nach müsste eigentlich alles klappen.

Der Michi hat heute einen hellen, gut geschneiderten Anzug an, dazu eine weinrote Krawatte. An seinem rechten Ringfinger glänzt ein mächtiger Siegelring mit den Anfangsbuchstaben seines Namens.

»Jetzt weiß ich immer noch nicht, warum du mir die Karte geschrieben hast«, sagt der Michael nach einer Weile.

»Bloß weil du mir damals gesagt hast, ich sollt gut reden für dich bei der Babsi.«

»Ja, es hat aber nichts geholfen. Im übrigen hat sie mir selber gesagt, dass ich nicht hoffen darf. Sie hat mir bloß nicht gesagt, an wen sie gebunden ist. Kenn ich ihn?«

»Ich weiß nicht. Der Jäger Goreiter ist es.«

»Ist der nicht Witwer?«

Der Bernd nickt betrübt. »Und ein Kind hat er auch. Das hat er jetzt der Babsi auf die Alm gebracht.«

Der Michi zieht bedächtig an seiner Zigarette, streift die Asche ab und hebt die Augen. »Na ja, wo halt die Lieb hinfällt, da bleibt sie liegen. Und so ein Kindl braucht ja auch eine gute Mutter.«

»Aber es hat uns richtig Leid getan, darfst mir's glauben. die Brigitte hat es auch nicht verstehen können, als ich es ihr gestern erzählt hab.«

»Wer ist die Brigitte?«

»Das ist meine ältere Schwester. Die zur Zeit in Bad Aibling ist. Gestern ist sie wieder einmal auf Besuch gekommen und da hab ich es ihr halt auch erzählt.«

»Warum, kennt sie mich?«

»Irgendwo muss sie dich schon gesehen haben, sagt sie. Sie kann sich bloß nimmer erinnern.«

»Ich auch nicht.«

Der Bernd schenkt aus seinem Krug etwas Wein in sein Glas, nippt daran, bewegt die Lippen, als ob er den Wein kaue und er davon etwas verstünde. »Schlecht ist er nicht, der Wein.«

»Ist halt ein Kalterer See. So viel Kalterer kann gar nicht wachsen wie auf der Welt ausgeschenkt wird«, meint der Harasser und zündet sich eine neue Zigarette an.

Auf einmal gibt es dem Bernd einen Riss. Er sieht die Bettina und die Brigitte kommen. Die Brigitte trägt ein Dirndlkleid aus hellblauer Seide. Die Bettina trägt das schwarze Sonntagsgewand mit dem Bänderhut.

»Da kommt die Brigitte«, sagt er und öffnet das Fenster noch weiter.

Der Michi beugt sich ein wenig vor. Sein Gesicht bleibt ganz ruhig, nur seine Augen blicken etwas schärfer, als ob er nachdenke, ob er ihr schon einmal begegnet sei. Aber es fällt ihm wirklich nicht ein.

Die beiden sind inzwischen ganz nahe herangekommen und auf einmal sagt die Bettina: »Ui, schau hin, der Bernd! Ja und – wen seh ich denn da? Das ist doch der Harasser!«

Die Brigitte ist stehen geblieben, knapp zwei Schritte vor dem Fenster. Sie ist bei weiten nicht so gebräunt wie die Bettina. Vielleicht glänzen ihre Augen deshalb so geheimnisvoll und dunkel. Dann spielt ein Lächeln um ihren vollen Mund. »Ihr seid aber nobel«, sagt sie. »Vormittags schon Wein trinken!«

Dabei macht sie noch einen Schritt vor und schaut den Harasser aus engen Augen an. Sie hat den Mann noch nie gesehen, aber trotzdem lügt sie: »Irgendwo, mein ich, sind wir zwei uns schon einmal begegnet.«

»Das ist der junge Harasser«, beeilt sich der Bernd zu sagen.

»Ach so. Von Waidholzen, wo man, wie es heißt, einen so schönen Blick ins Land hinaus hat?«

Der Michael hat das Gefühl, dass da etwas nachgeplappert wird, was er irgendwann einmal gesagt hat. Trotzdem schaut er wie gebannt in dieses schöne Gesicht, bis die Brigitte die langen Wimpern senkt, nicht weil sie den Blick dieses Mannes nicht mehr ausgehalten hätte, sondern weil sie weiß, dass sich das immer gut ausnimmt.

»Geh weiter«, sagt jetzt die Bettina und zupft die Schwester am Ärmel. »Wir kommen sonst zu spät in die Kirche.«

Endlich findet auch der Harasser ein Wort: »Vom Kirchgang möchte ich euch nicht abhalten. Sonst hätt ich euch ja ganz gern eingeladen auf ein Glas Wein.«

»Den mögen wir hernach auch noch«, meint die Bettina vorlaut. »Ihr hockt ja doch noch länger da. Geh weiter jetzt, Brigitte, komm!«

Und so muss nun die Brigitte notgedrungen mitgehen. Als sie außer Hörweite sind, sagt sie missgelaunt: »Du wirst so ein Dummerle sein! Die Kirch wär uns nicht davongelaufen! Wer weiß, ob der Harasser hernach noch da ist!«

»Der ist noch da, verlass dich drauf.«

»Bist du so sicher?«

»Meinst, ich hab nicht gesehn, wie der dich angeschaut hat?«

Bevor sie über die Stufen zum Friedhof hinaufgehen, dreht sich die Brigitte noch mal um, hebt unauffällig die Hand und winkt.

Im Weinstüberl sagt jetzt der Bernd: »Ja, da kannst nichts machen mit der Brigitte. Die muss am Sonntag ihre Mess haben, sonst ist sie nicht gesund.«

Der Harasser antwortet nichts. Erst nach einer langen Zeit fragt er: »Wo, hast gesagt, ist sie? In Aibling?«

»Ja, dort hat die Schwester unserer Mutter eine Pension mit zwanzig Betten, glaub ich. Und da hilft die Brigitte jetzt schon den zweiten Sommer aus.«

Der Harasser sitzt mit gekrauster Stirne da und grübelt wieder. Endlich fällt ihm ein: »Dann wird sie die Bauernarbeit schon verlernt haben.«

»Hast du eine Ahnung! Als sie im vorigen Herbst heimgekommen ist, hat sie sofort den Weg zum Stall gefunden. Und kochen kann sie, die Brigitte! Mein Lieber, die hat so Leckerbissen gelernt bei der Frau Tant!«

»Wie alt ist sie eigentlich?«

»Dreiundzwanzig.«

Dann schweigt der Harasser wieder. Die Kellnerin kommt herein um nachzusehen, ob was fehlt.

»Bring noch zwei Schoppen. Und wie schaut's mit den Weißwürsten aus?«

»Grad hat die Frau einen Topf voll eingelegt.«

»Dann warten wir noch, bis die Kirch aus ist.«

Bald darauf läutet es schon zur Wandlung und der Harasser schaut immer öfter zum Fenster hinaus. Er hat nie gedacht, dass eine Messe so lange dauern könnte. Endlich sieht man die ersten Leute unter der Kirchentür erscheinen und schnurstracks rennt die Bettina gleich auf das Wirtshaus zu. Nur mit Mühe kann die Brigitte ihr folgen – oder geht sie absichtlich langsamer, dass es nicht so auffällt? Sie ärgert sich auch über die Bettina, weil sie schon von weitem ungeniert ruft: »Wie ist's denn jetzt mit dem Glas Wein?«

Der Harasser steht nun auf und öffnet die Tür des Weinstüberls. Dann holt er noch einen Stuhl vom Nachbartisch, weil hier bloß drei stehen, wartet, bis die Brigitte sich darauf gesetzt hat, und nimmt dann selber wieder Platz.

Die Brigitte registriert alles ganz genau und bewundert die lässige Eleganz, mit der der Harasser alles macht, als ob er es gelernt hätte. Dem Bernd wäre es sicherlich nicht eingefallen einen Stuhl für sie zurechtzurücken.

Es will keine rechte Unterhaltung in Gang kommen. Die Brigitte, sonst gar nicht schüchtern, ist auf einmal irgendwie benommen. Um überhaupt etwas zu sagen meint sie: »Der neue Kaplan ist ja ganz süß!«

»Den sollst erst einmal auf dem Fußballplatz sehen, wie der rennen kann! Und predigen kann der! Und nie lang, weil er sagt, in der Kürze liegt die Würze.« Ja, ja, die Bettina hat eine kleine Schwäche für den jungen Kaplan, aber noch lieber mag sie doch den Hörl Armin.

Der Harasser bestellt für jeden drei Weißwürste und die Bettina kichert schon wieder: »Das hätt ich mir nicht träumen lassen, dass mir heut einer Weißwürst zahlt! Aber gut sind sie. Nicht viel Wasser hat er heut drin, der Ochsenwirt!«

Der Harasser muss herzlich lachen, weil die Bettina alles so trocken sagt. Dabei übersieht er aber nicht der Brigitte das Brotkörbchen mit den knusprigen Brezeln anzubieten und hernach das Senfschüsselchen. Dann hebt er sein Glas: »Prost allerseits!« Er stößt mit allen an, aber in die Augen schaut er bloß der Brigitte. Und sie ihm. Als sie getrunken haben, heben sie nochmals ihr Glas und sehen sich an.

»Macht man das so?«, will die Bettina wissen und die Brigitte gibt ihr Bescheid. Ja, das sei so üblich und sie fügt noch hinzu: »In besseren Kreisen wenigstens.«

»Aha, in besseren Kreisen. Wir sind aber nichts Besseres, gell, Bernd?« Als sie dann die Weißwürst hinuntergeschluckt hat, steht sie auf. »Jetzt muss ich heim und der Mutter helfen.« In Wirklichkeit hat sie den Hörl Armin zwischen den Ständen herumschlendern sehen und will nun wissen, ob er ihr kein Lebkuchenherz kauft. Schon an der Tür dreht sie sich um: »Dank dir halt recht schön für alles, Harasser! Und ihr zwei, kommt nicht zu spät zum Essen heim, sonst verkochen die Knödel wieder!«

Bald darauf verabschiedet sich auch der Bernd unter dem Vorwand jetzt auch ein bissel auf den Markt hinausschauen zu müssen. Und hat es bei der Bettina völlig ungezwungen und natürlich ausgesehen, beim Bernd merkt man schon eine gewisse Absicht. Der Harasser muss es auf alle Fälle so deuten. Aber er ist dankbar. Nun sitzt er mit der Brigitte allein da und grübelt nach, wie er ein Gespräch beginnen könnte. Plötzlich fällt ihm ein: »Wer hat dir denn gesagt, dass man von Waidholzen eine so schöne Aussicht hätte?«

Die Brigitte hat gerade an ihrem Wein genippt, jetzt stellt sie das Glas hin und schaut den Harasser an. »Ich müsst dich jetzt anlügen, ich weiß es nicht mehr. Wahrscheinlich ist das einmal so allgemein geredet worden.«

»Aber dort warst du noch nie?«

Die Brigitte schüttelt den Kopf. Ihr rechter Zeigefinger fährt spielend über den Rand des Weinglases. »Wo ist denn unsereins schon hingekommen? Wenn die Tante mich nicht zum Aushelfen geholt hätt, wär ich wahrscheinlich auch aus Schierding noch nicht hinausgekommen.«

»Man merkt aber, dass du hinausgekommen bist.«

Die Brigitte hebt die langen Wimpern und schaut ihn schläfrig an. Dieser Blick wirkt, das weiß sie. »Du merkst es vielleicht«, sagt sie dann langsam. »Weil du auch schon Lebenserfahrung hast, wie ich gemerkt habe. Aber die andern merken doch so was nicht.«

Schmeicheleien hin, Schmeicheleien her. Das dauert so lange, bis der Harasser meint, was man sich da so gegenseitig sage, sei eigentlich lauter Blödsinn. Und so sagt er denn geradeheraus: »Ich mach dir einen Vorschlag, Brigitte. Das heißt, ich kann dich bloß bitten, ob du dann magst, das liegt an dir.«

»Wenn ich dir die Bitt erfüllen kann?«

»Fahr mit mir heut Nachmittag nach Waidholzen.«

Ohne sich zu besinnen sagt die Brigitte zu. Sie sagt gar nicht einmal, dass sie zuerst noch zum Essen heimgehen müsse, und der Harasser hätte das auch gar nicht gelten lassen. Er macht den Vorschlag, dass sie zum Mittagessen zum Oberwirt gehen und vorher noch ein wenig über den

Markt schlendern. Und der Brigitte ist alles recht. Es hätte ja auch alles ganz anders kommen können, unter Umständen sogar so, dass sie vom Harasser gar kein Glas Wein angenommen hätte, wenn er nicht so ausgesehen hätte, wie eben der Harasser aussieht, so groß, so imponierend und gar nicht linkisch, wie Bauern manchmal sind. Vor allem tut es wohl, dass er nicht unaufhörlich redet, sie nur hin und wieder mit einem staunenden Blick mustert. Brigitte ist versucht sich an seinen Arm zu hängen, zumal als sie merkt, wie sie mit Blicken verfolgt werden. Sie ist ja nicht fremd hier, von da und dort her wird sie angerufen. »Bist auch wieder einmal da, Brigitte?«, schreit der Haberer Andreas von einem Marktstand her. Oder der Schätzl Hans: »Ja, wen seh ich denn da wieder einmal?«

Die Brigitte weiß, was sich schickt in Begleitung eines Mannes, wie der Harasser einer ist. Er sticht ab von den anderen, muss sie denken. Und dann sehen sie auf einmal die Bettina wieder, die anscheinend vergessen hat, dass sie dringend heim muss um der Mutter zu helfen. Sie hat ein großes Lebkuchenherz mit einem flammenden Herzen um den Hals hängen und der Mechaniker Armin steht neben ihr, breit und gedrungen, mit lustigen Sommersprossen im Gesicht.

Nein, sie geht auf keine vertrauliche Anrede ein, die Brigitte. Sie lächelt nur ein bissel zurück und hat es gern, als der Harasser jetzt nach ihrer Hand fasst, als wäre sie ein Kind, das man im Gewühl nicht verlieren darf.

O ja, es wird ihnen von allen Seiten her nachgesehen. Sie sind ein großes, schönes Paar, die Brigitte fühlt etwas wie Stolz in sich, und als sie meint, dass seine Hand die ihre um einen kleinen Deut fester drückt, gibt sie den Druck ganz rasch und fest zurück. Der Harasser lässt ihre Hand erst los, als sie beim Oberwirt die breite Treppe hinaufsteigen und dann in dem Gastzimmer nach einem leeren Tisch suchen.

5

Der Hochsommer herrscht über den Hängen von Waidholzen. Es ist schon wahr, schöner kann es kaum irgendwo sein. Dieses Empfinden hat der Harasser Michael vielleicht noch nie so tief in sich gespürt wie jetzt, als er um die Mittagsstunde hinter dem Hof auf dem kleinen Hügel steht und mit ruhigen Blicken umherschaut. Heimweh hat er oft genug empfunden, etwa als er in Weihenstephan auf der Hochschule gewesen ist. Aber dieses Gefühl war anders als das, was er jetzt empfindet. Schmerzlicher ist es gewesen und nicht getragen von jener wundersamen Woge des innigen Vertrautseins mit jeder Ackerbreite, auf der jetzt das Korn und der Weizen reifen.

Er wagt nicht sich einzugestehen, dass es ganz einfach die Sehnsucht ist, die ihn so verwandelt hat. Seit die Brigitte mit ihm hier auf dem Hügel stand an jenem Sonntagnachmittag, ist seine Ruhe dahin. Von Zweifeln hin- und hergerissen hat er die Zeit verbracht. In der Hauptsache zweifelt er an sich selber, er ist irr geworden an sich, denn zuerst hat ihm die Barbara so gefallen, dass er gemeint hat sie vom Fleck weg heiraten zu können und nun ist sein Herz für die Brigitte entflammt.

Die Barbara hat ihm einen Korb gegeben, hat ihn geben müssen, weil sie ja nicht mehr frei war. Die Brigitte hat ihm zwar nicht direkt einen Korb gegeben, aber sie hat gesagt, sie müsse es sich noch überlegen. Sie werde ihm dann schreiben.

Seitdem wartet er auf eine Nachricht von ihr und sie will und will nicht kommen. Die Ungewissheit macht ihn ganz krank. Und darum steht er auch jetzt wieder hier und schaut in die Ferne, wo er meint, dass Bad Aibling liegen könnte. Warum lässt sie nichts von sich hören? Hat er sie vielleicht doch erschreckt, als er sie plötzlich in seine Arme hat nehmen wollen? Nie wird er den Blick vergessen, mit dem die Brigitte ihn angeschaut und dabei gesagt hat: »Ich bin keine solche, wie du vielleicht meinst.«

Vor seinen Augen wogt das Kornfeld. Im Hof drunten steht schon der neue Mähdrescher bereit. Er wird ihn heute zum erstenmal ausprobieren. Ringsum jubilieren die Vögel, aber in seiner Stimmung empfindet er es nicht als Gesang, sondern wie ein freches Höhnen in seinen Kummer hinein.

Ein feiner Dunst verschleiert die Ferne. Nur wenn er nach Süden blickt, ist alles klarer. Der Wendelstein zeigt seine klare Kuppe mit dem blitzenden Observatorium, daneben der Breitenstein in seiner ganzen Behäbigkeit.

Endlich beschließt Michael sein sehnsüchtiges Schauen und geht zum Hof hinunter. Dort steht der Vater vor dem Monstrum von Mähdrescher und bestaunt ihn wie ein Wunderding. Zwischen den Zähnen hat er ein Zündhölzl eingeklemmt, die Hände stecken in den Taschen.

»Wo bleibst denn so lang?«, sagt er, als Michael herankommt. »Ich hab dich schon die ganze Zeit gesucht!«

»Hinterm Haus bin ich gewesen, auf dem Hügel.«

Misstrauisch betrachtet ihn der Alte mit schief gehaltenem Kopf. »Ich weiß nicht, was mit dir in letzter Zeit los ist. Dreinschaun tust manchmal grad, als wenn die Hennen dir das Brot weggenommen hätten.«

»Lass mich doch«, sagt der Michael. Aber der Alte gibt sich nicht zufrieden. »Hängt das vielleicht mit der Frau zusammen, die du vor vierzehn Tagen einmal hergebracht hast?«

»Das könnt schon sein, ja.«

»Dann bist ein trauriges Mannsbild! Dir fehlt eine Frau, sonst gar nichts! Und wenn die nicht will, andere Mütter haben auch schöne Töchter! Die Kienberger Waltraud tät mit Freuden zu uns hergehen!«

»Hat sie dir das gesagt?«

»Sie selber freilich nicht. Aber ihr Vater hat mir's gesagt, am Sonntag beim Wirt drunten.« Der Harasser nimmt das Zündholz aus dem Mund und wirft es weg. »Mit dir kennt man sich überhaupt nicht aus. Vor ein paar Wochen hast mir von einer anderen Rumboldtochter vorgeschwärmt. Vor vierzehn Tagen hast ihre Schwester mitgebracht. Aber aus dir bringt man ja nichts raus, du sagst nicht gick und nicht gack und deine schönsten Jahre gehen dahin!«

Dem Michael wird ganz jämmerlich zumute. Der Vater hat Recht, eine Bäuerin müsste wieder auf den Hof. Die Rosl hat heute wieder einen Fraß zusammengekocht, dass selbst der Hofhund daran bloß geschnuppert hat und dann weggelaufen ist. Pichelsteiner hat sie es genannt, aber das war tatsächlich mehr Kraut und Rüben, mit ein paar harten Brocken Fleisch darin.

»Sie will sich's noch überlegen, hat sie gesagt«, gesteht er dann so zögernd und langsam, dass der Alte Zeit genug hat zuerst langsam zu erröten und zum Schluss einen krebsroten Kopf zu haben. »Überlegen? Was bildet sich denn die ein? Man weiß doch, von wo sie abstammt! Du gibst mir die Adresse, da fahr ich selber nach Aibling und werd ihr einmal die Meinung richtig sagen!«

Der Michael hört nur mehr die Hälfte des Schreiens. Er steht mit gerecktem Hals da und schaut den Hang hinauf, wo er den Postboten auf seinem gelben Fahrrad vom Silcherhof hat wegfahren sehen. Jetzt kommt er an die Kreuzung, wo sich die Wege gabeln. Einer führt nach Lohsteig hinüber und der andere nach Waidholzen.

»Jetzt kommt der Postbot«, sagt er dann, als hätte der Vater überhaupt nichts gesagt. Wie auf einmal sein Herz klopft! Wie bei einem Siebzehnjährigen, der zu seinem ersten Rendezvous geht. Eine Ewigkeit lehnt er da, bis der Postbote kommt. »Herrn Michael Harasser«, liest der dann. Aber da ist der Michael schon bei ihm, reißt ihm den Brief aus der Hand und eilt ins Haus damit.

Der Postbote aber geht über den Hof und steht nun staunend neben dem alten Harasser.

In der Stube hat der Michael inzwischen den Brief gelesen und ist wie umgewandelt. Den Brief wird er hernach seinem Vater unter die Nase halten, damit er einsieht, dass er vorhin umsonst gezürnt hat.

»Lieber Michael«, schreibt die Brigitte. »Du wirst mir doch nicht böse sein, dass ich dich so lange auf einen Bescheid warten ließ. Es ist nicht so, dass ich es mir so lange hätte überlegen müssen. Nein, zu überlegen gibt es da wohl nicht viel. Aber mir wäre lieber gewesen, du hättest mir den Hof, den ganzen Reichtum nicht gezeigt. Es sieht nun so aus, als hätte nur dies allein mich überwältigt und Eindruck auf mich gemacht. Dem ist aber wirklich nicht so, lieber Michael. Nur du allein bist es, dem ich schon vom ersten Augenblick an geneigt war. Ja, lieber Michael, ich habe dich in mein Herz geschlossen und ich geniere mich nicht es zu sagen, dass ich Sehnsucht nach dir habe. Aber schau, ich kann doch jetzt nicht hinausfahren zu dir, es sähe ja wie Nachlaufen aus. Darum möchte ich dich bitten, wenn du noch genauso denkst wie vor vierzehn Tagen, dann komm zu mir. Am Sonntagnachmittag hab ich frei bis zum Abend. Mit dem Wagen wärst du ja in einer Stunde hier. Aber nur, wenn es dir dein Herz eingibt. Du sollst nichts tun, zu dem es dich nicht innerlich drängt. Wenn du nicht kommst, bin ich dir deswegen nicht böse, denke mir dann, es sei alles ein schöner Traum gewesen und werde versuchen mich abzufinden. Es grüßt dich herzlich Brigitte.«

Brigitte ist der gute Geist in der Pension ihrer Tante, immer freundlich, aber auch genauso von eiskalter Höflichkeit, wenn es sein muss. Und manchmal muss das sein.

An diesem Sonntag aber ist Brigitte am Vormittag von einer hektischen Betriebsamkeit, am Mittag wird sie melancholisch, und als es auf zwei Uhr geht, wird sie nervös und immer nervöser. Es ist die Zeit der Mittagsruhe und im Haus ist es sehr still. Im Garten ist ein Tisch gedeckt, ein Sonnenschirm steht davor, ein rot gescheckter Kater rekelt sich auf dem frisch gemähten Rasen und die Tante ruht im Liegestuhl, hat die Augen geschlossen und die Hände über dem Bauch gefaltet.

Drüben liegt der Kurpark wie ausgestorben um diese Zeit. Nur ein altes Ehepaar sitzt auf einer Bank und hält sich bei den Händen. Einmal donnert ein Zug vorbei, dann herrscht wieder Stille. Vom Turm der Sebastiankirche schlägt es zwei Uhr und gleich darauf hört man auch die Glocke der Stadtpfarrkirche, deren Turm alle Häuser überragt.

Etwa fünf Minuten später fährt auf der Straße ein Wagen vor. Brigitte springt auf und läuft an den Zaun. Es ist Michael Harasser. Die ganze Unruhe ist verflogen. Rasch geht sie auf ihn zu und reicht ihm beide Hände.

»Du bist pünktlich«, sagt die Brigitte, weil ihr nichts anderes einfällt.

»Ich hätt um zwölf Uhr schon da sein können. Aber es schickt sich ja nicht, dass man um die Mittagszeit irgendwo hereinplatzt.«

»Wir haben immer so viel, dass es auch für einen unverhofften Gast reicht«, meint Brigitte und hängt sich nun wirklich bei ihm ein.

Blumen hat er natürlich nicht mitgebracht, dafür aber ein großes, schön durchwachsenes Rauchfleisch.

»Nein, so was«, sagt die Brigitte. »Das hätt's doch wirklich nicht gebraucht!«

»Na ja«, sagt der Michael, »es wird dir schon schmecken.«

Zum Glück erwacht jetzt die Tante aus ihrem Nickerchen, reibt sich die Augen und windet sich für ihre Korpulenz überraschend schnell aus dem Liegestuhl. »Das ist also der Herr Harasser! Kommen Sie nur rein und setzen Sie sich. – Brigitte, koch gleich einen guten Kaffee.«

Die Brigitte ist für den Augenblick froh verschwinden zu können und der Harasser Michi wird von der Frau Tante in einen bequemen Gartenstuhl mit Armlehnen verfrachtet. Sie selbst nimmt ihm gegenüber Platz.

»Die Brigitte hat mir ja schon viel von Ihnen erzählt«, sagt sie, obwohl die Brigitte eigentlich fast gar nichts erzählt hat. Des Weiteren erfährt Michael, dass sie seit sieben Jahren Witwe sei und einen Sohn hat, der Medizin studiert. Dann steht die Frau Tant einmal auf um nachzusehen, wo der Kaffee bleibt, aber in Wirklichkeit will sie der Brigitte nur sagen: »Den darfst nimmer auslassen, das ist ein Besonderer! Hat er das Fleisch mitbracht? Ja? Der weiß wenigstens, was sich gehört! Da gibt's morgen gleich Kraut und Knödel dazu.«

Der Kaffee duftet herrlich. Dazu gibt es dann einen recht lockeren Gesundheitskuchen und die Frau Tant fühlt sich bemüßigt zu sagen: »Den hat die Brigitte erst heut früh gebacken. Schmeckt er Ihnen?«

»Er ist ausgezeichnet«, lobt der Harasser. »Auch der Kaffee.«

»Ja, auf einen guten Kaffee leg ich Wert«, schwärmt die Tante. »Daheim hat es ja nie Bohnenkaffee gegeben, höchstens Weihnachten einmal. Und wenn ich jetzt nachmittags meinen Bohnenkaffee nicht hab, passt mir hinten und vorn nichts. Greifen Sie nur zu, Herr Harasser! Kann sein, dass ich Ihren Herrn Vater kenn. Als junges Mädel werd ich ihn wohl gekannt haben. Aber jetzt bin ich ja bald vierzig Jahre weg von daheim.«

Die Brigitte sitzt ganz still da. Nur ab und zu wirft sie einen Blick in das Gesicht des Mannes. Er gefällt ihr immer besser und sie hat schon Angst, die Tante könnte jetzt mit dem Gespräch anfangen, das bei ihr erst nach Stunden endet, wenn sie ihre Leiden alle aufgezählt hat und von den

Leuten berichtet, die das gleiche Reißen in den Gliedern hätten und wie wohltuend die Wirkung des Moores sei. Gerade das letztere schildert sie immer in allen Einzelheiten, so empfehlenswert, dass man meinen könnte, sie bekäme für ihre Werbung Prozente von der Kurverwaltung. Aber gerade als sie beginnen will, fragt Brigitte: »Gehen wir ein bissel spazieren, Michael?«

»Gern«, sagt er aus dem Bedürfnis heraus mit Brigitte allein zu sein und steht auf.

»Ich zieh mich noch schnell um«, sagt die Brigitte und springt davon. Zehn Minuten später sind sie bereit. Brigitte hängt sich an Michaels Arm und die Frau Tant schaut ihnen mit einem sonnigen Lächeln nach. »Hat das Mädchen ein Glück«, sagt sie, wackelt mit ihrem Doppelkinn und denkt an die Zeit, in der auch sie jung war und nicht ganz so viel Glück gehabt hat. Diese Pension hat sie sich mit ihrem Mann, dem Korbinian Muxeder, erst im Laufe der Jahre aufgebaut, und als sie fertig war, ist er gestorben.

Michael und Brigitte schlendern langsam durch die sonntäglich stillen Gassen, lehnen sich bei der Glonnbrücke über das Geländer und sehen den Forellen zu. Ihre Gesichter spiegeln sich im Wasser und es sieht zu drollig aus, wie die Gesichter von den kleinen Wellen zerteilt und fortgeschwemmt werden. Ganz nahe lehnen sie beieinander und wer vorübergeht, kann es sicherlich deuten: Hier steht ein Liebespaar. Zwei Menschen, groß gewachsen, im schönsten Alter, denen man gerne nachsieht. Sie gehen die Kirchzeile hinauf und kommen dann gerade um die Zeit in den Kurpark, als das Konzert beginnt. Die Astern stehen in voller Blüte, ein Rausch von Farben ist in den Beeten und zwischen den alten Buchen steht immer wieder eine Bank. Auf der Bank bei dem Haus am Weiher, auf dem vier Schwäne majestätisch dahinziehen, lassen sie sich nieder.

Brigitte küsst ihn. Der Michael wird ganz berauscht davon und bekommt selber auch mehr Mut.

Er kann nicht aussprechen, was ihn bewegt, aber so, wie er sie in seine Arme schließt, wie er sie an sich drückt und über ihr Gesicht und ihr Haar streichelt, das ist die ehrliche Liebe eines Menschen, der sich nach dem Wunder sehnt. Nur die Scheu ist noch nicht ganz abgefallen von ihm, er ist noch nicht frei geworden wie die Brigitte, die nun leise klagt: »Heut will es schon gar nicht Nacht werden. Und dauernd laufen Leut vorbei.«

Aber die Nacht kommt dann doch, sie lässt sich nicht aufhalten. Sie gehen zum Bihler und essen dort Forellen. Dann sitzen sie wieder auf ihrer Bank. Der helle Mond spiegelt sich auf dem Weiher und die Sterne tanzen um ihn herum, als wären sie seine dienstbeflissenen Lakaien.

Sanft plätschert die Glonn dahin und in den alten Bäumen rauscht es geheimnisvoll. Kaum dass man noch einen Schritt hört, und wenn, dann sind es auch nur Verliebte, die einen stillen Winkel suchen und allein sein wollen.

»Michi«, sagt die Brigitte einmal in die Stille hinein, »ich mag dich total gern.«

»Schlimmer kann's bei dir auch nicht sein als bei mir.«

»Ich tät dich auch mögen, wenn du der ärmste Prolet wärst.«

Dieses Geständnis rührt ihn so, dass ihm beinahe die Augen feucht werden. Immer hat er sich gewünscht um seiner selbst willen geliebt zu werden. Nicht weil er der reiche Bauernsohn ist, sondern ganz einfach der Michael Harasser.

»So viel Glück«, stammelt er. »Dass es so was gibt!«

»Kommst am nächsten Sonntag wieder, Michi?« Die Brigitte sagt es so bittend und streichelt ihn dabei so lieb, dass er antworten muss: »Ich glaub, dass ich's gar nicht so lang aushalt, Brigitte. Und überhaupt« – er richtet sich auf und schaut zum Mond hinauf – »überhaupt mein ich, wir sollten uns nicht lang quälen und so bald wie möglich heiraten.«

Die Brigitte schmiegt sich ganz eng an ihn. »So stürmisch möchtest du es gleich anpacken?«

»Heiraten und Schlittenfahren soll schnell gehen«, antwortet er.

»Die Saison sollt ich halt doch bei der Frau Tante noch bleiben. Vor dem ersten Oktober käm ich dann nicht heim.«

»Das ist mir viel zu lang«, klagt er. »Geht es denn nicht, dass deine andere Schwester, wie heisst sie denn gleich wieder, die lustige?«

»Du meinst die Bettina?«

»Ja, könnt die dich hier nicht ablösen?«

Sie haben langsam zu gehen begonnen. Brigittes Kopf lehnt an seiner Schulter. Sie überlegt angestrengt, sie spürt, dass der Mann an ihrer Seite ihr seinen Willen aufzwingen will. Und dagegen sperrt sie sich. Das ist ganz plötzlich gekommen, wie eine Warnung: Nur nicht gleich überall nachgeben. Sie kann hier nicht einfach alles abbrechen, die Bettina müsste sich erst einarbeiten und überhaupt, vier Wochen früher oder später, das spielt doch keine Rolle.

»Das wird nicht gut gehen«, sagt sie dann. Sie stehen jetzt vor dem Haus der Tante. Nirgends mehr brennt Licht.

»Dann halt nicht«, meint er. »Kann ich in der Zwischenzeit wenigstens das Aufgebot bestellen?«

Sie küsst ihn und er nimmt dies als Zusage.

»Ich werde dann in einer Woche zu deinen Leuten gehen und sagen, dass wir zwei –«

»Ja, sags ihnen.« Die Brigitte ist wieder recht zärtlich und freut sich. »Da wird es gar manche geben, die auf mich neidisch sind.«

»Das wird umgekehrt genauso sein. Aber jetzt muss ich heimfahren.«

Sie begleitet ihn zum Wagen, und bevor er einsteigt,

ringt sie ihm das Versprechen ab am nächsten Sonntag wiederzukommen. »Dann musst du mir sagen, wie dein Vater sich zu der Sache stellt«, verlangt sie.

Michael steigt in den Wagen und kurbelt das Fenster herunter. »Der ist froh, wenn endlich wieder eine Bäuerin ins Haus kommt.«

Die Brigitte beugt sich zu ihm herunter und gibt ihm noch sechs Küsse, für jeden Wochentag einen.

Unter dem sonnigen Glanz, den diese unverhoffte Wendung über den Rumboldhof breitet, darf sich nun auch die Liebe der Barbara und des Jägers Franz Goreiter erfüllen. Der Bernd, der am meisten dagegen war, ist nun auf einmal recht umgänglich. Er schreit jetzt nicht mehr herum, dass da droben auf der Alm ein Kind umsonst durchgefüttert werden müsste, sein ganzes Interesse ist jetzt nur mehr darauf gerichtet, dass seine Schwester Brigitte angemessen verheiratet wird. Das wird nun zur strittigen Frage und der Bernd, sonst so knausrig, wenn es um seine Schwestern geht, meint großspurig: »Schief anschaun können wir uns nicht lassen. Siebzigtausend musst der Brigitte mindestens mitgeben. Die Ausstattung extra.«

Sie sitzen wieder einmal alle in der Wohnstube beieinander, als dieses Thema behandelt wird. Die Bettina reibt sich frohlockend die Hände, als sie die Großzügigkeit des Bruders vernimmt, denn das gleiche müsste ihr ja auch zustehen. Und der Babsi genauso. Der vielleicht noch mehr, weil die am meisten daheim gearbeitet hat. Die Brigitte ist jetzt schon ein paar Sommer überhaupt nicht daheim, verdient bei der Tante ganz schönes Geld und hat sich daheim auch immer nur die leichtesten Arbeiten ausgesucht, in den Stall ist sie jedenfalls nie gegangen.

Der Rumbold hat lange nachgedacht, legt jetzt seine längst erloschene Pfeife weg und streckt den steifen Rücken.

»Wenn man das alles zusammenrechnet, dann sind es gleich hunderttausend Mark! Und dreimal hundert wären dreihundert. Das verkraftet der Hof nicht.«

»Wieso dreihundert?«

»Weil ich drei Töchter hab zum Auszahlen.«

Der Bernd wird blass im Gesicht, denkt daran, dass seine Frau nur dreißigtausend Mark mit in die Ehe gebracht hat, und brummt: »Das gilt zunächst einmal bloß für die Brigitte, weil die den Harasser heiratet.«

»Und weil es der Harasser am notwendigsten braucht!«, platzt die Bettina zornig drein, weil ihr die Tankstelle einfällt, die der Hörl Armin einmal bauen will.

»Sei still!«, schreit sie der Bernd an. »Du bist gar nicht gefragt!«

»Aber Recht hat sie«, lässt sich jetzt auch die Mutter vernehmen. »Der Harasser ist doch wirklich nicht darauf angewiesen.«

»Ob darauf angewiesen oder nicht, die Form muss gewahrt bleiben«, sagt der Bernd geschwollen.

»Als er bei uns war, der Harasser«, fällt dem Rumbold ein, »da hat er überhaupt kein Wort davon gesprochen.«

»Hätt er vielleicht fragen sollen, wie viel kriegt die Brigitte mit?«

»Du hast ja auch deinen Schwiegervater gefragt, so viel mir bekannt ist«, antwortet die Alte ihm und Bernds Frau nickt lebhaft dazu: »Ja, das ist wahr! Und auf die Kühe hat der Bernd durchaus nicht verzichten wollen, obwohl wir damals bloß zwanzig Stück im Stall gehabt haben.«

»Da muss ich ja lachen!«, sagt der Bernd und das sagt er immer, wenn er keinen vernünftigen Ausweg mehr weiß.

Im Grunde genommen ist es wirklich zum Lachen, denn der Michael Harasser hat nicht mit einer Silbe erwähnt, dass er von seiner Zukünftigen eine Mitgift erwarte. Er ist zur Zeit der glücklichste Mensch im ganzen Tal. Nicht bis zum Sonntag hat er warten können, er ist am

Mittwoch und am Samstag wieder zu Brigitte gefahren. Am Sonntag sowieso.

Ja, ganz närrisch ist der Michael mit seiner schönen Braut, die sich ihm jedes Mal in einem anderen Kleid und in einem anderen Licht zeigt. Er kann sich gar nicht satt schauen an ihrer blühenden Schönheit und ist ganz trunken vor Glück. Es kommt ihm gar nicht in den Sinn sie zu fragen, was sie an Heiratsgut mitbekäme. Die Brigitte selber kommt darauf und erklärt ihm: »Geh mit mir einmal durch die Stadt. Da hab ich ein Schlafzimmer ausgestellt gesehen. So eins kann der Schierdinger Schreiner in alle Ewigkeit nicht machen.«

Dann stehen sie vor dem stattlichen Möbelhaus, in dessen Schaufenster ein Traum von einem Schlafzimmer ausgestellt ist, in Mahagoni, mit seidenen Steppdecken, einem sechstürigen Schrank. Die Nachttische sind gleich am Bett befestigt und auf jedem steht eine kleine Nachttischlampe.

»Ich lese nämlich jeden Abend noch, bevor ich einschlaf«, erklärt die Brigitte, aber der Michael sagt: »Aber schau den Preis an! Dafür krieg ich schon bald einen neuen Mähdrescher!«

Hier spricht der Bauer aus ihm und die Brigitte zieht für Sekunden die Stirn in Falten. Aber gleich ist sie wieder schmeichelndes Kätzchen. »Schau Michi, das Schlafzimmer ist der Raum, in dem sich die Menschen am längsten aufhalten, daran soll man nicht sparen!«

»Da hast auch wieder Recht.«

»Und überhaupt muss ich das von daheim als Aussteuer mitkriegen«, fährt die Brigitte fort. »Das ist überall so Brauch. Schlafzimmer und Geld halt extra.

»Ja, ich weiß nicht recht –« meint der Michael.

»Du wärst recht! Meinst, dass ich mit leeren Händen nach Waidholzen komm? Der Bernd kriegt den ganzen Hof. Der soll nur zahlen, wenn seine Schwestern heiraten!«

Nicht ganz so denkt die Barbara. Als sie hört, dass der Michael Harasser jetzt ihre Schwester Brigitte heiraten will, freut sie sich von Herzen. Kein Wort kommt über ihre Lippen, das ein anderes Mädchen sich vielleicht nicht hätte verkneifen können. Im umgekehrten Falle hätte die Brigitte sicherlich gesagt: Den hätt ich genauso haben können.

Die Barbara freut sich wirklich und denkt aber dabei nicht, dass ihr eigenes Glück damit ein bissel in einen hinteren Winkel geschoben wird. Da die Brigitte schon so hohe Anforderungen stellt, kann sie doch jetzt dem Vater nicht auch noch zusetzen und sagen: Ich möchte das gleiche haben wie die Brigitte. Das ist mein gutes Recht.

Nein, die Barbara ist schon zufrieden und glücklich, dass ihre Familie jetzt nichts mehr gegen den Franz und sein Bübchen vorzubringen hat. Keine Macht könnte sie noch von den beiden trennen. Der Klausi hängt an ihr und sie erlebt mit dem fremden Kind bereits so wunderschöne Mutterfreuden, dass sie sich gar nicht vorstellen kann die eigenen Kinder einmal lieber zu haben.

Ganz weit hat sie dem Kind ihr Herz geöffnet und, aller Liebe bisher fremd, wendet der Klausi seine ganzen kindlichen Empfindungen dieser Barbara zu, sagt Mama zu ihr und weiß auch gar nicht, dass er jemals eine andere Mama gehabt hat.

Nachts schläft er bei ihr im warmen Bett, tagsüber treibt er sich draußen auf den Hängen herum, sieht die Mama mit großen Augen an, wenn sie ihm erklärt, dass er nicht hinaufsteigen darf zu den Felsen, jetzt wenigstens noch nicht, erst viel später, wenn er einmal groß geworden sei.

Keinen Sommer noch hat sie mit so viel Zufriedenheit und glücklichen Stunden erlebt und sie fragt sich oft in dieser Zeit, wie leer, wie eintönig wohl eine Ehe ohne Kind aussehen müsse.

An einem Mittwoch kommt Franz bereits schon um die dritte Nachmittagsstunde. Die Barbara sieht ihm sogleich an, dass ihn etwas bedrückt, und fragt ihn auch alsbald: »Hast du was, Franz? Ist dir im Dienst was danebengegangen?«

Er schüttelt den Kopf, legt Gewehr und Rucksack ab und nimmt zuerst den Buben auf den Schoß. »Im Dienst ist alles in Ordnung, ab ersten Januar soll es sogar ein bissel mehr Gehalt geben. Aber der Sachinger hat bei mir gestern dringlich angefragt, was wir jetzt im Sinn hätten. Ende September fährt er endgültig zu seiner Tochter.«

»Dann möchte er also so schnell wie möglich verkaufen?«

Betrübt nickt Franz. »Verkaufen oder verpachten. Den Pachtzins aber dann mindestens für zehn Jahre im Voraus.«

Die Barbara setzt sich neben ihn und streicht ihm mit dem Handrücken über die Wange. »Sei nicht traurig, Franz. Irgendwie wird es schon gehen. Da sie ja bei mir daheim jetzt nicht mehr dagegen sind, werden sie verstehen, dass ich mein Heiratsgut brauch.« Sie setzt sich plötzlich ganz aufrecht und beginnt zu rechnen. »Vierzigtausend haben wir miteinander und die anderen fünfzigtausend, die wir fürs erste noch brauchen, werden wir schon auftreiben. Wenn der Vater morgen kommt, werd ich ihn fragen. Fürs Pachten bin ich nämlich gar nicht, da zahlen wir in den zehn Jahren mehr Pacht als der ganze Krempel wert ist. Und ein eigenes Heim ist mehr wert als alles miteinander. Lässt er die Küh dabei?«

»Er hat ja bloß zehn und die will er verkaufen. Um die ist es auch nicht schad. Zaundürr und ohne Milchleistung.«

Die Barbara schüttelt die Sorgen, die der Franz da mitgebracht hat, frohgemut weg und beginnt schon wieder in rosaroter Farbe die Zukunft auszumalen. Zuerst werden es wenige Kühe sein, gute Milchkühe, versteht sich. Im zweiten Jahr werden es dann mehr sein, zwanzig vielleicht. Die paar Äcker muss der Bernd mit dem Traktor umreißen. Und Schweine wird sie so viele füttern, dass alle zwei Monate eins verkauft werden kann. Sie versteht es so richtig den Franz mitzureißen und alle seine Bedenken wegzuwehen, dass er genauso rosarot sieht wie sie. Dankbar zieht er sie an sich. »Wenn ich dich nicht hätt, Babsi! Eine andere tät vielleicht verzagen. Wenn nur einmal angefangen ist! Am Anfang wird es ein bissel schwer sein, aber mit dir kann man ja durch dick und dünn gehen.«

»So schlimm ist ja alles gar nicht, Franz. Du darfst ja nicht vergessen, dass du jeden Monat dein Gehalt weiterhin heimbringst.«

Franz hört sich das an mit der Geduld eines Menschen, der alles stillschweigend hinnimmt, in Wirklichkeit aber den Faden auf seine Weise weiterspinnt. Er glaubt nicht recht daran, dass alles so reibungslos abgehen wird. Die Barbara denkt zwar, dass man ihr ihr Heiratsgut auszahlen werde, doch pflegt dies für gewöhnlich erst nach der Hochzeit der Fall zu sein. Hochzeit aber können sie im Augenblick nicht halten, sie müssen warten, bis die Babsi von der Alm herunten ist, und dann wird später Herbst sein.

Es zeigt sich dann auch, dass den Franz die dunklen Ahnungen nicht getrogen haben, denn als die Barbara ihren Vater am nächsten Tag, als er heraufkommt, mit der Bitte um ihr Erbteil überfällt, starrt er sie zunächst nur ratlos an und schüttelt den Kopf. »Wo soll ich's hernehmen, Babsi? Kommt mich jetzt die Brigitte schon so teuer!«

Der Barbara liegt es nicht dem Vater gegenüber aufzubegehren oder gleich gar etwas von ihm zu ertrotzen. Vor allem aber kann sie ihm nicht wehtun. Sie ist dem Vater stets am meisten zugetan gewesen. Seine Hilflosigkeit, die sich immer, wenn etwas Außergewöhnliches auf ihn zukommt, am deutlichsten zeigt, hat sie stets erschüttert und immer ihr Mitleid erregt. Er hat nie viel Gutes gehabt, nur

Arbeit von früh bis spät, viel Sorgen und Kummer. Und immer hat er sparen müssen und hat sich nie etwas gegönnt. Zehn Geschwister hat er einmal auszahlen müssen, von denen sich hernach keines mehr um ihn gekümmert hat. Diese Hypothek hat schwer auf ihm gelastet und nun soll es schon wieder von vorn anfangen, die eigenen Kinder beginnen zu fordern, sie pochen auf ihr Recht. Kinder aber sollen nicht fordern, sie sollen keine Wölfe sein.

Wie er so dasitzt, ganz in sich zusammengesunken, das weiße Haar schon ganz schütter, die Finger krumm, als ob er Gicht hätte, überkommt Barbara wieder das Erbarmen. »Na ja«, meint sie. »Es wird schon einen anderen Weg geben.«

Jetzt hebt er den Kopf und schaut sie traurig an. Durchdringend schaut er sie an und seine Stimme steigt fremd und rau zu ihr herüber. »Ist es so, dass du heiraten musst, Babsi?«

Barbara versteht nicht sogleich, wie er es meint, sie erfasst nur allmählich die dumpfe Angst, die aus seinem Blick schreit. Sofort schüttelt sie den Kopf. »Nein, Vater, so ist es nicht.«

»Gott sei Dank!« Ein tiefer Atemzug hebt und senkt seine Schultern. »Ich hab mir schon gedacht, ich müsst diesen Kelch auch noch trinken. Denn schau, Babsi, wenn es nicht so ist und dich nichts zur Hochzeit drängt – in ein paar Jahren haben wir uns wieder erholt. Dann sollst du das gleiche haben wie die Brigitte. Bloß jetzt geht es nicht, ich müsst sonst eine Hypothek aufnehmen und Zinsen zahlen. Ja, wenn wir mehr Wald hätten beim Hof! Schlagbar ist nichts mehr, das andere ist vielleicht in dreißig Jahren nachgewachsen. Und du weißt ja selber, Babsi –«

»Wir brauchen gar nimmer weiterzureden, Vater«, unterbricht ihn Barbara. »Was nicht geht, das geht halt nicht. Es ist ja bloß so: Der Sachinger will sein Anwesen verkaufen und der Franz hat schon so viel wie zugesagt.«

Der Rumbold hebt abwehrend die Hand. »Geh, was wollt ihr denn mit der alten Hütten?«

»Lässt sich alles herrichten mit der Zeit. Eine eigene Heimat ist es, wenn auch ein bissel ärmlich anzusehen, aber es lässt sich was machen daraus, sagt der Franz.«

Der Alte fährt sich mit gespreizten Fingern über das Haar. Dann nickt er. »Du kannst ja auch gut anpacken. Auch die Bettina entwickelt sich gut und mag arbeiten. Bloß die Brigitte hat sich immer vor der Arbeit gedrückt. Und grad in die Brigitte hat die Mutter immerfort hineingeschaut wie in einen Spiegel. Die hat die Haushaltsschule machen dürfen und verdient jetzt schon zwei Sommer bei der Tant recht schön. Darum ärgert es mich, dass sie jetzt so hohe Ansprüche stellt und gleich ein Schlafzimmer für fünfzehntausend Mark anschafft.«

Jetzt erschrickt die Barbara doch auch ein wenig. »Die ist wohl übergeschnappt? Beim Dremml in Schierding hab ich zu Ostern eins ausgestellt gesehen für viertausend Mark. Mit dem wär ich schon lang zufrieden. Aber bitte – wenn sie sich's selber zahlt.«

»Ja, Pfeifendeckel. Das gehört zur Aussteuer, sagt sie. Und der Bernd hilft ihr dabei.«

»Und die Mutter natürlich auch?«

»Das weißt ja. An dem Harasser haben sie alle einen Narren gefressen und tun grad so, als wenn bei uns das Geld auf dem Dachboden läg und bloß umgeschaufelt werden müsst. Meiner Lebtag hab ich mich abgerackert und geplagt und auf meine alten Tag muss ich mich jetzt noch mal in Schulden stürzen. Am gescheitesten wär es wohl, ich würd dem Bernd jetzt übergeben, dann soll er schaun, wie er zurechtkommt.«

»Das hättest schon lang tun sollen, Vater. – Einen Augenblick, ich muss schnell einmal schaun, wo der Bub steckt, dann reden wir weiter.«

Der Klausi ist auf der Weide drunten. Mitten unter den

Kühen sitzt er, ein kleiner dunkler Punkt zwischen den riesigen Leibern, die sich mit bimmelnder Glocke über das Almfeld bewegen.

Hernach beendet die Barbara das Thema so abrupt, wie sie es angeschnitten hat. »Reden wir nimmer darüber, Vater. Wir werden schon einen Ausweg finden.«

Auf diese einfache Art getröstet fährt der Rumbold am späten Nachmittag wieder heim, nachdem er noch ein paar Stunden mit dem Klausi unterwegs gewesen ist um ein paar schadhafte Stellen am Almzaun zu reparieren.

Ja, der Vater ist getröstet heimgefahren. Die Barbara aber liegt in dieser Nacht lange wach und grübelt über die Ungerechtigkeit der Menschen nach und es wird die Bitterkeit dadurch nicht versüßt, wenn die Ungerechtigkeit von den eigenen Eltern und Geschwistern ausgeht.

Die Brigitte, ja, die stand immer schon über ihr und nicht nur über ihr, auch über den Eltern und den Geschwistern. Mit ihrer Rücksichtslosigkeit hat sie sich stets durchgesetzt. Auch jetzt wieder. Für einen Augenblick kommt auch das Bild des Michael Harasser in Barbaras bittere Betrachungen herein und sie wundert sich, wie schnell sich eigentlich seine Gefühle gewandelt haben. Aber auch hier dürfte ein gut Teil auf Brigittes Konto kommen.

Man müsst einen Teil von Brigittes Robustheit haben, von ihrer leidenschaftlichen Kraft die Dinge für sich zu entscheiden, ganz gleich, ob andere dabei zu Schaden kommen.

Wie anders doch die Gedanken zu einem Menschen kommen in so einer schlaflosen Nacht und ihn quälen können. Bei Tag ist immer ein Licht da, das alles Schwere leichter erscheinen lässt. Aber in dunkler Nacht wirkt alles so bedrückend. Die Barbara fühlt sich vom Leben stiefmütterlich behandelt, fühlt sich betrogen und benachteiligt von ihrer eigenen Familie.

Der Klausi regt sich jetzt im Schlaf, murmelt etwas Unverständliches und schmiegt sich dann wohlig in die Beuge ihres Armes. Und schon sind alle Grübeleien verflogen. Auf einmal weiß Barbara wieder, dass sie sich ihre Pläne nicht zerschlagen lassen wird, die doch wahrhaftig nicht stolz oder unbescheiden sind. Sie sieht durch die Dunkelheit ihr Ziel leuchten und über diesem Bild fallen ihr endlich die Augen zu.

6

»Der liebe Gott hat noch immer geholfen«, liest der Jäger Franz Goreiter in der Geschichte eines alten Kalenders, der ihm beim Aufräumen der Wohnung in die Hände gefallen ist. Er hat noch eine Woche Urlaub gutgehabt, die er nun genützt hat alles in Ordnung zu bringen. Mit dem Sachinger ist vereinbart worden, dass der Jäger seine Möbel bringen kann. Es ist ja nicht viel. Ein Schlafzimmer und eine Küche. Er hat nun alles zusammengestellt und mit einem guten Freund wird er es hernach zum Sachingerhäuschen hinauffahren. In den nächsten Tagen soll dann alles andere noch erledigt werden. Der Kauf, die Beurkundung beim Notar, die Anzahlung und die Vereinbarung, wie der Rest getilgt werden soll. Nur das Geld hat er noch nicht. Aber in der Kalendergeschichte steht zum Schluss noch: »Und Gott wird auch weiterhelfen ...«

Es liest sich wie ein billiger Trost und der Jäger glaubt auch nicht so recht daran, denn wie sollte der liebe Gott ihm die fünfzigtausend Mark verschaffen, die ihm noch fehlen? Die Babsi hat ihm ihre zwanzigtausend Mark gegeben, das Seine hat er dazugetan, aber es fehlen halt doch noch fünfzigtausend Mark zur Anzahlung.

Der Freund fährt mit Wagen und Traktor vor. Sie laden die Möbel auf und fahren zur Sachingerhöhe. Der Alte ist ganz gerührt, dass nun alles seinen geordneten Weg geht und er nun endlich ins gelobte Land zu seiner Tochter fahren kann. »Dann können wir also am Donnerstag den Kaufvertrag schließen?«, fragt er.

»Das Geld hast ja?«

»Noch nicht ganz«, sagt Franz. »Aber ich geh hernach zur Bank.«

Es gibt jetzt kein Zurück mehr. Und kurz vor Mittag steht er dann am Schalter der Raiffeisenkasse.

Der Mitarbeiter ist recht höflich. Ja, das wäre durchaus möglich. Fünfzigtausend Mark. Dreizehn Prozent Zinsen. Aber allein könne er das nicht entscheiden und er müsse eine Sicherheit bieten.

Wo soll der Jäger Franz Goreiter eine Sicherheit auftreiben? Er hat halt sein Gehalt, ob das Sicherheit genug wäre? Das kann der Mann am Schalter nicht entscheiden. Da müsse er noch abwarten bis zum Freitag, da sei eine Aufsichtsratssitzung.

Der Jäger aber braucht bis zum Donnerstag das Geld. Bedrückt verlässt er das Gebäude. Der Tag passt auch gerade dazu. Die Sonne hat sich verkrochen, es riecht nach Regen, leise Herbstahnung webt schon in den Büschen und Sträuchern.

Vom Turm der Pfarrkirche läutet die Mittagsglocke. Vom Anger herunter kommen ein paar schwere LKW und vor dem Lebensmittelgeschäft Rauscher steht der Lieferwagen der Firma Gervais. Die Schule ist gerade aus und die Kinder rennen lärmend über den Marktplatz.

Wenn der Klausi erst einmal so weit ist, denkt der Jäger und die Kummerfalten in seinem Gesicht hellen sich ein wenig auf. Er denkt auch an das Brüderl oder Schwesterl, das der Klausi dann haben wird. Und auf einmal ist er wieder ganz frohgemut. Beim Ochsenwirt liest er die Speisenkarte in dem Kästchen neben der Haustür. Das Wasser läuft ihm im Mund zusammen, als er die Gerichte so herunterliest, vom Paprikaschnitzel über die Kalbshaxen und ungarisches Gulasch bis zur Lunge mit Knödel. Das ist am billigsten und das kann er sich leisten.

In der Wirtsstube sitzen außer ein paar verspäteten Sommergästen nur noch ein paar Stammesser, der junge Lehrer, die Sekretärin vom Bürgermeisteramt und der Mann vom Lagerhaus. Franz setzt sich an den Ofentisch und bestellt sich ein Bier und Lüngerl mit Knödel. Von diesem Platz aus kann man durch das kleine Guckfenster in die Küche hinaussehen und da steht an diesem Tag wieder einmal die Witwe Adelheid Wunderlich am großen Wirtschaftsherd, weil die Ochsenwirtin wegen einer Hinterlassenschaft in die Kreisstadt hat fahren müssen.

Rundlich, das Gesicht von der Hitze des Herdes gerötet, waltet sie ihres Amtes. Als sie die Suppen durchs Fenster hereinreicht, sieht sie den Jäger am Tisch sitzen. Sie nickt ihm freundlich zu, und als alle beköstigt sind, kommt sie sogar heraus und setzt sich zu ihm. »Du darfst eine Maß Bier auf meine Rechnung trinken«, sagt sie, »weil du mir den Holzschein so schnell besorgt hast.«

»Das hab ich doch gern getan!«

»Ja, ich weiß schon, bist ein hilfsbereiter Mensch. Wie geht's denn deinem Buben jetzt?«

»Der ist ganz gut aufgehoben bei der Babsi.«

»Ach ja, die Babsi! Zu der hast ihn ja damals hinaufgebracht. Als du fort gewesen bist, ist es mir durch den Kopf gegangen, dass ich den Buben auch hätte zu mir nehmen können. Allein ist es halt gar so einsam oft. Dass du überhaupt heut im Dorf bist?«

»Ich hab acht Tage Urlaub und bin umgezogen. Zum Sachinger hinauf, weißt.«

Die Frau Wunderlich bestellt bei der Kellnerin die Maß Bier für den Jäger und für sich ein »kleines«. Dann fragt sie hurtig: »Ist was Wahres daran, dass du das Sachingeranwesen kaufen willst?«

»Wollen ja, aber so einfach ist das gar nicht. Ich war grad auf der Raiffeisenkasse –«

»Zweimal Schweinsbraten mit Knödel«, unterbricht die Kellnerin die Unterhaltung und deutet auf zwei neue Gäste, die gerade gekommen sind.

»Ich komm hernach, wenn ich in der Küch mit der Arbeit fertig bin, wieder«, sagt die Frau Wunderlich. »Bist ja doch noch solange da.«

Ja, Zeit hat er heute. Er wird erst gegen Abend zur Alm hinaufgehen, vorausgesetzt dass es zu keinem Landregen kommt. Es hat nämlich ganz leicht zu regnen begonnen. Der Marktplatz draußen ist wie leer gefegt, die Wolken hängen so tief, dass man meint, sie streiften die Dächer der Häuser.

Langsam leert sich die Gaststube, und als Franz auf die Uhr neben der Eingangstür schaut, sieht er, dass er bereits über eine Stunde dasitzt. Er muss sich über sich selber wundern, es ist ihm so behaglich zumute, vielleicht, weil ihn kein Dienst drängt und weil der Ofen jetzt wohlige Wärme auszustrahlen beginnt, indessen draußen der Regen heftiger strömt.

Die Kellnerin hat jetzt erst Zeit zum Essen und setzt sich zu ihm an den Tisch. Weil er nur selten ins Wirtshaus kommt und sie erst im Frühjahr hergekommen ist, kennt sie ihn nur flüchtig und kann auch die Unterhaltung nur so beginnen, wie man sie mit einem Fremden beginnt. »Jetzt, mein ich, wird er länger anhalten, der Regen.«

»Kann schon sein. Schadet auch nicht, die Erde ist ziemlich ausgetrocknet.«

»Fremde sind auch nur noch ein paar da.«

Franz hebt seinen Krug und trinkt. So viel Bier ist er eigentlich gar nicht gewohnt. Um die Mittagszeit wenigstens nicht. Zu seiner Halben, die er vorher bestellt hat, ist nun auch noch die Maß der Frau Wunderlich gekommen. Er spürt es ein bissel und denkt sich, ich werde mir hernach noch eine Tasse Kaffee bestellen, das macht mich dann wieder klar. Er weiß zwar nicht, wozu er klar sein müsste, als ihm dann plötzlich wieder das Geld einfällt und dass er doch einen Bürgen braucht. Ich werde die Babsi fragen, ob sie ihre Eltern nicht bitten will, denkt er, als ihm ganz plötzlich ein anderer Gedanke in den Kopf schießt. Genau in dem Augenblick, als die Witwe Wunderlich, ihres weißen Schurzes jetzt ledig, aus der Küche kommt und eine Tasse mit Kaffee vorsichtig in der Hand balancierend an den Tisch kommt. »In der Küch ist jetzt alles fertig«, sagt sie zur Bedienung. »Um drei kommt die Chefin mit dem Zug, in der Zwischenzeit wird nicht viel los sein. Eine Tasse Kaffee kannst du auch kochen, wenn's grad sein muss, oder ein Wurstbrot servieren.«

»Könnt ich vielleicht auch eine Tasse Kaffee haben?«, fragt Franz.

»Es ist noch eine Tasse in der Kanne«, sagt Frau Wunderlich und das Mädchen steht auf. Behaglich schlürft Frau Adelheid den starken Kaffee und meint dann: »Du hättest dir für deinen Urlaub auch ein schöneres Wetter aussuchen können.«

»Na ja, das Wetter und das Geld kann man halt nicht selber machen«, antwortet der Jäger.

»Wenn man's Wetter machen könnt, dann hätte man auch viel Geld. Aber was wär's dann? Geld allein macht auch nicht glücklich. Gesund muss man sein, das ist der größte Reichtum.«

Die Bedienung bringt den Kaffee, dann geht sie hinter die Schenke und spült Gläser.

»Und gesund bist ja immer, Mutter Wunderlich?«, fragt der Jäger.

»Ja, Gott sei Dank. Grad mein Mann müsst noch leben. So bin ich halt dauernd allein. Ich bin schon froh, wenn sie mich einmal brauchen da im ›Roten Ochsen‹. Da komm ich wenigstens ein bissel unter die Leut.«

Wenn ich nur wüsst, wie ich's anfangen soll? denkt der Jäger verzweifelt. Die Frau ist ihm gut gesonnen, das weiß er. Aber ob sie sich nicht gleich erschreckt wie eine Schnecke in ihr Häusel zurückzieht, wenn er sie um eine Bürgschaft bittet? Und so redet er halt noch mal um den Brei herum. »Wenn wir verheiratet sind, ich und die Babsi, und auf dem Sachingeranwesen sind, da könntest manchmal kommen. Die Babsi würde sich sicher freuen, weil sie ja viel allein sein wird, wenn ich im Dienst bin.«

Die Wunderlich-Mutter ist ganz gerührt. Wenn sie so dasitzt und den Kopf gesenkt hat, sieht man ihr Doppelkinn. Das graue Haar hat sie zu einem sauberen Knoten aufgesteckt. Sie rührt in ihrer Tasse, obwohl fast nichts mehr drinnen ist. Dann fragt sie: »Warum, heiratet ihr schon bald?«

»Sowie die Babsi von der Alm herunter ist.«

»Und das Sachingeranwesen – hast du das jetzt gekauft, oder?«

»Noch nicht.« Der Franz trinkt zuerst einmal, setzt die Tasse wieder ab und sieht die Frau an. »Da hat es noch einen kleinen Haken.«

»Verlangt er zu viel, der alte Gauner?«

»Das nicht.« Franz sieht zur Schenke hinüber. Die Kellnerin ist jetzt verschwunden. Er dämpft seine Stimme ein wenig. »Am Vormittag war ich bei der Raiffeisenkasse wegen eines Darlehens von fünfzigtausend Mark.«

»Und?«

»Ich bekäme das Geld vielleicht schon, aber dreizehn Prozent Zinsen muss ich zahlen und dann hat er gesagt, dass ich einen Bürgen brauch. Aber ich kenn ja niemanden.«

Die Frau Wunderlich trinkt ihren Kaffee aus und stellt die Tasse ziemlich resolut hin. »Dreizehn Prozent Zinsen? Und du, wenn du Geld hinträgst, dann geben sie dir vier Prozent! Das sind ja Wucherer!« Sie hebt den Kopf, schaut zur Holztäfelung hinauf, als betrachte sie die Maserung, und sagt dann ohne weiteres Überlegen: »Ich mach dir den Bürgen. Mein Häusel wird ihnen schon gut genug sein.«

Dem Jäger ist in diesem Augenblick zumute, als müsste er weinen. Um seinen Mund ist ein viel sagendes Zucken, nur mühsam kann er sich beherrschen, aber als es dann der Frau Wunderlich nach abermaligem Nachdenken klipp und klar herausrutscht: »Ach was, Bürgen! Ich leih dir ganz einfach das Geld«, da kann er sich nicht mehr halten, er weint nun wirklich, ganz hell wie ein Kind, das im Jahrmarktstrubel von der Hand der Mutter abgekommen ist und nicht mehr nach Hause findet.

Die Frau Wunderlich erschrickt, fasst nach seiner Hand und sagt gutmütig: »Geh, wer wird denn da weinen! Schäm dich doch!«

Franz wischt sich mit dem Jackenärmel die Augen trocken. Dann sagt er vom Schluchzen noch geschüttelt: »Du bist eine gute Frau. Ich wird dir das mein Leben lang nicht vergessen. Und – du darfst mir schon traun, ich zahl dir alles redlich auf Heller und Pfennig zurück.«

»Das weiß ich. Wenn ich dir nicht traun tät, glaubst du, ich hätt dir dann das Angebot gemacht? Du bist mir gut genug. Kommst – sagen wir, kommst morgen am Abend zu mir, dann machen wir alles richtig. Und jetzt geh heim und leg dich ein bissel nieder.«

Es regnet immer noch und Franz sieht die Frau Wunderlich mit aufgespanntem Regenschirm am Fenster draußen vorübergehen. Ihm aber ist auf einmal so leicht und frei und er muss unwillkürlich wieder an die Kalendergeschichte denken: »Und Gott wird auch weiterhin helfen ...«

Ist es Zufall, dass er die Witwe Wunderlich hier getroffen hat? Von selber wäre er wahrscheinlich nicht auf den Gedanken gekommen zu ihr zu gehen. Ach ja, es gibt halt doch noch gute Menschen.

Er zahlt seine Zeche und geht zurück in seine bisherige Wohnung beim Schechner um seinen Rucksack dort noch abzuholen. Die beiden Zimmer sind jetzt leer bis auf einen Hocker, der nicht ihm gehört. Dort sitzt er nun eine Weile und erinnert sich an die Tage, als er mit seiner ersten Frau, der Silvia Tumler, hier eingezogen ist. Und er meint, er höre sie wieder die Treppe heraufkommen mit ihrem etwas schweren Schritt und sieht sie unter der Tür stehen. »Ach, du bist schon da, Franz! Ich werde gleich das Essen kochen.« Dann hat sie den Eimer genommen um im Keller Vorräte zu holen, aber er hat ihr den Eimer abgenommen, denn sie trug ja das Kind.

Der Jäger wischt sich über die Augen, dann sind die Bilder wieder fort und ihm ist, als wäre es schon tausend Jahre her, dass er hier im Glück gelebt hat. Alles ist dann erloschen, bis ein anderes Glück sich auftat wie eine Sonne nach dunkler Nacht. Das Schicksal hat es gut mit ihm gemeint und öffnet jetzt einen großen, weiten Weg vor ihm, auf dem er und sein Bub heimfinden werden in eine neue Geborgenheit.

Er nimmt nun seinen Rucksack auf und geht die Treppe hinunter. In der Küche gibt er den Hausschlüssel an die Schechnerin ab und verabschiedet sich auch gleich.

»Tut mir Leid, dass du gehst«, sagt die Frau. »Bist so ein ruhiger Mieter gewesen.«

Kunststück, denkt er, wenn ich die ganze Woche nicht daheim war. Dann geht er. Es regnet immer noch und schaut tatsächlich nach Landregen aus. Auf dem Weg zum Sachingeranwesen stürzt das Wasser herunter und Franz nimmt sich vor als erstes gleich einmal den Weg zu richten, kleine Gräben zu ziehen, dass das Wasser wenigstens seitwärts in die Wiesen ablaufen kann. Ach ja, dies und jenes wird er tun, das Dach muss unbedingt bald gerichtet werden, die Fensterläden hängen auch schief.

Als er zum Anwesen kommt, fährt der Metzger vom

Oberwirt gerade die mageren Kühe weg. »Aber sonst bleibt alles beim Haus«, lacht der Sachinger vergnügt. »Viel Wertvolles ist's eh nimmer. Aus den Schränken und Truhen kannst ja Brennholz machen.«

Vorerst wird nur eine von den oberen Kammern leer gemacht. Dort schlägt Franz an diesem Abend noch sein Lager auf und denkt dabei, wie mühsam sich er und die Silvia die viertausend Mark für dieses Schlafzimmer abgespart haben. Immerhin, er fühlt sich hier schon als eigener Herr, und als er mit der Arbeit fertig ist, ist die Dunkelheit bereits hereingebrochen.

Am nächsten Morgen geht er zur Alm hinauf, sagt aber zur Babsi kein Wort, wie wunderbar sich alles zu ihren Gunsten gewandelt hat. Es soll die große Überraschung für sie werden. Erst übermorgen, nach der Beurkundung, soll sie es erfahren.

Gegen Mittag hört es zu regnen auf, am späten Nachmittag kommt sogar die Sonne durch und am Abend ist der Himmel schon ganz klar. Feurig brennt die Sonne und das Abendrot verkündet für morgen einen schönen Tag.

Bevor er an diesem Abend weggeht, fragt die Barbara dann doch noch: »Dann geht also morgen alles in Ordnung? Hast das Geld noch aufgetrieben?«

Er nimmt sie in seine Arme und küsst sie. »Mach dir keine Sorgen, Schatz, es geht alles in Ordnung! Bloß Angst darfst keine haben vor dem Saustall im Haus. Da muss man einmal ein paar Tag lang schrubben und bürsten, dann schaut's freundlicher aus.«

»Ich hab doch keine Angst vor der Arbeit!«, lacht die Barbara und umarmt ihn. »Ach, Franz, ich kann dir gar nicht sagen, wie glücklich ich bin! Eine eigene Heimat haben – ich hätt mir das nicht träumen lassen.«

Er hält sich etwas länger auf, als er gewollt hat, und als er ins Tal hinunterkommt, ist es bereits dunkel. Zuerst geht er noch zum Sachinger, wäscht sich und zieht sich um, beruhigt den Sachinger, der schon ganz aufgeregt ist und Angst hat, sie könnten morgen früh den Zug versäumen.

»Kümmere dich nicht, ich stell den Wecker«, lacht Franz.

»Hast du wenigsten alles beisammen? Grundbuchauszug, Katasterbrief und was wir alles brauchen beim Notar?«

»Alles hab ich, schau nur her!«

Wieder vergeht eine Viertelstunde, bis der Franz sich dann endlich auf den Weg macht zur Witwe Adelheid Wunderlich. Die Nacht ist ganz klar und die Sternbilder prangen wie goldene Punkte um den schmalen Mond. Franz geht ziemlich schnell. Ich bin spät dran, denkt er, und vielleicht hat Frau Wunderlich gar nicht mehr auf ihn gewartet. Im hohen Wald hinter ihm ruft ein Vogel und der Wind, der von Süden herstreicht, hat schon den Geruch von welkendem Laub oder von einem Hochmoor. Und dann sieht er bereits das freundliche Licht durch die Ritzen der Fensterläden schimmern. Aber er sieht nicht die beiden jungen Menschen, die unweit des Hauses auf der Bank am Waldrand sitzen. Der Mann in einer Lederjacke, das Mädchen mit einem dunklen Schal um die schmalen Schultern. Es sind der Metzgergeselle Oliver vom Ochsenwirt und die Sprechstundenhilfe vom Doktor Lautscher.

Nein, Franz sieht die beiden nicht. Aber die beiden sehen ihn und der Metzger erkennt ihn auch gleich. »Der Jäger ist es«, flüstert er und das Mädchen flüstert zurück: »Der Goreiter? Ja der Goreiter ist's. Was will denn der da?«

»Das kann uns gleich sein, wenn er nur uns nicht stört.«

Der Jäger stört sie nicht, er öffnet das Gartentürchen und geht auf das Haus zu. Er ist selber überrascht, dass die Haustür nicht abgesperrt ist. Die Witwe Wunderlich sitzt in ihrem Wohnzimmer in einem Polsterstuhl mit hoher Lehne und hat ein Glas mit Wein vor sich stehen.

»Warum sperrst du denn die Haustür nicht ab?«, fragt Franz, als er den angebotenen Platz eingenommen hat.

»Weil ich doch gewusst hab, dass du noch kommst.«

»Ach ja. Ich hab mich ein bissel verspätet.« Er ist gehemmt, eine leise Angst ist in ihm, die Frau könnte es sich in der Zwischenzeit wieder anders überlegt haben. Aber die Witwe Wunderlich steht zu dem, was sie einmal gesagt hat, und sie kommt auch gleich auf die Sache zu sprechen. Zuerst aber sagt sie noch: »Dort unter der Bank steht die Weinflasche. Schenk dir auch ein Glas ein. So ein Achtel muss ich jeden Abend trinken, dann schlaf ich gut.«

Franz schenkt sich ein Gläschen ein und drückt den Stöpsel wieder auf die Flasche. »Auf deine Gesundheit, Mutter Wunderlich!«

»Ich werd neunzig Jahre alt, wenn der Tod nicht dazwischenkommt«, scherzt die Frau Wunderlich und stellt ihr Glas hin. »Jetzt pass auf, Jäger, ich hab mir die Sach noch mal überlegt. Du kriegst von mir fünzigtausend Mark leihweise. Ich weiß, dass du mir's bald wieder zurückzahlen wirst, so gut kenn ich dich. Die Babsi wird ja auch etliche Tausender kriegen, wenn ihr heiratet. Zinsen brauchst mir keine zahlen, bist ja auch ein armer Teufel –«

»Nein, das will ich nicht«, unterbricht der Franz sie schnell.

»Ausreden lassen, sag ich. Ganz umsonst kriegst sie ja auch nicht. Du machst mir dafür mein Brennholz klein und stichst mir ein kleines Fuder Torf. Einverstanden?«

»Wenn da einer nicht einverstanden wär!«, stammelt der Jäger voller Freude. »Solang du lebst, mach ich dir dein Holz klein.«

»Versprich nicht zu viel, ich kann noch zwanzig Jahre leben.«

»Das wünsch ich dir sogar von Herzen.«

»Ja, dir glaub ich das. Morgen oder übermorgen setzt du was Schriftliches auf, weil ja alles seine Ordnung haben muss.«

»Einen Schuldschein stell ich dir natürlich auch aus.«

»Ja, das machst du dann alles morgen.«

»Ich weiß nicht, Wunderlich-Mutter, am liebsten hätt ich das schon gleich erledigt. Hast nicht was zu schreiben da?«

»Ich weiß nicht, was du immer hast! Das hat doch Zeit, ich kenn dich doch! Wenn du es nicht wärst, Jäger, dann hätt ich schon selber einen Schuldschein vorbereitet, aber auf dich kann ich mich verlassen, das weiß ich.«

Dann steht sie auf und holt ihre eiserne Kassette aus dem Versteck unterm Sofa. Den Schlüssel dazu nimmt sie aus einer Kaffeetasse im Küchenschrank. Bedächtig zählt sie fünfzigtausend Mark in großen und kleine Scheinen auf den Tisch, und während sie so zählt, fragt Franz: »Warum hast du denn so viel Geld im Haus? Meinst, dass es in der Sparkasse nicht besser aufgehoben wär?«

»Mir ist schon einmal bei der Sparkasse Geld wertlos geworden, ein zweites Mal nimmer. Aber jetzt hast mich rausgebracht – wie viel waren es – dreitausendsechshundert? Ach was, zählen wir noch mal von vorn.«

Als es fünzigtausend sind, hält sie inne und schaut ihn an. »Reicht es auch gewiss?«

»Vergelt's Gott, es reicht!«

Sie zählt leise den Rest der Scheine in der Kassette nach. »Sind noch mal fast fünzigtausend«, sagt sie, dann sperrt sie die Kassette ab und schiebt sie wieder unters Sofa. »Und jetzt schenkst mir noch ein Glas Wein ein.«

»Ja, gern. Aber hast nicht doch einen Fetzen Papier da, dass ich dir wenigstens den Empfang bestätigen kann?«

»Steck das Geld ein jetzt und gib Ruh! Was haben wir morgen, Donnerstag?«

»Ja, den vierundzwanzigsten September.«

»Für den nächsten Sonntag lad ich dich zum Mittagessen ein, da bringst dann das Schriftliche mit. Was magst denn gern zu essen?«

»Geh, meinetwegen brauchst dir doch keine Umständ zu machen! Ich mag alles.«

»Dann kauf ich eine junge Ente und mach Kartoffelknödel dazu. Für mich allein rentiert sich so was nicht, ich ess an so einer Ente die ganze Woch.« Sie zieht die Uhr neben dem Küchenkasten auf und nimmt die Nadeln aus ihrem Haarschopf. »Und jetzt werd ich mich schlafen legen.«

Franz Goreiter tritt auf sie zu und fasst ihre beiden Hände. »Wunderlich-Mutter, ich weiß gar nicht, wie ich dir danken soll.« Seine Stimme beginnt zu schwanken. »Dass es noch so gute Menschen gibt!«

»Lass nur gut sein, Jäger. Dich mag ich halt, weißt. Ein anderer hätt es nicht kriegt. Pass nur auf, dass du nichts verlierst.«

Franz klopft sich mit freudigem Lachen an seine Geldtasche. »Da pass ich schon auf! Vergelt's Gott halt noch mal und – recht gute Nacht. Sperr zu hinter mir!«

Sie begleitet ihn zum Gang hinaus und schiebt hinter ihm den eisernen Riegel vor.

Dem Jäger ist zumute, als müsste er die Arme in die Luft werfen und in die Nacht hineinjauchzen. Aber dann beginnt er mit weiten Schritten bergwärts zu steigen, der Sachingerhöhe zu. Der Mond ist inzwischen weitergewandert, der Wind ist noch kühler geworden und manchmal steigt ein Geräusch aus der Nacht, unwesentlich und kaum vernehmbar, bis auf das eine Geräusch, das weit aus der Ferne herkommt und das sich wie ein schweres Motorrad anhört. Ja, ein solches muss es sein, und als Franz stehen bleibt und sich umdreht, sieht er den grellen Kegel eines Scheinwerfers, der unruhig über die helle Straße zuckt, ganz ferne noch, aber immer näher kommend auf der Straße nach Schierding. Manchmal erlöscht das Licht, wenn das Motorrad in ein Waldstück einbiegt. Aber dann hört man den Motor umso lauter. Der Jäger wundert sich, dass das Motorrad jetzt von der Straße in südlicher Richtung abbiegt. Da geht's doch ins Moor, denkt er. Und dann ist es auf einmal ganz still. Der Scheinwerfer ist erloschen, nur der Mond steht noch oben und erhellt die Nacht ein wenig.

Franz macht sich weiter keine Gedanken und legt den Rest des Weges bis zum Sachingeranwesen noch zurück. Die Haustür findet er unverschlossen. Der Sachinger schläft in der Stube auf dem Kanapee, in der Ecke stehen bereits die zwei mächtigen Koffer, fertig gepackt. Die sollen morgen früh zur Bahn mitgenommen und nach Hamburg aufgegeben werden.

Franz steigt über die Treppe hinauf, richtet den Wecker nach seiner Uhr auf die fünfte Morgenstunde, weil ja der Zug schon um halb sieben abfährt. Dann geht er schlafen.

Die Witwe Adelheid Wunderlich schläft in letzter Zeit immer schlecht ein. Aber sie pflegt dann so lange für ihren verstorbenen Mann zu beten, bis der Schlaf sie überfällt.

Im Traum spricht sie mit dem Jäger und sagt ihm, dass das mit dem Fuder Torf hinfällig sei, mit dem Holzmachen sei die Höhe der Zinssumme leicht erreicht, weil sie von ihm nicht mehr als drei Prozent nehmen wolle.

Auf einmal schreckt sie auf. War da nicht ein Geräusch? Sie lauscht. Aber es ist nichts zu hören. Doch ist ihr, als sei durch die Türritze ein dünner Lichtschimmer gefallen. Sie erinnert sich aber das Licht in der Küche ausgeschaltet zu haben, als sie den Jäger hinausgelassen hat. Dann sieht sie auch den schwachen Schimmer nicht mehr. Hab ich mich halt getäuscht, denkt sie und ist aber doch wieder hellwach. Welch glückliche Augen der Franz Goreiter gehabt hat, sinniert sie weiter. Wie dankbar er gewesen ist. Er hat wohl keine Ahnung, wie seine Freude auf sie selbst zurückgefallen ist und dass es tief beglücken kann anderen helfen zu dürfen. Warum sollte sie es nicht tun? Es sind doch zwei brave und anständige Menschen, der Franz und die Babsi. Und doch, und doch! Ist nicht auch ein bisschen Egoismus bei ihrer guten Tat dabei? Hat sie nicht daran gedacht, dass sie mit den Jahren einmal hinfälliger und hilfsbedürftiger werden könnte und dass es dann zwei Menschen gebe, die ihr dankbar verbunden sein müssten und sich dann um sie kümmern würden? Sie hat sonst niemanden mehr, der sich um sie kümmert. Nur eine Nichte aus ihres verstorbenen Mannes Verwandtschaft ist noch da. Diese Lotte Gareis ist in Karlsruhe verheiratet und schreibt ihr nur zum Jahreswechsel immer ein paar Zeilen um sich gewissermaßen wegen der späteren Erbschaft in Erinnerung zu bringen.

Frau Adelheid Wunderlich lässt sich wieder in die Kissen zurückfallen und will weiterschlafen.

Aber da – jetzt wieder. Diesmal hat sie es ganz deutlich vernommen. Da sind doch schleichende Schritte in der Küche? Und fällt da nicht wieder Lichtschein durch die Türritzen? Jetzt ist anscheinend an einen Stuhl gestoßen worden, dann hört sie ein helles, metallenes Geräusch.

Da ist doch jemand draußen! Gefürchtet hat Frau Wunderlich sich noch nie und sie fürchtet sich auch jetzt nicht. Mit einem Satz ist sie aus dem Bett und reißt die Küchentür auf.

Ein unterdrückter Fluch, die Taschenlampe erlischt. Blitzschnell greift Frau Wunderlich nach dem Lichtschalter neben der Tür. Und dann stößt sie einen schrillen Schrei aus. Sie sieht ihre aufgebrochene Geldkassette auf dem Tisch und erkennt in Sekundenschnelle den Menschen, auch wenn er jetzt seinen Arm vors Gesicht schlägt und sich geduckt in die Ofenecke zurückzieht.

Ihr Augen weiten sich vor Entsetzen. »Heilige Muttergottes! Du schämst dich nicht?« Und dann schreit sie mit der ganzen Kraft, die ihr der Schrecken und die Angst verleihen.

»Hilfe!«, schreit sie und denkt nicht, dass das Haus abseits vom Dorf liegt und dass um diese Stunde niemand unterwegs sein wird. »Hilfe! Einbrecher!«

Mit einem Satz springt der Mensch auf sie zu. Die Hände umklammern den Hals der alten Frau. »Willst gleich still sein!«, zischt der Mann.

Aber die Frau Wunderlich wehrt sich und schreit gellend weiter um Hilfe, bis ihr plötzlich der Atem ganz eng wird und vor ihren Augen alles Nebel ist.

Wie ein Stein schlägt sie zu Boden und rührt sich nicht mehr. Ist sie ohnmächtig geworden? Aber sie rührt sich auch nach einer Stunde noch nicht. Sie hört den Menschen nicht mehr aus dem Haus schleichen, den gleichen Weg, den er gekommen war, über das Dach und den Speicher herunter. Die Witwe Adelheid Wunderlich rührt sich nicht mehr, sie ist tot.

7

Das flimmernde Sternenlicht scheint auf das kleine Haus am Waldrand und die Stunden vergehen. Das Licht der Sterne verblasst, und als es sechs Uhr auf dem Kirchturm schlägt, ziehen zwei Männer mit einem Leiterwägelchen, auf dem zwei schwere Koffer verladen sind, durch das Dorf zum Bahnhof.

Das Dorf erwacht nun vollends, die Moornebel heben sich flatternd über die Dächer davon. Am Bahnhof gibt der Sachinger seine Koffer auf und der Jäger Franz Goreiter hilft ihm dabei.

»Wohin denn?« fragt der Bahnbeamte.

»Nach Hamburg, versteht sich«, sagt der Sachinger.

»Und ich will hoffen, dass sie morgen dort sind, wenn ich hinkomm.«

»Hier sind die Begleitpapiere«, sagt Franz. Der Beamte prüft sie und nickt. Er ist noch unausgeschlafen und grantig. Auch ist er neu hier und kennt die Leute nicht.

»Dem stinkt es, weil er nicht ins gelobte Land fahren kann«, lacht der Sachinger hernach im Zug. »Aber ich fahr! Und jetzt gehen wir zwei zum Notar! Wann müssen wir dort sein?«

»Um neun Uhr«, antwortet Franz.

»Dann können wir uns vorher noch eine Maß kaufen und ein Paar Weißwürst essen. Das geht auf meine Rechnung.«

Der Zug schlängelt sich durch die herbstliche Hügellandschaft. Weit rechts droben auf einem Hügel sieht man einmal den Harasserhof liegen, dann bleiben die Berge zurück, das Land wird flach. Die Sonne ist hoch gestiegen, leuchtet über den jungen Saaten und schenkt dem herbstlichen Laub herrliche Farben.

Notar Dr. Kornbichler lässt sie beide Platz nehmen. Er ist ein gemütlicher Herr und ziemlich beleibt.

In seinem sehr großen Arbeitszimmer hängen einige Hirsch- und Rehgeweihe, die den Anschein erwecken, er sei ein gewaltiger Jäger vor dem Herrn. Den Sachinger kennt er bereits von früher und weiß um dessen Bemühungen, sein Anwesen verkaufen zu wollen.

»Also, Sachinger, dann packen wir's halt an!« Er schaut den Franz an. »Und Sie sind der Käufer? Ihr Name, bitte.«

»Franz Goreiter.«

»Beruf?«

»Jäger.«

»Was? Jäger? Das trifft sich gut, da muss ich Ihnen gleich erzählen, wie ich auf den Sechserbock da hinten angesessen bin.« Er deutet mit dem Füller hinter sich gegen die Wand, aber bevor er ansetzt zu jenem Jagderlebnis, mahnt der Sachinger: »Uns pressiert's.«

»Ach so, ja. Also, wie steht's? Das Anwesen soll hundertzwanzigtausend Mark kosten.«

»Jawohl, neunzigtausend zahlt er an, der Franz, und der Rest wäre dann innerhalb von fünf Jahren bei der Raiffeisenkasse in Schierding einzuzahlen.«

Franz sitzt da, hält seinen Hut auf den Knien fest und schaut zum Fenster hinaus.

»Haben sie die neunzigtausend Mark bereits an den Sachinger bezahlt?«, hört er sich gefragt.

»Ja, ich hab sie ihm heut früh gegeben.« Franz zieht seine Brieftasche und zeigt die Quittung vor.

»Weil ich nämlich zu meiner Tochter nach Amerika fahr«, erklärt der Sachinger. »Da brauch ich das Geld, weil man ja nicht mit leeren Händen nach Amerika kommen kann, nicht wahr?«

Der Notar macht sich ein paar Notizen, schaut in den Katasterbrief und in den Grundbuchauszug und nickt. Da war alles in Ordnung. Da meldet sich Franz zu Wort: »Mir fällt da grad was ein, Herr Notar – und weil wir schon dabei sind –«

»Ja, bitte?«

»Ich mein, ob das nicht geht, dass man das Anwesen gleich auf den Namen meiner zukünftigen Frau schreibt.«

»Das geht schon, aber warum wollen Sie das?«

»So halt. Weil die Barbara doch die Hauptarbeit damit hat. Es sind ja auch zwanzigtausend Mark von ihr bei dem Geld. Ich hab meinen Beruf als Jäger und überhaupt, mir wär's halt recht, wenn es so ginge.«

»Aber Sie sind doch mit dieser – wie heißt sie doch gleich noch?«

»Barbara Rumbold.«

»So gut wie verheiratet«, ergänzt der Sachinger.

Der Notar macht sich ein paar Notizen und glaubt dann Franz darauf aufmerksam machen zu müssen, dass er da eigentlich ein gefährliches Experiment eingehen wolle, denn solange er nicht verheiratet sei –

»Wir werden bestimmt heiraten«, unterbricht ihn Franz. »Und zwar bald.«

»Schön, wie Sie wollen. Mir kann es recht sein. Jedenfalls hab ich sie pflichtgemäß darauf aufmerksam gemacht. Was glauben Sie, was ich gerade mit solchen Sachen schon erlebt habe! Ich lasse jetzt alles schreiben und fertig machen. In drei Stunden können Sie dann wiederkommen zur Unterschrift. Eigentlich müsste ja diese Barbara Rumbold auch unterschreiben. Aber vielleicht kann man das schriftlich erledigen oder ich komme ja doch wieder einmal nach Schierding hinaus.«

»Dann kaufen wir uns halt inzwischen ein paar Maß«, meint der Sachinger.

Am Donnerstag gegen elf Uhr fällt es dem Postboten auf, als er mit seinem Fahrrad vorbeikommt, dass die Fensterläden am Haus der Witwe Wunderlich noch geschlossen sind. Aber er denkt sich nichts dabei. Warum soll die Frau Wunderlich nicht einmal länger schlafen? Wenn er einmal pensioniert ist, wird er auch lange schlafen.

Am Freitag führt ihn der Weg dort nicht vorbei, weil er für den Weiler Angerkirchen keine Post hat und eine andere Richtung fahren kann. Erst am Samstag, als die Fensterläden noch immer geschlossen sind, lehnt er sein Fahrrad an den Zaun und tritt näher. Er rüttelt an einem der Fensterläden, aber sie sind von innen geschlossen. Er probiert es an der Haustür, die ist verriegelt. Aber durch den Spalt des einen Fensterladens sieht er, dass drinnen Licht brennt. Er ruft nach Frau Wunderlich, bekommt aber keine Antwort.

Von da an kommt es ihm nicht recht geheuer vor. Aber gerade als er sein Fahrrad nehmen und ins Dorf zurückfahren will, kommt der Wirt vom »Roten Ochsen« dahergefahren und will nachsehen, was los ist, denn heute findet eine Hochzeit statt und die Frau Wunderlich hätte in der Küche aushelfen sollen.

»Da stimmt was nicht«, ruft der Postbote, als der Wirt aus seinem Wagen steigt. »Die Fensterläden sind jetzt schon den dritten Tag zu. Und es rührt sich niemand, obwohl das Licht drinnen brennt.«

»Das werden wir gleich haben«, sagt der Wirt, packt einen Fensterladen mit seinen derben Händen. Ein Ruck und aufgerissen ist er. Dann schaut er zum Fenster hinein und prallt zurück. »Da schau einmal hinein, Peter!«

Der Postbote drängt sich nun auch ans Fenster und wird blass. »Die ist tot, was? Umgebracht worden?«

»Das kann man noch nicht sagen. Kann genauso gut ein Herzschlag sein. Auf alle Fälle müssen jetzt gleich die Polizei und der Doktor her.« Mit einer Behendigkeit, die man ihm gar nicht zugetraut hätte, schwingt sich der Ochsenwirt in seinen Wagen und rast ins Dorf zurück. Der Postbote bleibt beim Haus und wartet.

Die Polizisten bringen dann auch den Schlosser mit, der die Tür aufsprengen muss. Sie erkennen gleich auf den ersten Blick, dass hier ein Mordfall vorliegt, der Doktor bestätigt es dann eindeutig. Sie müsse erwürgt worden sein und das wahrscheinlich schon vor mehr als achtundvierzig Stunden. Bei der Obduktion muss das noch genau festgestellt werden.

»Aber hier darf niemand etwas anrühren, da muss zuerst der Staatsanwalt kommen«, sagt der Kommissar Demminger und schickt seinen Wachtmeister ins Dorf zurück zum Telefonieren.

Am Nachmittag weiß es bereits das ganze Dorf, dass die Witwe Adelheid Wunderlich einem Raubmord zum Opfer gefallen sei. Die Geldkassette sei leer auf dem Tisch gelegen und der Doktor habe die Würgemale an ihrem Hals festgestellt.

Und das Dorf empfängt diese schaurige Nachricht wie das Anklopfen eines bösen Schicksals. Vermutungen werden angestellt, ein Verdacht kommt auf und löst wieder einen anderen ab. Es wird von dem Mörder gesprochen, obwohl niemand ihn kennt. Aber dann erhebt sich doch ein Wort, das keine Vermutung mehr ist, sondern ein triftiger Verdacht. Wahrscheinlich will die Beate, die Sprechstundenhilfe vom Doktor Lautscher, sich ihrer Chefin gegenüber auch nur wichtig machen. Sie sagt, sie hätte den Jäger Goreiter zu später Stunde noch ins Haus der Frau Wunderlich gehen sehen.

Die Frau des Doktors will wissen, zu welch später Stunde dies gewesen sei und an welchem Tag.

Das sei am Mittwochabend gewesen.

»Wieso hast du das sehen können?«

»Weil ich mit dem Oliver vom Ochsenwirt auf der Bank bei dem Haus gesessen bin.«

»Und der hat es also auch gesehen?«

»Ja, der Oliver hat den Jäger gleich erkannt.«

»Das muss ich sofort meinem Mann sagen!«

Der Doktor ist der Meinung, dass man dies der Polizei unbedingt mitteilen müsse, da man doch so im Dunkeln tappe. Und so setzt sich ein Rad langsam in Bewegung und es wird nicht eher stillstehen können, bevor nicht alles genau untersucht und festgelegt ist. Der Arm der Gerechtigkeit hat das Rad in Bewegung gesetzt, Teilchen um Teilchen wird zusammengefügt, der Metzgergeselle wird auch vernommen, und wo es gilt, die Sache aus der Dunkelheit ans Licht zu zerren, da will auch die Bedienung vom Ochsenwirt nicht zurückstehen; sie will auch etwas im Mittelpunkt stehen und erzählt in ihrem Übereifer, dass der Jäger am Dienstagnachmittag mit der Frau Wunderlich im Gastzimmer gesessen sei. Jawohl, am Dienstag sei das gewesen und sie habe sich schon gefragt, was denn der Jäger der Frau Wunderlich so geheimnisvoll zuzutuscheln gehabt habe.

Immer weitere Kreise zieht es, schließlich weiß man auch, dass der Jäger am Mittwoch kurz vor zwölf Uhr noch am Schalter der Raiffeisenkasse gewesen sei und wegen eines Kredits gefragt habe. Dann sei er aber nicht mehr gekommen. Ganz klar, wenn er sich das Geld auf eine andere Weise verschafft hat um das Sachingeranwesen zu kaufen!

An diesem Samstagabend wird in den Wirtshäusern von nichts anderem mehr gesprochen. Die einen wollen es nicht glauben. Der Jäger Goreiter? Nein, ein ruhiger und anständiger Mensch. Auch seine Dienstbehörde stellt ihm das beste Zeugnis aus. Andere wieder meinen, der Goreiter hätte immer schon etwas Verschlagenes an sich gehabt, ihm wäre so eine Tat durchaus zuzutrauen.

In dem Häuschen draußen vor dem Dorf wird noch mal nach Spuren gesucht. An einer Weinflasche werden Fingerabdrücke gesichert. Man will nichts übersehen und schließlich ist der Verdacht so groß, dass man zur Verhaftung schreiten kann.

Ums Morgengrauen, am Sonntag, wird der Jäger Franz Goreiter auf dem Sachingeranwesen aus dem Bett heraus verhaftet. Er stehe unter dringendem Verdacht die Witwe Wunderlich beraubt und ermordet zu haben.

Der Jäger muss über diese Anschuldigung zunächst lachen und der Kommissar versichert ihm, dass ihm das Lachen bald vergehen werde. Im Dienstzimmer werden von ihm Fingerabdrücke gemacht, sie stimmen mit denen auf der Weinflasche überein. Ob er es jetzt immer noch leugnen wolle?

»Ich leugne nicht, dass ich bei der Frau Wunderlich gewesen bin am Mittwochabend. Sie hat mir Geld geliehen.«

»Aber, aber?«, sagt der Kommissar mit fast väterlicher

Milde. »Sie werden doch nicht verlangen, dass wir das glauben! Dann müsste ja wohl irgendein Schuldschein da sein.«

In diesem Augenblick erst erkennt Franz den Ernst seiner Lage. Aber man wird sich bald überzeugt haben, dass er solch einer Tat nie fähig wäre, beruhigt er sich.

Der Tag ist langsam erwacht, die Hähne krähen und eine Glocke beginnt zu läuten. Es ist der siebzehnte Sonntag nach Pfingsten. Das kann Franz gerade noch ablesen, bevor ihn die beiden Polizisten in die Mitte nehmen und ihm noch so viel Barmherzigkeit angedeihen lassen, dass sie ihn nicht durchs Dorf, sondern auf einem Umweg zur Kreisstadt fahren.

Als er das Dorf hinter sich gelassen hat, schließt Franz die Augen. Eine Welt ist plötzlich zusammengestürzt. Er denkt an die Babsi und an den Buben, bei denen er gestern noch bis zum späten Abend gewesen ist.

Die Babsi, das weiß er, die wird nicht glauben, dass er es getan hat. Vielleicht werden es auch andere nicht glauben oder ihm hernach sagen, wenn alles aufgeklärt ist, dass sie ihn nie verdächtigt hätten.

Als er nach einer Weile die Augen wieder aufschlägt, sieht er noch auf einen Augenblick das sonnenüberflutete Almfeld der Rumboldalm. Dann verschwindet der Wagen in einem Waldstück.

Im Rumboldhof schlägt diese Nachricht wie ein Blitz ein. Am wildesten gebärdet sich der Bernd. Bei ihm ist von nichts anderem mehr zu hören als von der großen Schande, die Babsi über die Familie gebracht hat. »Daran haben wir unser Lebtag zu schlucken!«

Der Vater sitzt ganz gebrochen da, die Mutter dreht die Daumen und nur die Bettina sieht es wieder einmal anders: »Was plärrst denn du immer von der Schand? Die Babsi ist ja noch nicht verheiratet mit dem Jäger! Und wer weiß, ob er es wirklich gewesen ist.«

»Das ging uns grad noch ab, dass sie ihn schon geheiratet hätte!«, faucht der Bernd. »Ist ja so schon die Blamage groß genug! Und wer weiß, ob jetzt der Harasser Michael nicht auch einen Rückzieher macht! Übel dürfte man es ihm nicht nehmen. Aber das habt ihr jetzt davon, ich war immer schon dagegen, aber auf mich hört man ja nicht!«

»Hör auf jetzt und mach es nicht noch schlimmer als es schon ist«, jammert der Vater. »Kein Mensch hat doch wissen können, was in dem Kerl steckt. Die Babsi hat es am wenigsten gewusst, sonst hätt sie ihn nie geliebt.«

»Auf alle Fälle muss sie den Buben weggeben.«

»Was kann denn das arme Kind dafür?«, begehrt die Rumbold-Mutter auf. »Und die Bettina hat vielleicht Recht, wenn sie meint, ganz sicher sei es nicht, ob es der Franz war.«

»Warum hätten sie ihn dann verhaftet?«, fragt der Bernd und schaut dabei zum Fenster auf den Hof hinaus. Dort trägt gerade seine Frau, die Carmen, zwei schwere Kübel mit Magermilch, die von der Molkerei zurückgeliefert werden, zum Haus her. Froh nun einen Grund zum Weiterschreien zu haben fährt er herum und schaut die Bettina an, als ob er sie fressen wolle. »Dass du die Milchkannen nicht reintragen kannst von der Straß! Nein, die Carmen muss es tun, obwohl sie im sechsten Monat ist! Muss denn bei uns immer alles schief gehen?«

»Ich hab es ihr doch nicht befohlen!«, wehrt sich die Bettina, rennt aber schnell hinaus und nimmt der Schwägerin die schweren Kübel ab.

Der Bernd geht ein paarmal in der Stube auf und ab und grübelt. Dabei hat er den Zeigefinger auf den Nasenrücken gelegt. Die Mutter hört mit dem Daumendrehen auf und hebt den Kopf. Was wird er denn jetzt wieder ausbrüten, denkt sie. Und schon bekommt sie Bernds neueste Überlegung zu hören: »Eins steht fest, das Kind kann die Babsi jetzt nimmer behalten. Es kann uns doch niemand zumuten, dass wir einen kleinen Verbrecher aufziehen.«

»Jetzt phantasier bloß nicht«, sagt der Rumbold.

»Der Apfel fällt nicht weit vom Stamm«, beharrt der Bernd. »Wie kommt die Babsi überhaupt dazu den Bankert durchzufüttern? Noch dazu umsonst!«

»Jede Guttat lohnt sich und fällt auf einen wieder zurück«, meint die Mutter.

»Davon hab ich noch nichts gemerkt.«

»Du hast ja auch noch nie jemandem was Gutes getan«, muss Bernd sich vorhalten lassen. »Es wird der Babsi schon schwer genug fallen, wenn sie es erfährt. Soll man ihr jetzt das Kind auch noch wegreißen, das sie in ihr Herz geschlossen hat?«

Der Bernd stutzt. Stimmt, die Babsi wird ja von allem noch gar nichts wissen. Das muss man ihr unbedingt sagen und wer wäre dazu besser geeignet als er? Aber er befürchtet, dass man ihn zurückhalten wird, wenn er sagt, dass er auf die Alm hinauf will. Deshalb drückt er sich zuerst noch ein bissel im Hof herum, tut so, als ob er die Sonntagsstimmung genieße, schlendert dann um die Scheune herum und verschwindet im Wald.

Das ist so gegen zwei Uhr nachmittags und genau um die Zeit, als die Babsi droben auf der Alm bereits zum zehntenmal vor die Hütte tritt und auf den Steig hinunterspäht, ob denn der Franz immer noch nicht käme. Er wollte doch zum Mittagessen hier sein. Die Knödel sind längst verkocht, das Fleisch angebrannt.

Sie ist nicht beunruhigt, nur etwas verärgert. Unruhig wird sie erst, als sie so gegen drei Uhr den Bernd ziemlich eilig den Weg heraufkommen sieht. Sofort sagt sie sich: Da muss was passiert sein! Und sie versucht sich innerlich dagegen zu wappnen. Sie tritt an den Zaun, klammert die Hände um den Pfosten und schaut dem Ankommenden mit schmalen Augen entgegen. »Was ist denn los?«, brüllt sie ihm schon von weitem zu und bedenkt gar nicht, dass von ihrem Schreien der Bub aufwachen könnte, der in der Kammer schläft, nachdem er mit ihr fast bis um zwei Uhr auf den Vater gewartet hatte.

Der Bernd bleibt stehen und schaut herauf. »Das wirst gleich hören, was los ist!« Dann steigt er weiter und ist in ein paar Minuten am Zaun. Es wäre ja nun anzunehmen, dass dem Bernd auf dem Herweg doch die Worte eingefallen wären, die er sagen müsste, damit es für die Schwester nicht gar so unbarmherzig klingt. Aber in dem Bernd wirbelt es nur so vor Schadenfreude. Er nimmt die Mütze ab und wischt den Schweiß von der Stirne. »Jetzt haben wir den Salat! Heut früh haben sie ihn verhaftet, weil er die gute Frau Wunderlich umgebracht hat!«

Die Barbara, immer noch ganz ahnungslos, weiß sich das nicht zu deuten. Sie sieht nur das schadenfrohe Glitzern in den Augen des Bruders und wie es um seinen Mund zuckt. Sie fühlt ganz dumpf eine Gefahr herannahen.

»Was redest denn da?«, fragt Barbara doch etwas eingeschüchtert.

»Umgebracht und ausgeraubt hat er sie!«

In der Barbara steigt Zorn auf. Ganz laut schreit sie: »Wer hat umgebracht und ausgeraubt?«

»Dein sauberer Bräutigam! Der Goreiter!«

Jähes Erschrecken reißt an ihrem Herzen. Darum also ist Franz heute nicht gekommen! Sie hat nicht die Kraft laut hinauszuschreien: Nein, das ist nicht wahr, das kann nicht wahr sein, obwohl in ihr kein anderer Gedanke ist. Aber ein Lachen überkommt sie, ein ganz unnatürliches Lachen, so als ob sie nicht nur über den Bruder, sondern über die ganze Welt lachen wolle. Und dann sinkt doch plötzlich ihr Kopf vornüber auf die Planke des Zaunes.

Die Stimme des Bruders kommt wie aus weiten Fernen zu ihr: »Musst es nicht so tragisch nehmen. Besser jetzt, als wenn ihr schon verheiratet wärt. Auf alle Fälle musst zugeben, dass es eine Blamage ist für unsere ganze Familie.«

Verstört blickt die Barbara auf.

»Ich wüsst nicht, was das mit unserer Familie zu tun hätte. Und ich glaub auch nicht, dass der Franz so was tun kann.«

»Da beißt die Maus keinen Faden mehr ab, das ist so gewiss wie das Amen in der Kirche. Es gibt einen Haufen Beweise dafür.«

Alles in ihr sträubt sich es zu glauben. Und doch, es kann doch nicht alles aus der Luft gegriffen sein. Sollte sie sich so arg in diesem Menschen getäuscht haben?

In diesem Augenblick erscheint der Klausi unter der Tür, halb verschlafen noch, mit rosigen Bäcklein. »Mama!«, ruft er und reibt sich mit den kleinen Fäusten die Augen.

Ganz plötzlich wächst Barbara die wunderbare Kraft zu an die Unschuld des Franz zu glauben. Es muss sich alles aufklären, es muss alles ein schrecklicher Irrtum sein. Unglückliche Umstände, mysteriöse Zufälle mögen dabei im Spiel sein, am Ende aber wird man einsehen, dass man voreilig gehandelt hat, und wird Franz wieder freilassen müssen.

Nur das kurze Lederhöschen am Leib und barfuß trippelt der Klausi jetzt auf Barbara zu und streckt die Ärmchen hin. Sie hebt ihn hoch und schaut ihn mit dunkel umschatteten Augen an. Gerade als ob der Bub fühlt, dass seine Mama Kummer hat, schlingt er die Ärmchen um ihren Hals und küsst sie. Und Barbara wehrt ihn nicht ab, er ist ihr in diesem Augenblick der einzige Halt. Sie schluckt heftig und streicht ihm über das lockige Haar.

»Wirst dich jetzt trennen müssen von dem«, sagt der Bernd mit sichtlicher Genugtuung. Genau darauf hat die Barbara gewartet. Zornig fährt sie ihn an: »Das wirst du nie erleben! Der Bub ist mein und ich geb ihn nicht her! Wenn

– was ich einfach nicht glaub – das wahr sein sollte, was du behauptest, dann braucht der Bub erst recht jemanden, der sich um ihn kümmert. Und jetzt, Bruder – mir ist es lieber, wenn du gehst.«

Einen größeren Gefallen hätte die Barbara ihm gar nicht tun können als ihn dazu aufzufordern. Er ist seine Neuigkeit losgeworden, hat seine Schadenfreude ausgekostet und die Schwester soll jetzt nur schauen, wie sie allein fertig wird. Beim Weggehen hinterlässt er nur noch die Drohung: »Wirst schon noch rechtzeitig draufkommen, was du dir da für eine Natter heranziehst! Aber mir ist's gleich. Wirst schon noch sehen, wie weit du kommst mit deinem Mitleid.«

»Bitt schön, geh!«, fleht die Barbara und stellt den Buben zu Boden.

Als sie dann allein ist, fällt das Leid mit der ganzen Wucht über sie her. Sie presst die Fäuste in ohnmächtigem Weh an ihre Schläfen. Sie denkt an die Schande, an das Gerede und die Blicke, die man hinter ihr herschicken wird. Sie ist sein Liebchen gewesen, werden sie raunen, und lauter werden sie tuscheln: Und sie muss ihn immer noch mögen. Hätt sie sonst den Buben noch bei sich?

Nein, das weiß sie auch jetzt in ihrer bittersten Stunde, sie wird sich von Klaus nicht trennen. Sie wird ihn großziehen und sie wird ihm – nein, sie weiß noch nicht, ob sie ihm von seinem Vater erzählen wird, welch ein guter Mensch er gewesen sei. Das kann ja, falls Franz wirklich schuldig ist, nicht gesagt werden. Aber dies zu denken geht einfach nicht in ihr gemartertes Hirn. Franz kann und kann einfach nicht schuldig sein! Sie denkt an die Zukunftsbilder, die sie miteinander entworfen haben. Sie kennt seinen heißen Wunsch für sie und das Kind eine Heimat zu schaffen. Dieses Wünschen war so ehrlich und kam so tief aus dem Herzen, dass Franz um es zu erreichen niemals zu solch schaurigen Mitteln gegriffen hätte. Um zu seinem Ziel zu kommen hätte Franz lieber gehungert und gedürstet, hart erarbeitet hätte er sich die kleine Heimat. Und sie vergegenwärtigt sich seinen letzten Besuch, wie er nach der Beurkundung gekommen ist, wie seine Augen froh und blank geleuchtet haben, wie er gelacht hat: »Grüß dich Gott, junge Sachingerin! Jetzt gehört das Anwesen uns! Und auf deinen Namen hab ich es eintragen lassen!«

Sie sind in dieser Nacht lange draußen beim Brunnen gesessen und er hat ihr alles erzählt, hat ein Loblied auf die brave Frau Wunderlich gesungen und dabei gemeint: »Es gibt halt doch noch gute Menschen. Und wir werden der Frau Wunderlich das Geld so bald wie möglich zurückzahlen.«

Spricht so ein Mensch, der gemordet hat? Nein, nie und nimmer hat Franz diese schreckliche Tat begangen! Hier liegt ein grausamer Irrtum vor, der sich aufklären muss, wenn es einen Gott im Himmel gibt.

Der Klausi lehnt an ihren Knien, schaut sie immerzu an und streckt dann seine Händchen um die Tränen fortzuwischen, die ihr über die Wangen in die Mundwinkel hineinlaufen. In einer jähen Aufwallung reißt sie den Knaben an sich und küsst ihn wild. »Du bleibst bei mir, dich geb ich nicht her!«

Still schleichen die nächsten Tage dahin, der Herbst hat sich nun schon recht deutlich angemeldet. Die Lärchen stehen wie Flammenbündel inmitten des schwermütigen Grüns der Fichten und die Schwalben sind schon alle fort.

Genauso herbstmüde ist Barbaras Gemüt. Ihr Gang zeigt nicht mehr den freudigen Schwung, den Nacken trägt sie gesenkt, als laste ein schweres Gewicht darauf.

Von daheim lässt sich niemand sehen. Heute wäre Besuch von der Familie fällig gewesen. Niemand ist gekommen. Hat man schon begonnen sie als Aussätzige zu betrachten? Da oben geht der Kräutersammler Gabriel. Seit wann macht der einen Bogen um ihre Hütte? Sie hat ihn doch immer freundlich bewirtet und niemals Geld dafür genommen, weil er ein armer Teufel ist.

Oh, diese Verachtung! Wie sie an ihrer Seele reißt und zerrt! Aber gerade in der Stunde ihrer tiefsten Erniedrigung ist noch mal ihr Willen fest. Sie geht ein Stück von der Hütte weg, hebt die Hände trichterförmig vor den Mund und schreit über den Hang hinauf.

Der Kräutersammler Gabriel bleibt stehen, ganz ruckartig, als sei er erschrocken.

»Sag meinen Leuten, die Bettina soll morgen früh raufkommen!«

Der Alte nickt und trottet weiter, sichtlich froh nicht eingeladen worden zu sein hinunterzukommen.

Ja, nun weiß sie, was sie zu tun hat, was sie tun muss. Franz ist vorerst nur in Untersuchungshaft im Kreisstadtgefängnis. Und Barbara weiß, dass es dort Besuchsstunden gibt. Als der Scheffler einmal wegen Wilderns eingesperrt war, hat seine Frau ihn auch besuchen dürfen. Unter Aufsicht soll das stattfinden. Aber das macht nichts. Sie will Franz nur etwas fragen, auf Ehr und Seligkeit. Und das Bübchen wird sie mitnehmen. Vor dem Kind soll er sagen, ob er schuldig ist.

Ganz frei und leicht wird ihr auf einmal zumute und in der Nacht hat sie einen sonderbaren Traum. Sie geht den Berg hinauf und an ihrer Hand führt sie den Franz wie ein Kind, das sich verlaufen hat und nun an der Mutter Hand wieder heimgeführt wird. Ganz bleich ist er im Gesicht und todtraurig im Herzen wegen des erlittenen Unrechts. Aber sie tröstet ihn und sagt, dass er nun auch ihr Kind sei, so wie der Klausi, und dass er sich an ihrem Herzen ausweinen dürfe. Wahrscheinlich aber hat sie in ihrem Traum selber geweint, weil das Kopfkissen nass ist beim Erwachen, und blind vor Tränen tappt sie leise in die Küche hinaus, weil der Klausi noch so tief schläft.

Die Bettina kommt bereits um acht Uhr morgens. Geradezu wohltuend wirkt sie in ihrer unbeschwerten Art und sie hätte Barbara beinahe auch angesteckt mit ihrem fröhlichen Lachen.

»Du bist ja kerngesund!«, lacht die Bettina. »Wir haben gemeint, du wärst sterbenskrank, weil du den Kräutersammler geschickt hast, dass ich raufkommen soll.«

»Muss man bei euch erst sterbenskrank sein, bis jemand raufkommt?«

Die Bettina stört sich nicht an dem vesteckten Vorwurf und fragt dann sofort: »Und wo steckt denn dein Kind?«

Ein dankbares Lächeln huscht über Barbaras Züge. »Dein Kind«, hat die Schwester gesagt. Sie geht voran. Der Klausi sitzt barfuß auf der Ofenbank und wartet, dass die Mama ihm die Strümpfe anzieht.

»Sag einmal schön guten Morgen zur Tante«, fordert die Barbara ihn auf und der Klausi steckt gleich alle beiden Hände der fremden Tante entgegen und sieht sie mit großen Kulleraugen an.

»Ist das ein lieber Bub«, sagt die Bettina. »Ja, das glaub ich freilich, dass du den nimmer hergeben willst.« Sie legt jetzt ihren Umhang ab. »Hast was Leckeres für mich? Einen Hunger hab ich, weil ich drunten nichts mehr gefrühstückt hab. Haben es ja so eilig gehabt.«

Die Barbara schöpft Milch in eine Schüssel und legt den Brotlaib auf den Tisch. »Lass dir's schmecken, Bettina. Und pass auf jetzt, was ich dir sag. Ich muss heut in die Kreisstadt. Und du sollst auf der Alm bleiben, bis ich wiederkomm am Abend.«

Die Bettina beginnt zu essen und nickt. »Ich pass schon auf, auf die Küh und aufs Büberl. Gell, Büberl, wir zwei vertragen uns schon?«

»Nein, den Buben nehme ich mit.«

Plötzlich dämmert es der Bettina. Neugierde zeichnet sich auf ihrem Gesicht ab. »Du, sag einmal, Babsi –«

»Ja, ich fahr zum Franz«, unterbricht Barbara sie. »Und den Buben nehme ich mit. Ich muss jetzt wissen, wie ich dran bin, ob er es getan hat oder nicht.«

»Ich sag dir, er war es nicht.«

»Dafür dank ich dir, Schwester. Aber du wirst so ziemlich allein dastehen mit deiner Meinung.«

»Was der Bernd sagt, Babsi, auf das darfst nichts geben. Der hat den Franz nie leiden können. Und die Brigitte, die übergeschnappte Gans, hat gestern einen Brief geschrieben und verlangt, dass wir uns von dir distanzieren müssen, wenn du den Buben nicht auf der Stell in ein Kinderheim gibst.«

»Was geht denn das die Brigitte an?«

»Das hab ich auch gesagt. Aber seit sie mit dem Harasser aufgeboten ist, spielt sie sich auf, als wenn sie wer weiß was ist, und ist doch auch bloß unsere Schwester.«

Die Barbara zieht jetzt dem Klausi die weißen Kniestrümpfe an und lässt ihn in die graue Wolljacke schlüpfen, die sie gestrickt hat.

»Weißt du, wann die Züg fahren, Bettina?«

»Einer geht jetzt um Viertel nach zehn und zurück könntest fahren um drei oder um fünf Uhr.«

»Den um Viertel nach zehn könnten wir noch erwischen. Komm, Klausi! Und gell, Bettina, bleibst hier oben, bis ich zurück bin. Wahrscheinlich können wir um drei Uhr schon fahren, dann wären wir um fünf Uhr wieder hier.«

»Ich warte auf alle Fälle, bis du zurückkommst. Bring mir ein paar Lakritzenstangen mit, die mag ich so gern.«

Sie ist eben doch noch ein halbes Kind, denkt die Barbara, als sie, den Buben auf dem Arm, mit weiten Schritten den Waldweg hinuntergeht, ein paar Abkürzungen nimmt und noch rechtzeitig am Bahnhof ankommt ohne von einem ihrer Verwandten gesehen worden zu sein.

Um diese Zeit fahren nicht recht viele Menschen. Die meisten kennt sie überhaupt nicht, sie drängt sich auch gleich als erste in den Zug und findet mit dem Buben ein leeres Abteil.

In die Kreisstadt fährt man eine gute halbe Stunde. Mittlerweile haben sich die Nebel völlig verzogen. Warmer Sonnenschein liegt über den Häusern und über dem Markt, auf dem die Bauern der Umgebung ihre Erzeugnisse verkaufen. Ihre Nagelschuhe klappern hart auf dem Pflaster und der Klausi trippelt geduldig an ihrer Hand nebenher, will da und dort vor einem Schaufenster stehen bleiben, aber Barbara hat es eilig. »Nachher«, sagt sie.

Dann stehen sie vor dem hohen Eisentor des Gefängnisses. Jetzt, wo sie ihrem Ziel so nahe ist, beginnt ihr Herz zu rasen. Was werden die nächsten Minuten bringen? Sie weiß, dass ihr ganzes Leben von diesen nächsten Minuten abhängt. Ihr Leben und das des Buben, der sich so vertrauensvoll in ihre Hand schmiegt.

Und dann soll sie gar nicht hinein dürfen. Der Mann, der auf ihr Läuten an das Tor kommt und nach ihrem Begehr fragt, schüttelt unfreundlich den Kopf. »Ausgeschlossen. Vormittags ist keine Besuchszeit und heute überhaupt nicht. Erst morgen wieder.«

»Aber ich bin doch von auswärts! Und der Herr Franz Goreiter ist doch bloß in Untersuchungshaft.«

»Bloß ist gut«, sagt der Mann in seiner grünen Uniform. Er spielt unschlüssig mit dem Schlüsselbund und wiederholt dann: »Es geht nicht. Das ist gegen die Dienstvorschrift.«

Gerade will sich Barbara auf neuerliches Bitten verlegen, als ein gut gekleideter älterer Mann an das Tor tritt und freundlich fragt: »Worum handelt es sich denn, Brugger?«

Es ist der Direktor des Amtsgerichts, Amtsgerichtsrat Hollweck, der turnusgemäß wieder einmal das Gefängnis inspizieren will.

»Die Frau möchte zu dem Untersuchungshäftling Goreiter, Herr Amtsgerichtsrat.«

»Goreiter?« Der Amtsgerichtsrat betrachtet Barbara

mit väterlichem Wohlwollen. Ihre Augen sind flehentlich auf ihn gerichtet.

»Bitt schön, lassen Sie mich zu ihm! Ich möchte ihn ja bloß was fragen.«

»Sind Sie seine Frau?«

»Nein, aber wir hätten bald geheiratet. Das ist sein Büberl aus der ersten Ehe, seine Frau ist gestorben.«

»Sperren Sie auf, Brugger. Man kann auch mal eine Ausnahme machen. Also, zehn Minuten, unter Aufsicht natürlich.«

Es geht durch einen kleinen Vorgarten, dann erst gelangt man in den großen Bau mit den vergitterten Fenstern. Barbara wird in einen kleinen Raum geführt, in dem ein Tisch und einige Stühle stehen.

»Da haben Sie Glück gehabt, dass der Herr Amtsgerichtsrat grad gekommen ist.«, sagt der Gefängniswärter und deutet auf einen Stuhl. »Nehmen Sie Platz inzwischen, ich bring den Goreiter gleich.«

Da sitzt sie nun, hat den Buben auf dem Schoß und starrt gegen die weiß getünchte Wand. Durch die Türritzen dringt aufdringlich der Geruch nach Kartoffelsuppe, gedämpften Zwiebeln und frischem Brot. Sie hat einmal gehört, dass Untersuchungsgefangene sich etwas Besseres in einer Wirtschaft bestellen können auf eigene Kosten. Erschrocken zieht sie ihre Geldbörse aus der Tasche und schaut nach, ob sie dem Franz nicht etwas dalassen dürfe, damit er sich hin und wieder außer der Gefängniskost etwas leisten könne.

In diesem Augenblick wird die Tür geöffnet und der Brugger schiebt den Franz herein, schließt die Tür wieder und setzt sich auf einen Hocker.

Franz steht wie gelähmt. Dann geht ein Zittern durch ihn und in diesem Augenblick fühlt sich Barbara wie erlöst von aller Not. Sie hat wieder in seine Augen gesehen und weiß, dass er sie nicht belügen wird. Langsam steht sie auf, aber da ist er schon bei ihr, nimmt ihr den Buben aus den Armen, herzt und küsst ihn, als sei er ihm neu geschenkt. Mit einem stillen Lächeln steht Barbara daneben und wundert sich, wie er in den wenigen Tagen schon so bleich hat werden können. Seine Augen sind dunkel umrändert, um die Mundwinkel ist ein verbitterter Zug.

Jetzt erst besinnt er sich auf Barbara und stellt den Buben zu Boden. Schüchtern streckt er ihr die Hand hin, aber sie fasst gleich mit beiden Händen fest danach. »Servus, Franz.« Er schaut sie immer nur an, ihre Augen, ihr Haar, ihren Mund. »Dass du gekommen bist, Barbara, das vergess ich dir nie!«

»Es hat mir keine Ruh gelassen, Franz. Verstehst du das denn nicht? Wie geht es dir, Franz?«

»Es geht ihm gut«, sagt Brugger aus seinem Winkel heraus und schaut auf seine Uhr. »Drei Minuten sind schon vorüber.«

»Zehn Minuten hat der Herr gesagt«, erinnert Barbara schüchtern. Dann nimmt sie Franz' Hand wieder in die ihre, tritt ganz nah vor ihn hin. »Franz, ich bin gekommen um die Wahrheit zu erfahren. Sag mir, bei allem, was dir heilig ist: Hast du es getan?«

Er schluckt ein paar Mal, als könne er nicht begreifen, dass Barbara jemals nur eine Sekunde an seine Schuld geglaubt haben könnte. »Nein, Barbara, ich hab es nicht getan.« Barbara bückt sich nun, hebt den Klausi hoch. »Bei deinem Kind, Franz – schau ihm ganz fest in die Augen und schwöre, dass du unschuldig bist.«

»Ich bin unschuldig, Barbara. Und es wird sich ja alles erweisen.«

»Gut, Franz. Jetzt kann mich kein Mensch mehr irremachen. Und selbst wenn sie dich verurteilen sollten, ich warte auf dich, Franz. Wenn du Geld brauchst –«

»Ich brauche nichts, Babsi. Ach, wie ist jetzt auf einmal alles so leicht in mir. Wie geht es denn draußen zu?«

»Ich weiß nicht viel, Franz. Die Bettina hilft heut auf der Alm aus, damit wir zu dir haben fahren können.«

»Acht Minuten«, sagt Brugger und Barbara findet das jetzt gar nicht mehr so störend. Das Wichtigste hat sie nun erfahren, mehr wollte sie nicht wissen.

»Den Schlüssel zum Haus hab ich hinter den Fensterladen gehängt«, sagt Franz noch, dann nimmt er noch mal den Klausi auf den Arm.

»Schluss jetzt«, drängt der Aufseher. »Ich darf die Zeit nicht überschreiten. Kommen Sie halt ein andermal wieder. Montag und Donnerstag Nachmittag ist immer Besuchszeit.«

Barbara umarmt den Franz jetzt noch schnell und stürmisch, küsst ihn und streichelt seine Wange. »Wir kommen wieder, Franz. Und mach dir über uns keine Gedanken. Wir bleiben schon zusammen, der Klausi und ich.«

Und dann steht sie wieder draußen in der leuchtenden Sonne. Es ist ihr jetzt frei und leicht ums Herz und sie kommt sich vor wie ein Mensch, der von langer Krankheit genesen zum ersten Mal wieder durch einen leuchtenden Tag geht.

Auf dem Markt kaufen sie sich am Wurststand warme Würstl und frische Brezeln. Hernach bekommt der Klausi noch ein Spielzeugauto, für Bettina ersteht Barbara Lakritzenstangerl und um drei Uhr sind sie bereits wieder im Zug nach Schierding.

Wieder machen Barbara und Klausi einen Bogen um den Rumboldhof. Sie sieht nur, wie der Bernd mit einer Fuhre Mist aus dem Hof fährt und die Mutter vor dem Haus steht.

Um fünf Uhr sind sie bereits wieder auf der Alm, und während die Barbara ihr gutes Gewand auszieht und in die Arbeitskleidung schlüpft, berichtet sie nur kurz: »Jetzt weiß ich es genau, der Franz ist unschuldig.«

»Das hab ich ja gleich gesagt«, antwortet die Bettina und

zieht sich an. »Darf ich's drunten sagen, dass du heut beim Franz warst?«

»Ja, sag es nur. Und der Bernd soll mit seinem Hetzen aufhören, sagst ihm. In die Augen seines Kindes hinein hat der Franz geschworen, dass er es nicht gewesen ist.«

Der Abend fängt bereits an zu dämmern und Barbara lockt die Kühe vom Hang herunter. Es ist jetzt Zeit zum Melken geworden.

8

Der Wind, der sich am Nachmittag auf einmal erhoben und den Vogelbeerbaum hinter der Hütte so durchgeschüttelt hat, dass er seine letzten Blätter verlor, pfeift die ganze Nacht hindurch um die Hütte. Er kommt von Westen und treibt so viele Wolken zusammen, dass der Mond und alle Sterne verdeckt sind. Die Fichten ächzen und um die Hausecken bricht er sich und hört sich an wie Kinderweinen. Erst gegen Morgen lässt das Getöse nach, und als die Barbara im Morgengrauen vor die Tür tritt, ist das obere Almfeld überzuckert vom ersten Schnee.

Die Nachbaralmen haben das Vieh längst zu Tal gebracht. Nur sie ist noch oben. Schon acht Tage länger als im Vorjahr, weil die Weiden noch genügend Gras haben.

An diesem Vormittag kann sie das Vieh zwar nicht hinauslassen, aber der Himmel ist nach diesem Sturm wie rein gekehrt. Nur der Nebel steigt von unten herauf. In einer Stunde hat die Sonne den Schnee wieder weggeleckt, das Almfeld beginnt zu dampfen, ein paar Krähen ziehen müde übers Kar herunter und setzen sich in den entlaubten Vogelbeerbaum.

Das alles stimmt schwermütig. Die Barbara aber fühlt, dass das, was sie an diesem Morgen so sehr bedrückt, nicht von außen her kommt. Es hat schon einen anderen Grund, und obwohl sie sich wehrt diesen Grund anzuerkennen, es ist doch so, dass sie sich übergangen und ausgestoßen fühlt, denn heute hat Brigitte ihren Hochzeitstag, aber niemand hat sie dazu eingeladen. Es kommt ihr geradeso vor, als ob man sie absichtlich um acht Tage länger auf der Alm gelassen hätte, damit sie an diesem Tag nicht dabei sein kann.

Ja, heute heiratet der Harasser Michael in Dilling die Brigitte Rumbold von Schierding. Kurz denkt Barbara daran, dass genauso gut heute auch sie an der Seite des Michael Harasser hätte zum Altar schreiten können. Das Schicksal hat es anders gewollt. Aber dass man sie so ganz links liegen lässt, das stimmt sie traurig. Überhaupt hat man ihr von dieser Hochzeit und den Vorbereitungen dazu nichts gesagt. Der Bernd hat ihr bei seinem letzten Besuch nur eine auf feinstem Büttenpapier gedruckte Einladungskarte gezeigt: »Einladung zu der am 15. Oktober stattfindenden Trauung des Herrn Michael Harasser mit Fräulein Brigitte Rumbold. Die kirchliche Trauung findet um 9 Uhr in der Pfarrkirche zu Dilling statt. Anschließend Hochzeitsfeier im Saal des Brunnerwirts. Das Brautpaar beehrt sich Sie dazu herzlichst einzuladen.«

Ja, gezeigt hat der Bernd ihr diese noble Einladung, dann hat er sie wieder eingesteckt. Ihr selber, der Barbara, hat man keine geschickt. An die hundertzwanzig Verwandte, Nachbarn und sonstige Gäste haben sie erhalten. Nur Barbara, die Schwester der Braut, nicht.

Nicht dass sie unbedingt hätte dabei sein mögen, sie fühlt es nur als Demütigung, dass man sie so offensichtlich übersehen hat, geradeso, als ob sie mit dem Makel behaftet sei, der auf dem Jäger Franz Goreiter liegt, obwohl noch gar nichts bewiesen ist.

Die Sonne bricht nun durch. In der Fichtengruppe zwitschern Vögel. Der Blick zu den Bergen ist frei geworden, sie tragen auf ihren Spitzen und weit herunter das weiße Kleid des Winters.

Um diese Stunde läuten in Dilling die Glocken und der Platz vor der Kirche ist schwarz von Menschen, als das Brautpaar nun erscheint, die Brigitte in einem schweeweißen Kleid, hoch gewachsen, mit einem etwas blassen, strengen Gesicht. Den Myrtenkranz trägt sie wie eine Krone und ihre Hand liegt wie ein scheues Vögelchen im Arm des in strenges Schwarz gekleideten Bräutigams.

Dahinter gehen der alte Harasser und der Rumbold. Der eine groß und breit, der andere gebückt und wie von einer Schuld bedrückt, die nicht die seine ist, denn wenn es nach ihm gegangen wäre, hätte heute auch die Barbara dabei sein müssen. Der Bernd und die Brigitte haben das zu verhindern gewusst.

Zunächst fällt es dem Harasser gar nicht auf. Erst hernach im Saal, als die Weißwürste gerade gegessen sind und die Musik zum ersten Tanz aufspielt, fragt er, nachdem er eine Zeit lang ruhig umhergesehen hat: »Die Barbara seh ich nirgends. Ist denn die nicht da?«

»Die ist noch auf der Alm«, antwortet die Brigitte. »Es tut mir ja selber Leid.«

Der Harasser runzelt die Stirne, dann beugt er sich zur Seite hinüber, wo der Bernd sitzt. Wie ein Vorwurf klingt seine Frage: »Hättet ihr denn keine Aushilfe finden können? Hat das sein müssen, dass die Babsi heut nicht dabei sein darf?«

Der Bernd lächelt. »Wo kriegst denn jemand zum Aushelfen? Und dann, du weißt ja –«

»Nichts weiß ich!«, grollt der Michael. »Oder meinst du wegen –? Dafür kann doch die Babsi nichts!«

»Aber es wär doch wie ein Schatten auf unserem Freudentag gelegen«, flüstert die Brigitte und streicht dabei über Michaels Hand. »Mir kommt es so grad vor, als wenn uns alle angaffen täten deswegen.«

»Das bildest du dir bloß ein! Dich gaffen sie an, weil du so wunderschön bist heut.«

»Ja?«, fragt die Brigitte und lässt ihre Wimpern spielen. »Findest du das wirklich?«

»Wenn ich dir's sag!«

»Und die ganze Schönheit gehört von heut ab bloß mehr dir allein«, flötet die Brigitte und wirft ihm so heiße Blicke zu, dass der Michael gar nicht darauf kommt, dass er nach dieser Antwort eigentlich hätte fragen müssen: Wieso von heute ab? Wem hast du denn bisher gehört?

Aber daran denkt der glückliche Hochzeiter nicht. Er schwimmt in einem Freudenstrom und es schmeichelt ihm, wenn er die Blicke der Männer sieht, die der schönen Braut folgen, wenn sie tanzt.

»Da hast dir aber was ganz Tolles zugelegt«, wispert ihm sein Vetter Alexander zu und setzt sich zu ihm.

»Mach's mir nach«, sagt der Michael und schmunzelt.

»Der Rumbold hat doch noch eine Tochter?«, fragt der Vetter.

»Zwei«, sagt der Michael.

»Na, ja, die andere zählt ja wohl nimmer mit. Da ist doch die Sach mit dem Jäger.«

»Eine Sach, von der man noch nicht sagen kann, wie sie ausgeht.«

»Mich interessiert das auch nicht weiter«, geht der Alexander über das Thema hinweg. »Mich tät vielmehr die Kleine dort interessieren.«

»Die Bettina meinst?«

»Die hat Pfeffer im Blut! Schau nur grad, wie sie tanzt! Weißt du, ob sie noch frei ist?«

»Ich weiß bloß, dass sie erst siebzehn ist.«

»Wär grad recht. Älter wird sie von selber.«

Ja, für die Bettina ist es ein großer Tag, ihre erste Hochzeit. Sie trägt die malerische Tracht des Tales und fegt wie ein Wirbelwind durch den Saal, von einem Arm in den anderen, sodass die Rumbold-Mutter einmal besorgt sagt: »Erhitz dich nicht so, Bettina, und trink nicht so viel.«

»Wenn er halt gar so gut ist, der Wein!« Wann hat die Bettina schon einmal Wein getrunken! Trotzdem hält sie sich jetzt ein bissel zurück, denn am Abend will ja der Hörl Armin auch kommen und dann darf sie keinen Schwips haben.

Sie tanzt mit dem Alexander und zwitschert wie ein Vogel, als er sie unverblümt fragt, ob sie noch frei wäre: »Für den nächsten Tanz meinst?«

»Nein, ich mein, so und überhaupt frei.«

»Das heißt man Leut ausfragen!«, zwitschert die Bettina und schaut auf die Uhr am Saaleingang. Es ist erst fünf Uhr. Merkwürdig, dass man nach einem Menschen wie dem Hörl Armin so viel Sehnsucht haben kann. Um vier Uhr gibt es Kaffee und Kuchen. Um halb sieben gibt es dann ja schon wieder Braten. Ja, so eine Hochzeitsfeier ist doch aus lauter Essen und Trinken zusammengesetzt.

Höher steigt der Trubel. Die Fünf-Mann-Band spult lautstark ihr Repertoire ab und die Musik ist noch durch das abendliche Dorf weithin zu hören.

Der Rumbold Bernd geht wie ein gespreizter Pfau durch den Saal im Bewusstsein, dass er eigentlich der Initiator dieser Hochzeit ist. Ihm haben es die Brigitte und der Michael zu verdanken, wenn die Brigitte dies auch nicht gelten lassen will. Seine Frau, die Carmen, hat daheim bleiben müssen, und wenn er diese Pracht hier so betrachtet, dann muss er denken, dass seine Hochzeit damals eher einer Bettelhochzeit geglichen hat. Immerhin, diese eine Schwester hat er gut losgebracht. Die Babsi soll ihre Suppe selber auslöffeln und für die Bettina wird er einmal ein bissel herumschauen, vielleicht ist sie auch so gut zu vermitteln wie die Brigitte. Er beobachtet, wie sie gerade vom Bräutigam animiert dessen Weinglas mit einem Zug leer trinkt. Und schon wirbelt sie wieder durch den Saal. Der

Bernd tritt vor sie hin und fasst sie ziemlich hart am Handgelenk. »Bettina, halt dich zurück, du kriegst sonst einen Rausch! Soll man sich vielleicht mit dir auch noch schämen müssen wie mit der andern?«

Da ist die Bettina auf einmal stocknüchtern. Sie empfindet es geradezu als Wohltat dem Bruder einmal die Meinung sagen zu können. »Sei du bloß still! Du bist es ja, der die ganze Zeit hetzt! Wenn kein Mensch mehr von der Sache redet, du fängst immer wieder an! Wer ist denn schuld, dass die Babsi heut nicht da sein darf? Das hast doch bloß du hintertrieben! Meinst, dich kenn ich nicht? Aber wenn du glaubst, dass du mit mir auch einmal so verfahren kannst, dann täusch dich bloß nicht. Vor dir duck ich mich nicht! Du bist für mich so unwichtig, Bruder, wie der dreißigste Februar!«

Da hat er es! Bevor er noch dazu kommt Antwort zu geben rennt die Bettina schon von ihm weg, auf den Hörl Armin zu, der gerade zur Saaltür hereinkommt. »Ja, Armin! Dass du endlich da bist! Ich hab dir Kuchen aufgehoben. Komm, setzen wir uns dahinten hin!«

Der Bernd kneift die Augen zusammen. Wächst ihm dieser Fratz über den Kopf? Wie herausfordernd sie vor ihm gestanden ist! Und wie sie jetzt mit dem Mechanikersohn flirten kann! Aber da wird er einmal richtig dreinfahren. Bildet die Bettina sich vielleicht ein, sie könnte den Hörl heiraten?

Das bildet sich die Bettina durchaus ein und sie macht auch gar kein Hehl daraus. Sie sitzt bei ihm und schaut ihm zu, wie er den Kuchen andächtig verschlingt, Bissen für Bissen. Hernach wischt er sich die Hände an seiner Hose ab und meint: »Packen wir es jetzt, Bettina?«

Sie tanzen durch den Saal, blutjung, voller Lebenslust, ganz unbeschwert und, für alle sichtbar, verliebt.

Der Armin ist mit einem Wagen da und will die Bettina später mit heimnehmen. Aber das weiß dann der Bernd wieder frühzeitig zu verhindern, indem er den Hörl Armin recht freundlich fragt, ob er nicht auch den Vater und die Mutter mit heimnehmen könnte.

»Selbstverständlich«, sagt der Armin. Er ist ja gar nicht so, wie der Bernd ihn einschätzt. Und warum soll er sich bei den Alten nicht ein bissel einschmeicheln? Seine Eltern wissen ja schon längst, dass er die Bettina einmal heiraten will, und sie haben nichts dagegen.

Um die Mitternachtsstunde bringt Michael Harasser seine schöne Frau auf seinen Hof. Es ist eine finstere Nacht mit wenig Sternen.

In ihrem Zimmer oben aber schlägt die auf dem Hof alt gewordene Haushälterin Rosl drei Kreuze und flüstert abergläubisch: »So viel Schönheit, wenn das nur gut geht!«

Dergleichen Gedanken sind in dieser Stunde dem jungen Bauern fremd. Natürlich wird alles gut gehen. Warum soll auf dem schönsten Hof nicht auch die schönste Bäuerin sitzen?

Nun ist die Barbara mit dem Vieh von der Alm heimgekehrt und sie spürt schon am ersten Tag, dass das Wort Heim seinen Sinn verloren hat. Es herrscht eine ungute Stimmung im Haus, obwohl die Eltern wegen des Buben kein Wort verlieren. Auch die Schwägerin Carmen mag den kleinen Kerl recht gern und traut sich schon gar nicht ihm sein Dasein zu verleiden, weil sie meint, dies könnte auf ihr eigenes Kind zurückfallen, das sie erwartet. Nur für den Bernd ist der Klausi ein Stein des Anstoßes. Er nennt ihn einen unnützen Fresser, und wo er ihn erwischt, knufft er ihn. Freilich nur, wenn es niemand sieht. Die Bettina kommt aber doch zufällig einmal dazu und sie sagt dem Bruder gleich in unmissverständlicher Offenheit: »Wenn du den Buben nicht in Ruh läßt, zerkratz ich dir dein Gesicht einmal so, dass du drei Wochen lang nimmer unter die Leut gehen kannst!«

Es ist nicht mehr zu leugnen, über seine jüngste Schwester hat der Bernd die Macht verloren. Umso mehr lässt er seine Launen an der Babsi aus, die um des Kindes willen alles geduldig schluckt. Am schlimmsten aber wird es erst, als am sechsten November der Bernd endgültig Bauer wird. Schon als er mit den Eltern vom Notar heimkommt, sagt er der Barbara brühwarm ins Gesicht: »Ab morgen zahlst Kostgeld für den Balg.«

Die Barbara senkt nur den Kopf und schweigt. Wenn es sein muss, bitte, der Bernd kann es ihr ja vom Lohn abziehen. Aber als der Bernd das Wort Lohn hört, explodiert er, wie von einer Tarantel gestochen. »Da schau her! Lohn möchtest? Hast denn bisher einen gehabt?

»Bisher war ich ja daheim, aber jetzt bist du Bauer und hast auch Pflichten. Frag nur einmal die Bettina, was die sagt.«

Der Bernd knirscht vor Zorn. »Die mit ihrem frechen Maul erst! Aber jetzt pfeift ein anderer Wind, so wird nimmer weitergewurstelt!«

Immer wieder gibt es Ärger, immer wieder stieben die Funken. Bernds Rücksichtslosigkeit lässt keinen Frieden mehr aufkommen. Seine Böswilligkeit geht sogar so weit, dass er den Eltern das Taschengeld kürzen will. Er gönnt ihnen nicht einmal das Essen. Der Rumbold hat es in letzter Zeit mit der Leber zu tun und soll nicht fett essen. Womöglich viel Gemüse soll er essen, der Bernd aber will ihm gerade die fettesten Brocken Schweinefleisch überlassen.

Hier aber stößt er nicht nur bei der Mutter und seinen beiden Schwestern auf Widerstand, sondern auch bei seiner Frau. »Was geschrieben ist, ist geschrieben« sagt die Carmen. »Meinst, ich lass mir nachsagen, dass ich deine Eltern nicht anständig versorg?«

»Iss doch du das fette Schweinerne!«, höhnt die Bettina.

Wütend starrt der Bernd sie an. »Du bist die erste, die fliegt!«, knirscht er, obwohl er eigentlich lieber die Barbara hinausgeekelt hätte.

Die Bettina lacht ihn aus. »Gehen wird ich, wann es mir passt! Du hast wohl vergessen, was du unterschrieben hast, nämlich, dass für jedes deiner Geschwister der Rumboldhof eine Heimat bleiben soll, eine Zufluchtsstätte, wenn eins im Leben Schiffbruch erleidet?«

Nein, gegen die Bettina kommt er einfach nicht an. Mit den Zähnen knirschend dreht er sich um und murmelt nur noch: »Drei Kreuze mach ich, wenn du erst aus dem Haus bist!« Dabei bedenkt er gar nicht, dass er die Schwestern notwendig braucht, zumal die junge Bäuerin ihrer schweren Stunde entgegengeht.

Ein paar Tage ist Ruhe, dann brennt es von neuem. Diesmal ist die Barbara wieder der Sündenbock. Und diesmal erreicht er, was er will. Die Barbara hat sich endgültig entschlossen. »Jetzt hör einmal gut zu, Bruder. Es ist dir geglückt mir das Elternhaus so zu verleiden, dass ich nimmer länger bleiben kann. So wie du den armen Buben traktierst, wie du ihm jedes Stück Brot missgönnst und jeden Tropfen Milch, das ist unmenschlich und herzlos. Wenn du das nur nicht einmal alles büßen musst! Vielleicht fängst einmal zu denken an, wenn du selber Kinder hast. Darauf dir etwas einzubilden, dass du mich aus meinem Elternhaus geekelt hast, brauchst du aber nicht. Auf alle Fälle, morgen bin ich fort.«

»Ja, ist schon recht. Wo gehst hin?«

»Das kann dir doch gleich sein. Verhungern werd ich schon nicht.«

»So schnell brauchst du auch nicht gleich abhauen«, will er einlenken. »Und wenn du den Buben weggeben würdest, gäb es bei uns überhaupt nie einen Streit.«

»Der Bub und ich gehören zusammen.«

»Na ja, wie du meinst. Ich möchte aber dann nicht hören müssen, dass ich dich aus dem Haus getrieben hätte.«

Barbara teilt ihren Entschluss auch den Eltern mit. Es gibt eine stundenlange Beratung, die Eltern bedrängen sie doch daheimzubleiben und der Vater versteigt sich sogar zur Feststellung, dass er dem Bernd nur einmal den Kopf richtig waschen müsste, dann würde er schon zahm. Aber Barbara ist von ihrem Entschluss nicht mehr abzubringen.

»Dann hättest du den Hof nicht aus der Hand geben dürfen, Vater. Jetzt ist der Bernd der Herr hier.«

»Freilich, ja, aber ich konnt ihn doch nicht warten lassen, bis er graue Haar' hat. Ich hab ja sowieso so lange gewartet mit dem Übergeben. Babsi, du wirst uns recht fehlen, überleg es dir halt doch noch mal.«

Traurig schüttelt die Barbara den Kopf. »Ihr habt ja die Bettina noch. Allein seid ihr nicht. Und am Ende der Welt bin ich ja auch nicht. Zum Sachingerhäusl hinauf geht man in einer halben Stunde.«

»Da willst hinauf? Was willst denn da droben?«

»Anfangen! Eine neue Heimat aufbauen.«

»Womit denn?«

»Mit den Händen. Und ein paar Kühe braucht ich halt zunächst einmal.«

Darüber ließe vielleicht sogar der Bernd mit sich reden, meint der Vater. Und die Mutter sagt, sie wolle gern ihr Erspartes hergeben, wenn es für die Babsi ein Anfang wäre.

Am nächsten Tag, noch ehe das Frühlicht glimmt, steht die Barbara zum Aufbruch bereit drunten in der Diele. Es ist noch niemand wach. Auf dem Arm trägt sie den noch schlaftrunkenen Klausi, in der anderen Hand einen schweren Koffer.

Wenn auch das Davonschleichen gegen ihren Stolz geht, sie will es dennoch tun. Nicht mehr viele Worte verlieren, niemandem mehr eine Hand geben. Wie könnte sie zum Beispiel dem Bernd noch die Hand reichen?

Leise öffnet sie die Haustür und tritt in die nebelgraue Frühe hinaus, steht einen Augenblick nachdenklich da und schaut dann zum Nebengebäude hinüber, in dem auch noch alles dunkel ist.

»In Gottes Namen, gehen wir«, flüstert sie. Sie hebt ihr Gesicht zum Himmel auf. Mit festem Schritt nimmt sie dann den Weg auf. »Eine Heimat werden wir haben, Büberl …«

Das erste zaghafte Morgenlicht spielt um die Sachingerhöhe. Das Haus taucht aus dem Morgennebel auf und Barbara Rumbold greift hinter den Fensterladen nach dem verrosteten Schlüssel.

Just am anderen Tag schon erhält Barbara eine Vorladung vom Amtsgericht, Abteilung Nachlassgericht, in Sachen der Lotte Gareis aus Karlsruhe.

Zunächst schaut sie ziemlich ratlos drein. Sie hat noch nie etwas mit dem Gericht zu tun gehabt und sie kennt keine Lotte Gareis aus Karlsruhe. Sie überlegt und überlegt und es ist ihr wie ein Hoffnungsschimmer, als sie drunten auf der Kreuzwiese ihre Schwester Bettina sieht. Der Klausi schläft noch und so legt sich Barbara einen Wollschal um die Schultern und geht gleich quer über den Hang hinunter. Der Tag ist grau, der Wind pfeift kalt von Westen her und riecht nach Regen.

Die Bettina sieht die Schwester erst, als sie schon ganz nahe ist. »Du hast mir so einen Schrecken eingejagt, Babsi! Läufst mitten in der Nacht davon! Als ich aber dann droben den Rauch aus dem Kamin steigen sah, hab ich gleich gewusst, wo ihr seid.«

»Ja, und froh bin ich jetzt auch. Ich hätt schon lange hinaufgehen sollen. Dauernd die Streiterei mit dem Bernd. Was hat er denn gesagt, als er gemerkt hat, dass ich fort bin?«

»Zuerst hat er dazu geschwiegen, dann hat er gesagt: Die wird sich schon noch umschaun, wenn sie meint, dass ihr da droben die gebratenen Tauben ins Maul fliegen.«

Die Barbara zieht das Wolltuch enger um den Hals.

»Der kann sagen, was er mag, das interessiert mich jetzt nicht mehr. Aber was anders, Bettina.« Sie zieht das Schreiben aus ihrer Jackentasche und hält es der Schwester hin. »Die Vorladung hab ich heut kriegt, dass ich aufs Gericht kommen soll.«

Die Bettina grübelt eine Weile, schaltet aber dann ganz schnell, weil sie den Namen Gareis schon in einem anderen Zusammenhang gehört hat.

»Das ist die einzige Verwandte von der Frau Wunderlich, weißt, die das Häusel geerbt hat. Was die von dir will, das weiß ich auch nicht. Hinfahren musst auf alle Fälle. Wann ist denn das?«

»Heut in acht Tagen. Würdest du auf den Klausi aufpassen? Sonst müsst ich ihn mitnehmen und das ist so umständlich.«

Die Bettina entschließt sich rasch: »Selbstverständlich komm ich hinauf zu dir und bleib beim Büberl.«

»Dann geh ich jetzt wieder. Ist mir schon leichter ums Herz.« Es bleibt ihr auch leichter ums Herz bis zu der Stunde, als sie vor der Tür im Amtsgericht steht mit dem Schild: »Nachlassgericht.« Ihr zaghaftes Klopfen wird überhört, erst beim zweitenmal ruft eine schnarrende Stimme: »Herein!«

Oberamtmann Löchle schiebt seine Brille auf die Stirne und fragt: »Sie wünschen?«

Barbara reicht ihm die Vorladung.

»Ach, richtig, Sie sind Frau Barbara Rumbold.«

»Ja, und weil ich dieses Schreiben kriegt hab –«

»Das hat schon seine Richtigkeit. Bitteschön, nehmen Sie Platz. Das ist Herr Rechtsanwalt Dr. Schellkofer«, sagt er und deutet auf einen Herrn, der in einem Sessel sitzt. »Er ist der Vertreter der Erbberechtigten Gareis aus Karlsruhe. Es handelt sich also – bitte, Herr Rechtsanwalt, wollen Sie vielleicht erklären?«

»Zu erklären gibt es da nicht recht viel. Es ist alles ganz

klar. Die Nichte der Frau Wunderlich ist als einzige Verwandte Universalerbin. Rechtlich gesehen hat sie selbstverständlich auch Anspruch auf die fünfzigtausend Mark, die Frau Wunderlich einem gewissen Franz Goreiter geliehen hat, angeblich.«

»Was heißt hier angeblich? Sie hat es ihm doch geliehen.«

»Möglich. Aber leider ist ein Schuldschein oder sonst eine Bescheinigung darüber nicht da.«

Da lässt Barbara den Kopf hängen. »Ich weiß schon, was Sie jetzt denken. Dass der Franz das Geld geraubt hat. Aber er hat es nicht geraubt, sie hat es ihm geliehen, das weiß ich.«

Der Rechtsanwalt ist trotz seiner Jugend von väterlicher Güte, rückt seinen Stuhl etwas näher an Barbara heran und sagt mit warmer Stimme: »Liebe Frau Rumbold, ich habe absichtlich das Wort Raub nicht erwähnt. Das steht hier nicht zur Debatte und ich will dem Verfahren nicht vorgreifen. Ich muss von dem geliehenen Geld ausgehen. Auf diese fünfzigtausend Mark hat meine Mandantin Anspruch, weil sie zur Erbmasse gehören. Verstehen Sie das?«

Barbara schüttelt den Kopf. »Mir hat niemand fünfzigtausend Mark geliehen.«

»Das ist richtig. Aber Herr Goreiter hat sie – bekommen. Herr Goreiter hat das Sachingeranwesen, wie Sie ja wissen, auf Ihren Namen eintragen lassen. Folglich sind Sie Nutznießerin dieser fünfzigtausend Mark.«

»Jetzt versteh ich«, sagt Barbara schnell. Und mit dem Erfassen der ganzen Sachlage verliert sie auch ihre Scheu. »Ich muss also die fünfzigtausend –«

»Hier bei der Gerichtskasse einzahlen oder bei mir.«

»Ich verstehe. Bloß weiß ich im Augenblick nicht, wo ich das Geld hernehmen soll.«

»Es muss ja nicht morgen schon sein.«, erklärt ihr der Rechtsanwalt. »Vielleicht ließe es sich so einrichten, dass

Sie es in Raten zahlen. Ich glaube, meine Mandantin wäre damit einverstanden. Auf alle Fälle werde ich mich dafür verwenden.«

»Nein«, erklärt Barbara nach einigem Überlegen. »Dann kommen höchstens noch Zinsen dazu. Ich möchte es schon lieber auf einmal zahlen. Irgendwie wird es sich machen lassen.«

Über diese Möglichkeit denkt sie auf der ganzen Heimfahrt nach, ohne dass sie eine Lösung findet. Daheim, im Sachingerhäusl, erzählt sie es der Bettina. Die runzelt nur die Stirn ein bissel und dann hat sie schon die Lösung: »Der Bernd muss dir ganz einfach dein Heiratsgut auszahlen.«

»Was meinst denn, wie der dann wieder plärrt!«

»Lass ihn doch plärren! Du brauchst jetzt das Geld und damit basta. Meinst du, wenn ich einmal heirate, dass ich dann auch nur einen Tag warte? Da kennst mich aber schlecht!«

»Eigentlich hast Recht, Bettina. Warum soll ich Rücksicht nehmen? Ich hab mich meiner Lebtag daheim geschunden und brauch jetzt mein Erbteil. Hätten sie mir's früher gegeben, dann säß jetzt der Franz nicht im Gefängnis, weil er dann zur Frau Wunderlich gar nicht hätte gehen brauchen.«

»Ja, wenn, wenn!«, lacht die Bettina. »Wenn das Wörtchen wenn nicht wär! Also, lass dir nichts gefallen, Barbara. Ich steh auf deiner Seite und helf dir, wenn er meint, er könnt Umständ machen, unser Herr Bruder.«

»Dank dir schön, Bettina. Auch dafür, dass du mir auf den Klausi aufgepasst hast.«

Die Barbara hat nicht die draufgängerische Art ihrer jüngeren Schwester. Und als sie am nächsten Abend den Klausi zu Bett gebracht hat, macht sie sich auf den Weg zum Rumboldhof.

Der Bernd, als er die Barbara plötzlich in der Stube sieht, ist zunächst der Meinung, sie sei reumütig zurückgekehrt. Als er aber dann hört, was die Barbara will, spreizt er die Nasenflügel, flucht und beschwört alle Heiligen und fragt sie, ob denn das sein dürfe, dass ein Bauer von seinen Geschwistern derart ausgequetscht werde. Die Barbara hört sich die Ausbrüche zunächst ganz ruhig an, dann sagt sie: »Grad bei mir machst so ein Theater. Bei der Brigitte warst so großzügig.«

»Die Brigitte hat auch den Harasser geheiratet.«

»Ja und? Davon hast doch du nichts. Du hast jetzt den Hof und es ist festgelegt, dass du deine Geschwister auszahlen musst. Und jetzt brauch ich ganz einfach mein Geld.«

»Wo soll ich's hernehmen?«

»Hast ja im Monat ganz schön viel Milchgeld«, wirft die Bettina ein. »Und vorige Woch hast vier Schweine und drei Kälber verkauft.«

»Ja, du natürlich!«, bellt der Bernd wütend. »Es wär ja nicht normal, wenn du deine Finger nicht überall drinnen hättest!«

Da bekommt die Barbara ganz unerwartet Hilfe von ihrer Schwägerin. »Wenn die Barbara das Geld jetzt aber braucht?«, sagt sie. »Du kannst es ihr doch nicht vorenthalten, weil sie ein Recht darauf hat. Und es ist schon wahr, was sie sagt, bei der Brigitte bist so großspurig gewesen.«

»Großspurig, großspurig!«, äfft der Bernd seine Frau nach. »Du hast leicht reden! Oder hast du vielleicht so viel Geld in petto?«

»Das meiste hab ich, jawohl. Und das andere kriegst jederzeit bei der Raiffeisenkasse, weil wir nirgends Schulden haben.«

Schließlich gibt er nörgelnd und knurrend nach, erklärt, dass es nichts Undankbareres gäbe als die eigenen Geschwister und dass er morgen zur Raiffeisenkasse ginge, damit er endlich seine Ruh bekäme. »Und jetzt«, schließt er seine Rede, »jetzt ist es mir lieber, wenn du gehst und ich dich da herinnen überhaupt nie mehr zu sehen brauch.«

»Den Gefallen tu ich dir gern«, sagt die Barbara und geht.

Fünf Tage später überweist sie dem Rechtsanwalt Dr. Schellkofer fünfzigtausend Mark.

9

»Im Namen des Volkes wird folgendes Urteil verkündet: Der Angeklagte Franz Goreiter wird für schuldig befunden am vierundzwanzigsten September dieses Jahres die Witwe Adelheid Wunderlich erwürgt und beraubt zu haben. Er wird wegen dieser Tat zu lebenslänglicher Gefängnishaft und Aberkennung der bürgerlichen Ehrenrechte verurteilt ...«

Franz hat mit gesenktem Kopf das Urteil vernommen. Einen Augenblick ist ihm, als drehe sich alles um ihn und er müsse zusammenbrechen. Dann gibt er sich einen Ruck. Nur dieser Menschenmenge, die den Zuschauerraum bis auf den letzten Platz füllt, kein Schauspiel bieten! Monoton tönt die Stimme des Vorsitzenden bei der Urteilsbegründung durch den Raum. Die beiden anderen Richter und die sechs Schöffen sitzen links und rechts wie Götzenbilder. Dem Franz kommen sie wenigstens so vor. Gesicht für Gesicht tastet er ab, ob er nicht Mitleid entdecke oder ob nicht ein Gesicht dabei sei, das mit dem Urteil nicht einverstanden wäre.

Das harte Urteil ist ausschließlich auf Indizien aufgebaut. Es spricht aber auch schon alles gegen ihn und er ist von vornherein mit seiner Beteuerung unschuldig zu sein auf verlorenem Posten gewesen.

Der Staatsanwalt hat gesagt, man dürfe sich von der biederen Miene des Angeklagten nicht täuschen lassen. Er habe es vorzüglich verstanden, die dunklen Gewalten, die in ihm schlummern, zu verbergen und seine Mitmenschen irrezuführen.

Na ja, der hat ja so sprechen müssen, er ist ja der Anklagevertreter. Franz hat nur gehofft, dass sich das Gericht der harten Forderung auf Höchststrafe nicht anschließen werde. Aber sie haben ihn wahrscheinlich alle verdammt, die drei Richter und die sechs Schöffen, die hernach wieder heimgehen und dann beim Abendessen in der warmen Stube erzählen: »Heute haben wir einem lebenslänglich aufbrummen müssen ...«

Die monotone Stimme des Vorsitzenden ist immer noch da. Er zerpflückt die grausame Tat und ihre Hintergründe. So und nicht anders müsse es gewesen sein.

Der Verteidiger sitzt neben Franz mit gesenktem Kopf und spielt mit seinem Bleistift. Gegen das Plädoyer des Staatsanwalts hat das seine recht lahm gewirkt und es sieht geradeso aus, als sei ihm nicht ganz wohl in seiner Haut.

Und Franz erkennt jetzt erst, dass gegen die Paragraphen, die sie gegen ihn ins Feld führen, gar nichts hilft. Kein Aufschreien, kein Aufbäumen. Hier ist er so viel wie ein Toter, der sich gegen nichts mehr wehren kann.

Das erste Gefühl, das in der Barbara aufkommt, als sie von dem Urteil erfährt, ist das einer grenzenlosen Verlassenheit.

Sie schüttelt den Kopf fast zornig und wie anklagend gegen alle Welt.

Mag ihn das Gericht schuldig gesprochen haben, sie glaubt an seine Unschuld! Und sie spricht mit dem Buben, weil ja alle anderen sie meiden: »Dein Vater hat nichts Unrechtes getan, Klausi. Er ist einer der Besten. Bloß die Menschen sind so bös und haben ihn in eine ausweglose Lage hineingetrieben. Aber einmal kommt es schon ans Licht. Gott wird es schon recht machen, wenn er es an der Zeit findet, und wird ihm helfen. Dann werden wir beieinander sein, alle drei, hier oben, und wir werden ganz unter uns bleiben, weil wir dann auch niemanden brauchen von denen, die uns jetzt verachten, als hätten wir zwei was angestellt.«

Ja, so spricht sie zu dem Kind, und obwohl der Klausi gar nichts davon versteht, spürt er doch, dass die Mama ein Leid trägt und schmiegt sich an sie, zwickt sie mit seinen beiden Händchen in die Backen und küsst sie.

Ja, man meidet die beiden da droben. Man tut geradeso, als käme von da oben ein Unheil herunter. Nur die Bettina kommt manchmal am Abend, bringt etwas Butter und Wurst, von der der Bruder Bernd nichts wissen darf, und bleibt eine knappe Viertelstunde, weil sie sich mit dem Hörl Armin verabredet hat. Es geht ihnen gar nicht so gut in dieser Zeit. Kartoffeln sind noch da und etwas Mehl. Das bisschen Geld, das sie noch hat, geht zur Neige und Barbara denkt daran von den Heuvorräten etwas zu verkaufen, als in der Woche vor Weihnachten das Wunder geschieht.

Es liegt schon eine Menge Schnee und ist sehr kalt. Mühsam hat Barbara einen schmalen Weg zur Straße hinab geschaufelt. Auf diesem schmalen Weg sieht sie hinunter und wartet nur, bis die Dämmerung einfällt, um sich dann im nahen Wald ein Bäumlein zu holen. Damit das Büberl seinen Christbaum hat.

Im Wohnzimmer ist es gemütlich warm, denn Holz ist das einzige, was im Überfluss da ist. Die ganzen Wochen hat Barbara die großen Trümmer zerkleinert und ofengerecht gemacht. Nein, zu frieren brauchen sie wenigstens nicht.

Da sieht sie, wie sich ganz langsam etwas Schwarzes heraufbewegt. Zuerst sieht es aus wie ein Mensch, der einen voll bepackten Schlitten hinter sich herzieht. Aber dann erkennt sie ihren Vater, der an einem Strick eine Kuh führt.

Weil das Tier immer wieder ausrutscht auf dem vereisten Weg, geht es so langsam.

Der Barbara wird das Herz ganz eng, so überwältigt sie die Freude. Wenn man wochen- und monatelang nur noch Rutenschläge hinzunehmen gehabt hat, dann lässt so eine unverhoffte Freude das Herz nicht gleich in einen Jubelschrei ausbrechen. Da wartet man zunächst noch, ob sich dahinter nicht wieder etwas anderes verbirgt, etwas, aus dem dann wieder Leid erwachsen kann.

Aber der Rumbold zieht nun wirklich schon auf das Haus zu. Hier ist ein bisschen Asche gestreut und das Tier setzt nun die Schritte sicherer. Die Kuh ist nur klein gewachsen, hat gebogene Hörner und ist auch sonst kein Ausbund an Schönheit. Aber was macht das! Barbara schlingt einen Schal um die Schultern und rennt hinaus. »Vater, was – was ist das –?«

Dem Vater rinnt der Schweiß über das Gesicht. Er lächelt nun gutmütig: »Jetzt so was! Erkennt sie nicht einmal, dass das eine Kuh ist!«

Barbara nimmt ihm den Strick aus der Hand und sagt voller Erbarmen: »Die Klauen hat sie sich wund getreten.«

»Das vergeht wieder. Streu hast ja genug. Mach nur die Stalltür auf, damit wir sie hineinbringen.«

Es ist kein Zweifel, die Kuh soll ihr gehören. Der Vater sitzt in der warmen Stube und erzählt, dass er und die Mutter ihr Erspartes zusammengelegt hätten. Ja und da sei nun die Kuh. Im Frühjahr werde sie ein Kälbchen haben, wenn der Viehhändler, der Denner Sepp, nicht gelogen hat.

Die Barbara kocht Tee für den Vater, sie streicht ihm Butterbrote und mittendrin rennt sie immer wieder hinaus in den Stall. Da steht sie dann da und könnte weinen vor Freude. »Du sollst mir Glück bringen«, sagt sie und die Kuh dreht den Kopf und schaut sie mit sanften braunen Augen an, als wollte sie sich bedanken für die Übermenge an Streu, mit der sie umgeben worden ist.

»Der Bernd braucht das nicht zu wissen«, sagt der Vater hernach.

Von dem will die Barbara nichts hören und so fragt sie: »Wie geht es der Mutter?«

»Sie kümmert halt so dahin. Hast noch Fleisch übrig?«

»Ja, dankeschön, Vater. Die Bettina hat mir vorige Woche erst wieder was bracht. So viel brauchen wir ja nicht, wir zwei, gell Klausi?«

Dem Rumbold hat der Tee geschmeckt. Er zündet jetzt sein Pfeifchen an und schaut sich ein bissel um. »Hast es ganz gemütlich da heroben. Aber dass ich es nicht vergesse – die Bettina musst ein bissel früher heimschicken. Das letzte Mal war es schon gleich Mitternacht, als sie gekommen ist.«

Die Barbara will sich verteidigen, will sagen, dass die Bettina höchstens einmal eine Viertelstunde da ist. Doch dann besinnt sie sich und will es anders machen. »Großvater bist ja jetzt auch geworden«, sagt sie.

Der Rumbold nickt und lässt den Klausi ruhig gewähren, der sich jetzt an seine Knie gelehnt hat.

»Ist ein liebes Kinderl, die Anja. So was Liebes ist der Bernd gar nicht wert.«

»Ach der!«, sagt Barbara geringschätzig.

Dem Rumbold tut es anscheinend wohl sein Herz einmal richtig ausschütten zu können.

»Acht Tag hat er das Kindl gar nicht angeschaut, weil es ein Mädel war. So ein Ochs! Als ob man sich die Kinder nach Wahl bestellen könnt! Statt dass er froh wär, dass alles gut gegangen ist.«

»Ja, die Bettina hat mir's schon erzählt. Aber der wird auch nimmer anders. Was hört ihr denn von der Brigitte?«

»Die waren am letzten Sonntag da. Einen neuen Wagen hat er, der Michael, weil der Brigitte der alte zu schäbig war. Na ja, es wird schon alles recht gehen dort. Der Michi ist immer noch arg verliebt.«

Die Barbara schaut eine Weile sinnend zum Fenster hinaus und seufzt vernehmlich. Aber gleich schüttelt sie die leise Sorge wieder ab und sagt: »Es würd mich freuen, Vater, wenn du mit der Mutter am Weihnachtstag zu mir kämst.«

Der Vater kratzt sich verlegen hinterm Ohr. »Die Brigitte meint, dass wir Weihnachten zu ihr kommen müssen. Der Michi holt uns mit dem Wagen ab.«

»Mit dem Wagen kann ich euch freilich nicht abholen«, antwortet Barbara mit einem Anflug von Traurigkeit.

»Ach geh«, muntert der Rumbold sie auf. »Weihnachten sind doch zwei Feiertage! Am zweiten kommen wir zu dir.«

Dann muss er sich wieder auf den Heimweg machen. Barbara begleitet ihn hinaus. Im Gang draußen sieht sich der Rumbold um und deutet dann mit seinem Stecken auf einen der verstaubten und schon wurmstichigen Bauernschränke, von denen ein halbes Dutzend an der Wand entlang steht.

»Aus dem alten Zeug darfst ruhig Brennholz machen«, meint er. »Die stehen ja doch bloß im Weg herum.«

»Bis jetzt hab ich noch genug Brennholz«, sagt die Barbara. »Aber im Frühjahr werd ich das Zeug schon einmal zusammenhauen. Im oberen Flur steht auch noch so ein Gerümpel herum.« Sie öffnet die Haustür. Die Dämmerung liegt schon über dem Land und kalt weht der Wind um die Hausecke und wirbelt Schneeflocken nieder. Der Rumbold schlägt den Kragen seines Mantels hoch und schlüpft in die Fäustlinge. »Also, dann lassen wir es dabei. Am zweiten Weihnachtsfeiertag komm ich mit der Mutter.«

»Gute Nacht, Vater«, ruft die Barbara noch, dann ist der Rumbold schon im Flockengestöber verschwunden. Als Barbara wieder in den Flur zurücktritt und auch gleich die Haustür verschließt, fällt ihr die Kuh im Stall wieder ein.

Sie holt den Buben aus der Stube, dann stehen sie in stummem Glück hinter dem schwarz gefleckten Rind, das mit großen sanften Augen ein wenig ängstlich umherschaut. Und auf einmal hat Barbara das Gefühl, dass etwas unsagbar Schönes geschehen ist. Sie sind jetzt nicht mehr so allein in ihrer verschneiten Einsamkeit, ein Tier hat sich zu ihnen gesellt, eine kleine schwarz gefleckte Kuh, die ihnen Glück bringen soll.

Der Winter ist ungewöhnlich streng, und hätte Barbara nicht den Buben bei sich, sie wäre sicherlich trübsinnig geworden in dieser Abgeschlossenheit und mit ihrem immerwährenden Hader gegen das Schicksal, das es zulässt, dass ein unschuldiger Mensch im Gefängnis schmachten muss. Ja, an Franz' Unschuld glaubt sie unerschütterlich, und wenn sie abends den kleinen Klausi ins Bett legt, dann lässt sie ihn an das Abendgebet anfügen: »Und mach es, lieber Himmelvater, dass mein Papi bald heimkommt.«

Zuweilen kommt die Bettina mit dem Hörl Armin auf Besuch. Die zwei sitzen dann hinter dem warmen Ofen, halten sich an den Händen und manchmal ist die Bettina so verliebt, dass die Barbara gutmütig mahnen muss: »Bettina – der Bub!«

Aber der Klausi gibt da weniger Obacht. Ihm geht es hauptsächlich darum, dass der Armin ihm das Spielzeugauto repariert, das er zu Weihnachten bekommen hat.

Die Bettina bringt auch die Neuigkeiten, die es so gibt. So erfährt die Barbara, dass das kleine Mädel recht gut gedeiht und dass der Bernd jetzt ihr gegenüber etwas verträglicher sei. Aber das hänge wohl damit zusammen, dass er sie brauchte. Wer sollte denn im Sommer sonst mit dem Vieh auf die Alm ziehen?

»Sei doch froh«, meint die Barbara mit Wehmut in der Stimme. »Da droben bist dein eigner Herr. Wenn ich es bedenke, das war eigentlich meine schönste Zeit.«

»Ja, bei dir war das ganz was anderes«, lacht die Bettina.

»Aber ich weiß ja nicht, was mein Armin unten alles treibt! Während der Woch hat er keine Zeit für einen Besuch und am Sonntag muss er Fußball spielen.«

»Ich schau keine andere mehr an«, sagt der Armin.

»Das wär ja auch noch schöner!«, erwidert die Bettina mit der gleichen Selbstverständlichkeit.

Und was die dritte Schwester, die Brigitte, betrifft, die junge Harasserbäuerin von Waidholzen, so sickert von ihr nur über die Ferne her durch, dass sie in diesen Faschingstagen ihren Mann von Ball zu Ball schleppt und dass dieser gutmütige Narr den ganzen Rummel zwar mitmacht, obwohl er sich in seiner Ehe manches anders vorgestellt hat. Aber die Brigitte hat ihn rein verhext und außerdem macht er halt mit, weil er den Frieden erhalten will, in den der klar sehende Altbauer Adam Harasser um diese Zeit schon manchmal einzubrechen versucht.

Ja, dem Alten von Waidholzen passt so allerhand nicht und er sieht einiges, was dem Sohn in seiner Verliebtheit noch verborgen ist. Auf Schönheit hat dieser urwüchsige Bauer noch nie großen Wert gelegt. Aber wenn sie schon einmal da ist, dann braucht man dieser Schönheit mit nichts nachzuhelfen, noch dazu, wenn das auch noch einen Haufen Geld kostet. Im Bad, das ihretwegen gleich hat gefliest werden müssen – noch dazu mit weißen Fliesen, weil das jetzt modern sei – stehen auf dem Spiegelaufsatz eine Menge Schönheitsmittel. Tuben, Wässerchen und Dosen mit Hautcreme und darum nennt der alte Harasser in seinem wachsenden Groll seine Schwiegertochter die Schachtelmadam, zumal er auf so einem Schächtelchen den Preis von vierzig Mark gelesen hat.

»Spinnt denn die?«, fährt er den Michael eines Tages an, der nach einem Faschingsball mit schmerzendem Kopf und angegriffenem Magen herumhängt. »Wozu muss sich denn die überhaupt was ins Gesicht hineinschmieren? Wo hat es denn so was schon einmal auf einem Bauernhof gegeben?

Wenn das die Mutter wüsst, die tät sich im Grab noch umdrehen!«

»Schrei doch nicht so!«, jammert Michael und legt die Hand auf die schmerzende Stirn. »Musst du sie denn aufwecken?«

»Sie schläft noch, deine Schachtelmadam? Respekt, sag ich! Die ganze Nacht flanieren und saufen und dann im Bett sumpfen bis um die Mittagsstund!«

»Jetzt gib bloß Ruh! Der Fasching dauert eh nur noch eine Woche.«

»Wird ja auch gut sein. Und weil wir grad von ihr reden, wie schaut es denn sonst überhaupt aus bei ihr?«

Der Michael hebt ruckartig den Kopf. In seinen Augen ist etwas Gequältes. Er hebt die Schultern und lässt sie wieder sinken.

»Gesagt hat sie noch nichts«, gesteht er dann.

»Dann wird's aber Zeit!«, meint der Alte. »Ihr seid ja schon bald fünf Monate verheiratet. Was mich betrifft, ich war da gewissenhafter. Genau neun Monate nach der Hochzeit hast du den ersten Schrei getan. Und ich denk, die alten Bräuch sollt man nicht eingehen lassen.«

Solche Auftritte häufen sich, je mehr die Zeit vergeht. Unwillkürlich wird auch die Brigitte hineingezogen, zumal der Alte kein Blatt vor den Mund nimmt und ihr schonungslos sagt, was er von ihr denkt. »Von wo stammst denn du schon ab, dass du dich gar so aufspielst?«, fragt er sie. »Wenn du gemeint hast, dass das Bauernleben bloß so ein Spazierengehen ist am Rande der Äcker hin, dann wär's gscheiter gewesen, du hättest einen geheiratet, der sein Geld leichter verdient für die Salben und Gesichtswasserln.«

Brigitte fühlt es längst, dass dieser alter Mann ihr Feind ist, sie hat ihn bisher nur nicht so ernst genommen. Jetzt antwortet sie ihm großspurig: »Immerhin hätte ich auch einen Prinzen aus Jordanien heiraten können.«

»Zu dem hättest vielleicht besser gepasst.«

»Vor allem hätte ich dann keinen Schwiegervater gehabt, der dauernd an mir rumnörgelt!«

»Ich nörgle nicht, ich sag bloß, was ich mir denke. Und weil wir schon dabei sind: Rührt sich denn bei dir noch gar nichts?«

Brigitte schaut ihn mit funkelnden Augen an. »Geht denn dich das was an? Bin ich vielleicht mit dir verheiratet?«

»Glücklicherweise nicht.«

»Dann frag mich auch nicht! Aber damit deine streitsüchtige Seel Ruh hat – im Herbst wird es so weit sein.«

Der Alte schaut sie misstrauisch an, von oben bis unten. Dann nickt er: »Na also dann! Muss man mit dir zuerst streiten, damit man das Wichtigste erfährt.«

Dies und manches andere bekommt natürlich die alte Rosl auch mit. Sie, die sich beim Einzug der jungen Bäuerin bekreuzigt hat, steht dieser schon vom ersten Tag an ablehnend gegenüber und es ist ihr eine Wonne, all das Ungünstige bei einem Sonntagsnachmittagsklatsch ihrer Freundin, der Frau Eder von Dilling, zu erzählen. Die Frau Eder aber hat in Schierding eine Schwester, die sie zuweilen besucht. Und so kommt aller Klatsch von Waidholzen, ein bissel ausgeschmückt noch, nach Schierding und damit unter die Leute. Und weil überall noch etwas dazugelogen wird, legt man sich von der jungen Harasserbäuerin ein Bild zurecht, wie man es gerade braucht. Ihr Ruf ist angeschlagen, ganz zweifellos. Ein Flecken haftet auf ihr und niemand versucht ihn wegzuwischen.

Mitte März, im Tal taut der Schnee schon, nur über tausend Meter ist noch günstige Gelegenheit zum Skifahren, kommt an einem Nachmittag ein fremdes Ehepaar in das Sachingerhäusl zu kurzer Rast. Der Frau ist ein Ski gebrochen. Sie sind den ganzen weiten Weg nun zu Fuß heruntergegangen und sind froh ein wenig rasten zu dürfen.

Barbara trinkt gerade mit dem Klausi den üblichen Wald- und Wiesentee, wozu sie etwas Zwetschgenmarmelade auf das dunkle Bauernbrot streicht. Die Frau, jung noch, in einen teueren Skidress gekleidet, flüstert auf der Ofenbank hinter ihrem Mann, der um einiges älter zu sein scheint, etwas zu, worauf er die Frage stellt: »Wir könnten wohl nicht eine Tasse Tee haben?«

»Warum nicht?«, sagt Barbara und steht sofort auf. »Wenn er Ihnen gut genug ist.« Sie nimmt zwei Tassen aus dem Küchenschrank und gießt ein. »Setzen Sie sich nur zum Tisch her«, lädt sie ein und nimmt aus dem Wandschränkchen eine Flasche, die sie von Bettina zu Weihnachten bekommen hat. »Tun Sie sich ein bissel Rum hinein, das schmeckt gut.«

»Ja, vielen Dank. Wir sind tatsächlich ausgefroren«, gesteht der Herr und nennt seinen Namen. »Könitz – und das ist meine Frau.«

»Dankeschön«, sagt die Barbara und weiß sofort, dass sie jetzt etwas Verkehrtes gesagt hat. Um es etwas zu verwischen beugt sie sich schnell zum Klausi nieder. »Ich hab dir doch schon oft gesagt, du sollt nicht schlürfen, Klausi.«

»Ein liebes Büberl«, sagt Frau Könitz und nimmt ihre Skimütze ab. Sie hat ganz kurz geschnittenes hellblondes Haar. Von der Ofenwärme haben sich ihre Wangen jetzt tief gerötet.

»Sie haben es recht gemütlich hier«, meint Herr Könitz und schaut sich um. »Im Sommer haben Sie sicher auch Gäste hier?«

»Wir sind erst im Herbst hier eingezogen«, antwortet die Barbara etwas unpersönlich, weil sie Angst hat, es könnte weitergefragt werden. Aber das ergibt sich dann ganz von selber, weil Frau Könitz den Kleinen so ganz beiläufig fragt: »Wo ist denn dein Papa, Büberl?«

Barbara bekommt einen schmalen Mund und wie schützend legt sie den Arm um den Buben. »Wir haben keinen«, sagt sie knapp.

»Ach so«, sagt Frau Könitz etwas betreten und glaubt zu verstehen. Eine ledige Mutter, denkt sie, die mit ihrem Kind sitzen gelassen worden ist. Sie trinkt einen Tee aus und schaut ihren Mann an. »Wollen wir nun weiter, Werner? Was sind wir denn schuldig?«

»Geh, wegen dem bissel Tee!«, lacht Barbara. »Dafür kann man doch nichts verlangen.«

Nein, das ginge auf gar keinen Fall. Die Frau nestelt ein Fünfmarkstück heraus. Der Kleine habe doch sicherlich eine Spardose.

Barbara begleitet die beiden hinaus. Ihr anfängliches Misstrauen ist verflogen. Von dieser jungen Frau geht eine warme Herzlichkeit aus und Barbara denkt, so einen Menschen müsste man um sich haben, dann wäre manches erträglicher.

Weil die Dämmerung schon bemerkbar ist im Flur, schaltet Barbara Licht ein. Da gibt es dem Antiquitätenhändler Könitz einen Riss. Seine Augen werden schmal. Unwillkürlich fasst er seine Frau am Arm. »Helga, sieh dir doch das einmal an!«

»Toll! Der andere daneben ist noch hübscher.«

»Er dürfte vor allem noch älter sein. Schau dir doch bloß diese Schnitzerei an und beim anderen den herrlichen Farbton der Blumen.«

Barbara steht da und meint, sie müsse sich entschuldigen, weil so viel altes Gerümpel herumsteht. »Ja«, sagt sie, »wenn ich jetzt einmal Zeit hab, dann hau ich das alte Zeug schon zusammen zu Brennholz.«

»Auf keinen Fall!«, ruft die junge Frau erschrocken. »Werner, hast du das gehört?«

»Natürlich«, sagt der Mann. Er betrachtet die zwei Schränke mit besonderer Sorgfalt. Dann wendet er sich an Barbara.

»Ich gebe Ihnen für den Schrank da dreitausend und für den gemalten zweitausend Mark.«

Barbara nimmt das in keiner Weise ernst. Sie fühlt sich vielmehr auf den Arm genommen. Frau Könitz aber deutet dieses Schweigen falsch und sagt schnell: »Sechstausend für beide.«

Jetzt schaut die Barbara zuerst die Frau und dann den Mann an. Endlich sagt sie: »Meinen Sie das im Ernst?«

»Wir sind Antiquitätenhändler«, erklärt ihr jetzt Herr Könitz. »Mir sind die Sachen so viel wert, aber auch nicht mehr.«

Immer noch glaubt Barbara zu träumen und denkt an die beiden Truhen im oberen Flur, die so wunderlich eisenbeschlagen sind, und sie denkt auch, dass im Speicher noch vier oder fünf solcher Kästen stehen.

»Wenn Sie meinen«, sagt sie etwas unsicher. »Von mir aus können Sie die Schränke schon haben. Aber sechstausend Mark? Ich weiß nicht, übervorteile ich Sie da nicht? Ist das nicht zu viel?«

Ohne zu antworten zieht Könitz seine Brieftasche, überreicht seine Visitenkarte und tausend Mark. »Das ist die Anzahlung. Ich lasse die zwei Schränke im Lauf der Woche abholen, dann bekommen Sie den Rest. Ist's recht so?«

Barbara traut dem Frieden noch nicht, und als der Herr jetzt die Schränke genauer betrachtet, die Türen öffnet und an das Holz klopft, hat sie schon Angst, er könnte das Geld zurückverlangen. Aber nichts davon. Herr Könitz ist sogar glänzender Laune auf einmal und drückt Barbara zum Abschied die Hand, als wären sie längst alte Bekannte.

Als sie dann außer Hörweite sind, lacht er vergnügt: »Ich glaube, dass wir nicht das letzte Mal hier gewesen sind.«

»Das Gefühl hab ich auch.«

10

So geht die Zeit dahin, die Monate und Jahre. Der kleine Klausi wächst von einem Frühling in den anderen hinein. Er hat die ersten Zähne verloren, die zweiten wachsen nach und in diesem Herbst soll er bereits in die Schule kommen. Und davor hat Barbara Angst, weil er dann gleichsam aus seiner Geborgenheit bei ihr ausbricht und hilflos den bösen Menschen ausgeliefert ist. Dann wird für den Klausi ein schöner Traum zerbrechen und die wundersame Mär, dass sein Vater auf einem großen Schiff über die weiten Meere fahre. Deshalb kann er auch nie heimkommen. Aber einmal, ja einmal wird er ganz gewiss den Heimweg finden und dann wird er immer bei ihnen bleiben und nie mehr fortgehen. Dann wird er mit ihm und der Mutter auf der Sachingerhöhe leben.

Ja, das Märchen vom fahrenden Seemann hat Barbara ihm erzählt. Und was sie ihm sonst sagt, für ihn ist es die lautere Wahrheit. Er weiß es nicht anders, als dass sie seine Mutter ist.

Es hat sich so manches geändert in den Jahren. Die alten Rumbolds sind gestorben und zu dem einsamen Mädchen auf der Sachingerhöhe hat dieser und jener in letzter Zeit den Weg gefunden und um sie geworben. Aber die Barbara hält dem einen die Treue und wartet auf ihn. Und das Warten wird ihr leicht in ihrem unerschütterlichen Glauben an die Unschuld von Franz Goreiter. Für sie hat er es einfach nicht getan und das muss sich doch einmal herausstellen.

Zunächst aber stellt sich gar nichts heraus, obwohl Franz in den spärlichen Briefen, die er schreiben darf, immer wieder seine Unschuld beteuert. Manches in diesen Briefen ist dick durchgestrichen und unleserlich gemacht. Wahrscheinlich ist die Zensur nicht mit allem einverstanden, was der Häftling zu schreiben hat. Aber dass er manchmal recht verzweifelt sein muss, erkennt Barbara doch an manchen Sätzen, wenn er etwa schreibt, er könne von ihr nicht verlangen, dass sie auf ihn warte, und wenn sie einen richtigen Menschen finde, so wolle er nicht ein Stein in ihrem Weg sein, er könne dann nur sagen: Armer Klausi, armer kleiner Bub …

Die Barbara ist in den Jahren innerlich viel reifer geworden. Das Leid hat sie nicht versteinert, es hat eine schweigsame, stolze Schönheit aus ihr gemacht. Die Unabhängigkeit, in der sie jetzt lebt, hat ihr eine Menge Sicherheit gegeben. Und dass das verlotterte Haus auf der Sachingerhöhe jetzt so sauber und einladend dasteht, ist ganz allein ihr Werk. Dieses Wissen verleiht ihr die Kraft allen Widerwärtigkeiten die Stirn zu bieten. Freilich ist jetzt im ganzen Haus kein alter Schrank mehr und keine von den eisenbeschlagenen Truhen. Das hat alles Herr Könitz aufgekauft und alles in allem hat sie dafür sechzigtausend Mark bekommen. Darum stehen jetzt viele Kühe im Stall, hat das Haus neue Fensterläden, einen neuen Dachstuhl bekommen und ist weiß verputzt worden.

Nein, das Leid hat Barbara nicht beugen können, sie hat sich nach dem Sturm gleichsam aufgerichtet, langsam und zäh und sicher. Mit der jungen Frau Könitz verbindet sie immer noch herzliche Freundschaft. Zwei Sommer haben die beiden ihren Urlaub nun schon hier verbracht und jetzt verhandeln sie mit ihr gerade wegen eines Grundstücks für ein Wochenendhaus. Ja, das Glück lächelt ihr aus allen Winkeln zu und ihr Bruder Bernd wird ganz gelb vor Neid, als er davon hört.

Herr Könitz lässt eine breitere Fahrstraße ausbauen, damit er später zu seinem Bungalow bequem hinauffahren kann. Frau Könitz ist um Ostern über acht Tage bei Barbara zu Besuch und es ist für Barbara geradezu eine Erlösung einen Menschen gefunden zu haben, dem sie sich anvertrauen kann. Frau Helga fühlt mit ihr und Herr Könitz spricht mit einem ihm befreundeten Rechtsanwalt um ein Wiederaufnahmeverfahren für den Jäger Franz Goreiter in die Wege zu leiten.

Ja, es rührt sich so allerhand in diesen ersten Frühlingstagen. Der Föhn hat den letzten Schnee aus den Bergen vertrieben. Überall grünt es schon, die Stare sind längst da und auch schon einzelne Schwalben.

Wieder einmal steigt ein junger Frühlingstag hinter den Bergen herauf. Zuerst schaut es so aus, als ducke sich die Sonne noch ein Weilchen hinter den Gipfeln, als wolle sie Versteck spielen und warte darauf, dass man sie findet. Aber dann schiebt sie sich herauf, verschenkt ihr rötliches Licht zuerst an die kalten grauen Gipfel, die zu glühen beginnen. Dann steht sie auch schon hell und blank am blauen Morgenhimmel und umschmeichelt die Häuser von Schierding, die geduckt um die mächtige Kirche stehen.

An der neuen Aral-Tankstelle fährt ein Kleinwagen vor und der frühere Kaplan und jetzige Pfarrer Hugo Goldbrunner steigt aus, drückt auf den Klingelknopf, recht nachdrücklich, weil er meint, um diese Morgenstunde könnte noch niemand die Tankstelle bedienen.

Aber da kommt schon die junge Frau Bettina Hörl heraus, frisch und munter, als wäre sie schon seit Stunden wach.

»Guten Morgen, Herr Pfarrer.«

»Guten Morgen, Bettina. Wo steckt denn der Armin?«

»Hören Sie ihn nicht? Seit zwei Stunden arbeitet er schon in der Werkstatt.«

»So ist's recht! Morgenstund hat Gold im Mund.«

»Sie sind ja auch schon so früh dran, Herr Pfarrer.«

»Weil ich nach Dilling muss, Frühmess halten. Der dortige Expositus ist krank.«

Die Werkstatttür öffnet sich und der Meister Armin Hörl tritt heraus. Die Ärmel hat er hochgekrempelt, die linke Wange ist rußgeschwärzt. In seiner neuen Würde als

Ehemann, Geschäftsinhaber und Tankstellenbesitzer kommt sich der Armin sehr gewichtig vor.

»Armin«, sagt der Herr Pfarrer, »wie haben denn die Sechziger gestern gespielt?«

Da ist der Armin Hörl in seinem Element. Seine Holzpantoffeln klappern auf dem Betonpflaster, als er an den Wagen herantritt und doch im nötigen Abstand von der Zapfsäule bleibt, weil er sich eine Zigarette, die erste an diesem Morgen, anzündet.

»Vier drei haben's verloren«, sagt er dann. Das muss eine richtige Zitterpartie gewesen sein! In der Zeitung steht, dass im Sturm überhaupt nichts gegangen ist.«

So stehen sie voreinander, der Mechaniker Hörl und der Pfarrer Goldbrunner, und fachsimpeln, als wären der SVK von Schierding eine Ligamannschaft und die Sechziger nur windige C-Klassler, indessen Bettina die Windschutzscheibe blank putzt und so nebenbei bemerkt: »Ich bin bloß froh, dass mein Mann jetzt nicht mehr spielt. Da müsst man jeden Sonntag eine Heidenangst haben, dass er sich verletzt!«

»Ja, leider«, seufzt der Pfarrer. »So einen Rechtsaußen kriegen wir so schnell nicht wieder.«

»In zwanzig Jahren ist unser Bub so weit«, meint der Hörl, schaut in den blauen Himmel und nickt. »Das gibt einen schönen Tag heut.«

Dann geht er wieder in seine Werkstatt zurück, während auf der anderen Seite der Zapfsäule schon der Verwalter des Lagerhauses vorfährt, der auch voll getankt haben will.

Ja, die Bettina ist hier in ihrem Element. Geradeso, als wäre sie mit der Tankstelle groß geworden. Für jeden hat sie ein lustiges Wort. »Macht vierzig Mark dreißig – immer fleißig.« »Sechzig Mark achtzig – das macht sich.« Nur wenn ihr Bruder Bernd mit dem Traktor kommt um Dieselöl zu holen, ist sie zugeknöpft. Höchstens dass sie fragt:

»Was macht denn die Kleine?« oder »Wie geht's der Schwägerin?«

»Wie soll's ihnen schon gehen«, sagt er dann mürrisch. »So gut nicht wie dir. Ihr habt ja Preise fürs Dieselöl wie ein Apotheker.«

»Ja, schenken kann ich's dir nicht. Höchstens aufschreiben bis zum Ersten.«

Die Jahre haben es nicht vermocht unter den Rumboldgeschwistern ein herzlicheres Verhältnis zu schaffen. Die Bettina ist eine äußerst tüchtige Geschäftsfrau, Hausfrau und Mutter geworden. Die alten Hörls sagen oft: »Eine Bessere hätte unser Armin gar nicht erwischen können.«

Von der Brigitte hört man jetzt seltener etwas, seit sie die zwei Kinder hat, einen Buben von vier und ein Mädel mit zwei Jahren. Sie erinnert sich der Geschwister kaum mehr. Nur an Allerheiligen erscheint sie immer in einem sündhaft teueren Mantel und steht am Grab der Eltern, einen Schritt abseits von den Geschwistern, besonders von der Barbara, die sich von dem fremden Buben nicht trennen will und ihrer Einfältigkeit einem die Treue hält, der schwer gesündigt hat. Und mit dem Bernd will die Brigitte auch nichts zu tun haben. Was ist er denn gegen sie schon? Ein Hungerleider und außerdem nimmt sie es ihm übel, dass er schon ein paar Mal beim Wirt damit geprahlt hat, nur ihm und sonst niemandem hätte die Brigitte es zu verdanken, dass sie zu dem Harasser Michael hingekommen und heute die größte Bäuerin im Tal sei.

Die Barbara aber lächelt nur über diesen hochmütigen Stolz ihrer Schwester Brigitte. Sie hätte sich heuer auch einen teuren Mantel leisten können, aber dies erschiene ihr als Prahlerei, denn es passt so gar nicht auf dem Land und außerdem steckt sie jeden Pfennig in das Anwesen, das immer schmucker und einladender von seiner Höhe heruntergrüßt. Gerade in diesem Winter hat sie wieder zwei

Zimmer eingerichtet, die sie im Sommer an Urlauber vermieten will.

An diesem Frühlingsmorgen also, der so verheißungsvoll hinter den Bergen heraufgestiegen ist, sieht Barbara so etwa um die zehnte Vormittagsstunde einen Mann das Fahrsträßchen heraufkommen. Barbara ist gerade damit beschäftigt noch ein paar Pfosten einzuhauen um dann den Draht zu spannen, der elektrisch geladen wird. Dann kann sie ihre Kühe und die zwei Jungtiere auf die Weide herausbringen und braucht nicht jeden Morgen Futter zu mähen.

Drei-, viermal plumpst die schwere Holzhacke auf den letzten Pfahl nieder, dann sitzt er fest. Barbara lässt die Arme sinken und klemmt die Augen zusammen. Dann erkennt sie die Gestalt, die da langsam, ein wenig nach vorn gebückt, heraufkommt.

Der Klausi rennt gerade einem frühen Schmetterling nach. Hernach soll er der Mutter helfen den Draht zu spannen.

»Lauf nicht zu weit weg!«, ruft Barbara ihm zu, dann geht sie zum Haus hinunter. »Du, Schwager? Was führt denn dich zu uns? Und dass du zu Fuß bist?«

Michael Harasser reicht ihr die Hand. »Meinen Traktor hab ich zum Hörl gebracht. In Dilling haben wir keinen gescheiten Mechaniker. Jetzt wird er aber erst gegen vier Uhr am Nachmittag fertig. Da hab ich mir gedacht –«

»Das war gescheit, Schwager! Komm, setz dich auf die Hausbank. Bleib zum Mittagessen bei mir!«

»Gern, Babsi, wenn es dir nichts ausmacht.«

»Was soll mir denn das ausmachen! Krapfen gibt's halt bloß bei uns. Und Apfelkompott.«

»Mach dir mit mir nur keine Umständ, Schwägerin. Die Bettina wollte mich zwar auch einladen, aber ich hab mir gedacht –«

Barbara hat sich neben ihn auf die Hausbank gesetzt. Sie

nimmt ihr weißes Kopftuch ab, der Wind durchfächelt ihr Haar. Ihr Gesicht ist trotz der noch frühen Jahreszeit schon braun gebrannt.

»Was hast du dir gedacht, Schwager?«, fragt sie nach einer Weile.

Der große Mann, der seine Finger so hilflos über den Knien dreht, druckst ein wenig herum. »Dass ich mich vielleicht mit dir einmal aussprechen könnte, Babsi.«

»Mit mir aussprechen? Worüber denn?« Sie hat die Brauen eng zusammengeschoben, weil sie meint, nun käme auch der Schwager mit der alten Litanei, sie möge doch nicht mehr länger auf den Knastbruder warten. Aber Michael Harasser ist weit davon entfernt an so etwas zu denken. Er hat seine eigenen Sorgen, seine eigene innere Not.

»Es gibt so allerhand«, meint dann der Harasser und schaut einem Habicht nach, der unweit des Hauses seine Kreise zieht. Aber Barbara hat keine Küken, unter denen er seine Beute erspähen könnte.

»Wenn du meinst, Schwager, dass du mir was sagen musst, dann –«

»Ja, grad dir, Babsi. Die Bettina – sie ist halt noch nie durch eine Notlage gegangen und weiß nicht, wie einem Menschen zumute ist, der eine schwere Last trägt.«

Nun ist Barbara doch hellhörig geworden und sie begreift sofort, dass die Brigitte es gewesen sein muss, die ihm diese schwere Last aufgeladen hat. Jetzt fällt ihr auch auf, dass sein Mund verbittert und das goldene Braun seiner Augen verschleiert ist. Und in ihr, die wahrhaftig schon tief hineingesehen hat in das Leid dieser Welt, steigt Mitgefühl auf. Scheu greift ihre Hand nach den unruhig spielenden Fingern des Mannes. »Hast du es recht schwer, Schwager?«

»Mit uns ist es schon so weit, dass ich anfange mich für sie zu schämen.«

»Michael!«

»Dass ich mich vor allen anderen schäme, die es auch merken, brauch ich dir ja nicht zu sagen.«

Verwirrt steht Barbara auf und schaut zum Hang hinauf, über den soeben der Klausi herunterkommt. Er hat nun den Schmetterling glücklich eingefangen. Langsam dreht sie sich wieder dem Harasser zu. »Wenn ich es recht versteh, Schwager – die Brigitte betrügt dich?«

»Einen Beweis hab ich noch nicht, aber sie geht mir aus dem Weg, wo sie kann, sie weicht mir aus, es graut ihr vor mir, das merk ich doch. Als ob zwei Kinder genug wären für so einen Hof! Aber sie will keine mehr, sagt sie.«

Barbaras Gesicht hat sich gerötet. »Das sieht ihr ähnlich«, sagt sie voller Zorn. »Weiß sie denn nicht, welch ein Glück es ist Kinder zu haben?«

Der Klausi ist herangekommen und Michael Harasser nimmt ihn in den Arm und streichelt ihn mit der Hand in einer seltsam scheuen Weise. Barbara meint, dass Michael sich jetzt eine Weile mit dem Buben abgebe und geht ins Haus. Sie muss kochen. Michael Harasser aber fasst in seine Hosentasche und steckt dem Buben Geld zu. »Lauf, Klausi, kauf dir was!«

Lange betrachtet der Bub den Geldschein in seiner Hand. Dann sagt er: »Muss es wohl ins Sparschwein legen, sonst schimpft die Mutter.«

»Heut darfst eine Ausnahme machen. Ich erlaube es dir und – deine Mutter wird nicht schimpfen. Lauf nur zu!«

Zweimal braucht man es einem Buben nicht sagen und Klausi hat im Laden in Schierding schon lange die Mundharmonika im Schaufenster gesehen, dort, wo alles so kunterbunt durcheinanderliegt, Schuhcreme neben Zahnpasta und Lebkuchen neben Waschpulver. Schon rennt er davon, dass man nur noch seine Fersen sieht.

Michael Harasser geht in die Küche. Der Teig in der Schüssel ist aufgegangen, die Pfanne mit dem siedenden Schmalz steht auf dem Herd, Barbara hat die Hände voll

Mehl und formt den Teig in kleine, längliche Stücke, die sie ins heiße Fett legt.

Sie hat Michael nicht eintreten hören, fühlt nur, dass er hinter ihr steht, und dann vernimmt sie seine Stimme: »Dich hätt ich halt kriegen sollen als Bäuerin, Babsi. Dann schaute es anders in mir aus.«

Barbara schiebt die Unterlippe vor und bläst ein paar Härchen aus der Stirn. Dann wendet sie den Kopf und schaut ihn an. »Wenn es dich erleichtert, Schwager, red dir alles von der Seele.«

Michael setzt sich auf die Bank unter dem Fenster. »Da ist nicht viel zu erzählen. Wo sie ihn kennengelernt hat, das weiß ich nicht. Auf einmal ist er halt gekommen, mit einem roten Sportwagen. Ein junger Kerl. Architekt soll er sein. Innenarchitekt, sagt die Brigitte. Zuerst hab ich mir noch gar nicht so viel gedacht, aber dann hab ich sie erwischt, wie sie sich abgeküsst haben.«

»Du hast ihn davongejagt?«

»Und seitdem läuft sie ihm nach.«

Eine Weile starrt Barbara versonnen vor sich hin. Dann sagt sie schonungslos: »Du hättest sie gleich mit wegschicken sollen.«

»Das sagt sich so leicht, Babsi, aber es sind doch die Kinder da. Und einmal muss sie doch zur Vernunft kommen. Wenn sie nur nicht so ein Dickschädel wär! Ich kann einfach nimmer ruhig mit ihr reden. Gleich schreit sie mich an, grad so, als hätte ich mich schuldig gemacht und nicht sie.«

»Ich weiß nicht, Michael, ob du nicht auch einen Fehler gemacht hast. Du hättest ihr am Anfang nicht so viel Freiheit lassen sollen, hättest sie fester an die Kandare nehmen müssen.«

Er lässt den Kopf sinken und schaut dann auf seine Schuhe hinunter. »Vielleicht hast du Recht, Babsi. Mein Vater sagt das gleiche. Aber wer denkt denn gleich an so was und dass die Brigitte sich so weit vergessen könnte!«

Wieder spürt Barbara barmherziges Mitfühlen mit dem Mann, auf dessen vergrübeltem Gesicht so schmerzvoll eingegraben ist, was er leidet und dass der Frieden aus seinem Herzen gewichen ist.

»Und was denkst du dir, Schwager, dass ich dazu tun könnte?«

»Ich hab mir gedacht, wenn du einmal mit ihr redest …«

»Das könnte ich wohl, aber – wie treffe ich sie am besten? Soll ich zu ihr gehen oder kommt sie zu mir, was meinst du?«

»Es ließe sich vielleicht machen, dass sie zu dir kommt. Ich müsste eine Ausrede finden.«

Der Klausi kommt zurück. Man hört ihn schon von weitem auf der Mundharmonika spielen, nicht schön, aber laut.

»Wo hat er denn die her?«, staunt die Barbara ans Fenster tretend.

»Ich hab ihm Geld geschenkt«, antwortet der Harasser. »Er erinnert mich so an meinen Philipp. Bloß älter wird der Klausi sein.«

»Der Klausi kommt im Herbst in die Schule.«

»Also um ein Jahr älter.«

»Fast um zwei, weil sie ihn voriges Jahr noch nicht genommen haben. Er ist im November geboren, weißt.« Barbara breitet nun eine Tischdecke aus und stellt die Nudeln und kaltes Apfelmus auf den Tisch. Der Klausi will seiner Mutter was vorspielen, als er hereinkommt; Barbara hält sich sofort beide Ohren zu. »Recht schön, Klausi, aber am besten spielst du hernach draußen im Freien. Und jetzt kommt essen.«

Der Klausi spricht mit heller Kinderstimme das Tischgebet, dann nehmen sie Platz.

»So was hat es bei uns schon lange nimmer gegeben«, sagt der Harasser und nimmt sich bereits den zweiten Krapfen heraus. Sie sind knusprig und schön braun gebrannt. »Als die Mutter noch gelebt hat, da hat es das in der Woch dreimal gegeben. Und heut, was ist heut? Schnitzel, Kotelett, Rindsrouladen, gefüllte Kalbsbrust. Mit knapper Not am Freitag noch eine Süßspeise. Der Vater sagt oft, die Mutter müsst sich im Grab umdrehen.«

»Ja«, meint die Barbara. »Für die Brigitte wäre es besser gewesen, wenn sie nie hinausgekommen wär zur Frau Tant. Das hat sie für das Leben auf dem Land verdorben.« Und so, als hätte sie jetzt erst ihren Entschluss endgültig gefasst, fügt sie hinzu: »Schick sie mir nur, ich werde ihr den Kopf schon zurechtsetzen.«

Um halb vier Uhr macht sich der Harasser wieder auf den Weg nach Schierding hinunter. Sein Traktor ist bereits fertig, aber die Bettina nötigt ihn noch auf eine Tasse Kaffee in ihr geräumiges Wohnzimmer, auf das sie so stolz ist.

Dem Harasser wird ganz traurig ums Herz bei der überall gebotenen selbstverständlichen Gastlichkeit. Zuerst bei der Babsi schon und jetzt wieder hier bei der Bettina. Ich hätte von den Rumboldtöchtern jede andere heiraten sollen, bloß die Brigitte nicht, kommt ihm in den Sinn. Aber zur Bettina kann er über seinen geheimen Kummer nicht sprechen. Sie ist noch zu jung, noch zu unerfahren und vor allem: sie ist noch durch kein Leid gegangen um ihn verstehen zu können. Bloß eines sagt er: »Was du für ein schönes Wohnzimmer hast. Lärchenholz, gell?«

»Ja, der Schreiner Wimmer hat es gemacht.«

»Und die Brigitte hat ein ganz modernes Wohnzimmer haben müssen, obgleich wir die ganze Woche nicht darin sind. Ich wenigstens nicht.« Der Harasser schaut auf die Uhr und steht auf. »Jetzt muss ich mich aber auf den Heimweg machen. Dank dir schön für den Kaffee, Bettina, und lass dich halt auch einmal sehen bei uns.«

»Wenn ich nur mehr Zeit hätte«, jammert sie. »Mit der Tankstelle kommst ja nimmer weg. Hörst! Jetzt läutet es schon wieder! Behüt dich, Schwager, und komm wieder, wenn was fehlt an deinem Traktor.«

Schnell wie der Wirbelwind stürmt sie hinaus, ihr Lachen schwingt noch durch den Raum und wieder muss der Harasser denken: Hab ich danebengegriffen! Wenn nur grad die meine auch so herzerfrischend lachen könnt oder bloß ein bissel hätte von der ruhigen Ausgeglichenheit der Babsi.

Seufzend begibt er sich hinaus, setzt sich auf seinen Traktor und fährt nach Waidholzen zurück.

11

Nun ist der Frühling endgültig da. Wie ein Traum aus Weiß und Rosarot hat er sich über das Land geworfen. Auf den Wiesen blüht der Löwenzahn. Wie Seide stehen die Berge über dem dunklen Wald und die ersten Urlauber haben sich bereits eingefunden.

Was die Barbara nicht geglaubt hat, trifft ein. An einem Nachmittag, sie ist gerade dabei die Kartoffeln auf dem kleinen Acker hinter dem Haus aufzuhacken sieht sie die Brigitte den Hang heraufkommen.

Sie bleibt knapp vor dem Haus stehen und runzelt die Brauen, weil Barbara nicht gleich ihre Arbeit unterbricht und zu ihr kommt. Nein, Barbara denkt gar nicht daran, sie ist noch nicht mit der Arbeit fertig und die Brigitte hat inzwischen Zeit mit überraschtem Verwundern die Sauberkeit rings um das Haus zu bestaunen. Im vorigen Herbst erst hat Barbara am Haus entlang bis zum Stall Pflaster aus Bruchmarmor legen lassen, vier Meter breit, die Fugen sauber auszementiert. Das sieht sehr nobel aus. Die rot gestrichene Hausbank und der Sonnenschirm davor nehmen sich recht einladend aus. Brigitte wirft auch einen Blick durch das offene Fenster in das Wohnzimmer und staunt. Auf dem blank gescheuerten Boden liegt ein breiter Läufer aus Schafwolle, über den Tisch ist eine weiße Decke mit gestickten Blumen gebreitet und mitten auf dem Tisch steht eine alte Vase mit Feldblumen.

In diesem Augenblick kommt Barbara um die Ecke. Sie lehnt die Harke an die Stallmauer, wäscht sich am Brunnen die Hände und trocknet sie an der Schürze ab. Aber das wäre nicht nötig gewesen, denn Brigitte denkt nicht daran der Schwester die Hand zu reichen. Sie sagt nur recht frostig: »Hast jetzt endlich Zeit?«

Barbara will schon sagen: Deinetwegen beeil ich mich nicht! Aber sie beherrscht sich und lächelt nur nachsichtig. »Wo muss ich denn das hinschreiben, dass du einmal zu mir kommst?«

Brigittes Gesicht ist vom raschen Gehen gerötet. Sie ist immer noch schön und schlank, muss Barbara denken. Die zwei Kinder scheinen ihr überhaupt nichts ausgemacht zu haben. Bei Barbaras Worten zieht sie die Brauen hoch. »Du hast doch zu ihm gesagt, dass ich einmal zu dir kommen soll. Ich kann mir ja denken, dass du Rat brauchst und wissen willst, was du tun sollst.«

Barbara schaut die Schwester lange an, dann schließt sie ihre Jacke. »Ich brauch deinen Rat wirklich nicht, Schwester. Ich glaub, dass es eher umgekehrt ist.«

»Was meinst du damit?«

»Müssen wir das hier vor dem Haus abmachen? Womit bist du gekommen?«

»Mit dem Zwei-Uhr-Bus und um fünf geht er zurück nach Dilling. Ich hab also nicht lange Zeit. Demnächst mach ich den Führerschein, dann bin ich auf nichts mehr angewiesen. Er hat zwar gemeint –«

»Sag einmal«, unterbricht Barbara, »meinst du mit dem ›ihm‹ und ›er‹ deinen Mann?«

»Wen den sonst?«

»Ich hab gemeint, er heißt Michael.«

Wieder stutzt die Brigitte. Die Selbstsicherheit der Schwester macht sie unsicher. Das ist doch nicht mehr die Babsi von früher, denkt sie und folgt ihr zögernd.

»Für eine Tasse Kaffee wird's schon reichen?«, fragt Barbara.

»Oh, so nobel?«

»Sonst trinken wir Tee oder Most gegen den Durst. Aber schließlich hab ich ja hohen Besuch. Meine Schwester, die Harasserbäuerin von Waidholzen.«

Brigitte verzieht den Mund. »Soll das Spott sein? Ich hab einmal was gehört, dass du auch Harasserin hättest werden wollen?«

»Wollen? Die Leute reden viel, aber ich weiß von nichts. Setz dich doch, Brigitte. Bist auch bei der Bettina gewesen?«

»Die kann mich gern haben! Schickt die eine Rechnung für die Reparatur an unserm Traktor, die hätte auch ein Apotheker ausstellen können! Von einem Verwandtschaftspreis weiß die anscheinend nichts.«

»So? Mir hat der Armin aber erzählt, dass er bloß das Material berechnet hat, aber keinen Arbeitslohn.«

»Das fehlte gerade noch!« Brigitte nimmt das seidene Tüchlein ab, das sie um den Hals trägt, und setzt sich. Man sieht jetzt an ihrem Hals die goldene Kette mit einem eingefassten Aquamarin. »Also, was hast du mir jetzt zu sagen? Hast eigentlich den Balg noch immer?«

»Den Klausi meinst? Wir gehören doch zusammen.«

»Ich versteh dich nicht, Schwester, wie du dir so eine Last aufladen kannst.«

Barbara stellt ein paar Tassen auf den Tisch. Das Kaffeewasser sprudelt bereits. »Ich versteh dich auch nicht, Schwester.« Sie gießt das kochende Wasser über den Kaffee und lässt ihn ziehen. »Nein, Brigitte, ich versteh dich auch nimmer.«

Brigitte öffnet ihre Handtasche und nimmt ein silbernes Zigarettenetui heraus.

»Rauchst du?«, fragt Barbara, als sei sie darüber entsetzt.

»Ja, ich rauche. Ihm passt das zwar nicht. Und der Alte erst, wie der sich aufspielt! Als ob es ihn was anginge! Oha, der Kaffee ist stark.«

»Gieß doch heißes Wasser drauf.«

»Nein, ich mag ihn stark und schwarz. So, und jetzt möchte ich wissen, was los ist. Warum hab ich zu dir kommen müssen? Sehnsucht nach mir wirst du ja nicht gehabt haben, also muss es was anderes sein.«

»Es ist auch was anderes. Kannst du dir denn das nicht denken?«

»Nein, ich bin keine Hellseherin.«

»Ich auch nicht, aber man braucht auch gar keine zu sein um zu begreifen, wohin das alles führt, wenn du nicht zur Vernunft kommst.«

In diesem Augenblick begreift die Brigitte. Sie wird blass, ihre Augen beginnen dunkel zu glühen. »Jetzt geht mir ein Licht auf! Er hat mich bei dir angeschwärzt!«

Zornig schlägt Barbara mit der flachen Hand auf den Tisch, dass die Tassen klirren. »Sag nicht immer ›er‹. Michael Harasser ist dein Mann und verdient mehr Respekt.«

Nervös zündet Brigitte eine zweite Zigarette an der anderen an. Dann lehnt sie sich zurück. »Eigentlich hätte ich mir das denken können. Und ich blöde Gans lass mich ahnungslos von ihm herschicken!«

»Wirklich ahnungslos?«

»Jawohl, weil ich nicht erwartet habe, dass er so ein altes Waschweib ist und ausplaudert, was eigentlich nur mich und ihn angeht.«

»Brigitte!«, ruft Barbara entsetzt. »Was ist denn in dich gefahren? Du redest ja, als hättest du nicht ein bissel Verständnis für seine Not! Dir hat es das Gehör verschlagen für den verborgenen Jammer deines Mannes. Bedenkst du denn nicht, was das für ihn bedeutet, wie du auf ihm herumtrampelst?«

»Ich? Und was tut er? Er hält mich fest, am liebsten tät er mich am Tischbein anbinden, damit ich nicht mehr aus dem Haus kann!«

»Das ist sein gutes Recht. Jeder Wurm krümmt sich, wenn er getreten wird. Und jetzt will ich dir noch was sagen –«

Sie verstummt plötzlich, weil der Klausi mit einem Sträußlein Feldblumen zur Tür hereingestürmt kommt. »Schau, Mutter –« Er hält inne und schaut mit großen Augen auf die fremde Frau.

»Das ist Tante Brigitte«, sagt Barbara. »Gib ihr die Hand und dann nimm dir ein Stück Kuchen. Du kannst noch mal fortlaufen, Klausi, aber um fünf Uhr treibst du die Kühe von der Weide herein.«

Als der Klausi wieder draußen ist, fragt Brigitte: »Also, was wolltest du mir noch sagen?«

»Ich möchte dich nicht verletzen, aber –«

»Red nur weiter.«

»Ich wollte dir sagen, dass ein Mensch, der einem anderen die Frau nehmen will, ein gemeiner Schuft ist. Wenn ich der Michael wär, ich müsst den Kerl ohrfeigen.«

»Hast du ihm das geraten oder ist er in der Zwischenzeit von selber auf den gemeinen Einfall gekommen?«

»Das ist sein gutes Recht.«

»Ach du mit deinem Recht! Wo liegt dann mein Recht?«

»Dein Recht liegt in den Pflichten, die du auf dich genommen hast, dem Hof gegenüber, deinem Mann und – deinen Kindern.«

Das Wort trifft! An die Kinder hätte Barbara nicht erinnern sollen! Die Röte auf Brigittes Stirn aber zieht schnell vorüber und nur noch heller Zorn lodert in ihr. Was fällt der Barbara überhaupt ein! Sie, die sich doch mit einem

Verbrecher eingelassen hat, will sich zur Richterin über andere aufwerfen! »Was weißt denn du!«, schreit sie. »Du redest halt, weil du keine Ahnung hast vom Leben! Meinst du, weil du dir das deine verpfuscht hast, kannst du andere maßregeln?«

»Musst du denn so schreien, Brigitte? Merkst du nicht, dass dein schlechtes Gewissen aufschreit? Wer so tief im Unrecht steckt wie du, muss zwangsläufig schreien.«

»Ach, was weißt denn du?«, wiederholt Brigitte schon etwas ruhiger und nicht mehr so selbstsicher. »Wenn man das Glück im eigenen Haus nicht findet, ist es ein Wunder, dass man danach greift, wenn es sich einem außerhalb bietet?«

Barbara ist aufgestanden und räumt die Tassen und den Kuchenteller ab. Dann schüttelt sie die Krümel vom Tischtuch und legt es wieder auf. Sie tritt zum Fenster und schaut hinaus. Goldener Sonnenschein liegt über den Frühlingswiesen und über dem Dorf da unten. Alles atmet tiefen Frieden. Sich umdrehend sagt sie: »Ein Wunder ist es nicht, aber es ist schlecht. Weißt denn du, ob es wirklich Glück ist und nicht bloß ein bissel Aufruhr im Blut, aus dem einmal bittere Enttäuschung werden kann und muss? – Unterbrich mich jetzt nicht, Brigitte. Dir ist immer alles nach deinem Kopf gegangen. Daheim, schon als Kind. Und das hat etwas in deinen Schädel gesetzt, dass du mit allem durch die Wand willst. Mit deiner Sturheit willst du dich jetzt an deinem guten Schicksal versündigen. Du bildest dir was drauf ein, wie gescheit du bist, und fällst auf so einen jungen Spinner herein. Wenn dich das nur nicht einmal bitter reut.«

Auch Brigitte ist jetzt aufgestanden und geht in der Stube auf und ab. Den Kopf hat sie gesenkt, nachdenkliche Falten stehen auf ihrer Stirn.

Barbara will die Pause ausnützen und weiter wohlmeinend auf die Schwester einreden: »Vielleicht ist es noch nicht zu spät, Brigitte. Besinn dich, Schwester, besinn dich auf dich selber. Schick den Kerl weg, der deinen Frieden zerstört.«

Wie angewurzelt bleibt Brigitte stehen. Eiskalt kommt ihre Antwort: »Eigentlich brauchen wir gar nicht mehr weiterzureden. Du verstehst von der Liebe nicht mehr als der dürre Apfelbaum da draußen, den du fällen solltest.«

»Ich versteh bloß, dass es für jede Frau eine Grenze gibt, wenn sie einmal mit einem Mann vor dem Altar gestanden hat. Mich hat man zwar nicht eingeladen zu deiner Hochzeit, aber ich kann mir vorstellen, dass du recht laut und bereitwillig ja gesagt hast.«

»Zu der Zeit weiß man nie, was hernach kommt.«

Barbara schüttelt den Kopf und stemmt sich vom Fensterbrett ab. »So eine Antwort könnt mir auch eine Vierzehnjährige geben und nicht eine Frau, die siebenundzwanzig ist und zwei Kinder hat.«

»Siebenundzwanzig, ja. Und er ist jetzt vierzig!«

»Ach so?«, meint Barbara mit wachsendem Staunen. »Damit willst du das begründen, was du falsch machst. Du hast vorher gewusst, wie alt Michael ist, und außerdem sind dreizehn Jahr gar kein Altersunterschied in einer Ehe, vor allem nicht, wenn der Mann älter ist.«

»Ja, so musst daherreden«, höhnt Brigitte. »Weil du schon recht viel Erfahrung hast.«

»Man braucht keine Erfahrung um zu erkennen, wann sich ein Mensch auf einen falschen Weg begibt. – Da kommt der Klausi schon mit dem Vieh.« Barbara schaut auf die Uhr. »Gleich fünf Uhr. Du wirst deinen Bus versäumen.«

»Den hab ich jetzt schon versäumt! Soll mich der Hörl heimfahren. Es reicht mir noch nicht, was du mir über meine Schlechtigkeit zu sagen hast.«

»Über deinen Irrtum, sagen wir lieber. Meinetwegen bleibst halt noch. Aber jetzt muss ich zuerst in den Stall. Dort liegt die Zeitung, die kannst inzwischen lesen.

Die Brigitte liest aber nicht. Sie sitzt da und wundert sich, dass ihr Gespräch mit der Schwester eine solch unerwartete Wendung genommen hat. Hat Michael Harasser nicht gesagt: Zur Babsi sollst auch einmal gehen, ich glaub, die hat allerhand auf dem Herzen.« Und da hat sie nun gemeint, sie sollte es sein, die der Schwester einen Rat gibt, und hat sich sogar geschmeichelt gefühlt ihre geistige Überlegenheit, auf die sie sich immer so viel einbildet, in die Waagschale werfen zu können. Genau das Gegenteil ist jetzt eingetreten.

Draußen geht der schöne Tag langsam zu Ende. Die Sonne steht schon tief über den westlichen Bergen und in der abendlichen Stille hört man kaum noch einen Laut. Brigitte tritt hinaus vor das Haus, wandert langsam zwischen den Obstbäumen dahin und überlegt, was sie nun der Barbara noch sagen dürfe und was sie verschweigen müsse. Dabei erkennt sie, dass Barbaras mahnende Worte nicht ganz spurlos an ihr vorübergegangen sind. Und doch hat sie sich schon zu stark im Irrgarten ihrer Gefühle verloren, als dass die Worte der Schwester Trost oder Hilfe sein könnten. Sie will sich auch gar nicht helfen lassen, sie braucht keinen Trost, denn sie will nicht das Abwegige ihres Tuns wahrhaben, das einen Menschen gefangen nimmt, wenn er einmal die strenge Wacht über sein inneres Leben aufgegeben hat.

Die kleinen Wolken bekommen rötlichen Glanz. Der Wind fächelt etwas kühler, da und dort wirbeln ein paar Blüten ins Gras. Es ist eine große, stille Stunde angebrochen für alle Menschen gleichsam, dass sie darin den inneren Frieden finden könnten.

Die Barbara ist nun fertig mit der Stallarbeit und ruft der Brigitte zu, sie möge zum Abendessen kommen. Brigitte aber lehnt ab, sie habe keinen Hunger und – sie wisse überhaupt nicht, warum sie hergekommen sei.

»Du musst heut früher ins Bett, Klausi«, sagt Barbara

zum Buben, während sie ihre Milchsuppe löffeln. »Ich hab nämlich mit der Tante noch was zu besprechen.«

»Bleibt die Frau lange bei uns?«, will der Klausi wissen, während er sich die Füße wäscht. »Die mag mich nicht, das hab ich gleich gespürt.«

»Ich glaube, die mag zur Zeit niemanden, der es mit ihr gut meint. Aber weißt du, Klausi, die Tante ist in einer Not und da soll man ihr helfen. So, und jetzt geh schlafen, ich komme dann bald nach!«

Hernach legt sie sich ein Tuch um die Schultern und geht zu Brigitte hinaus, die auf der Hausbank sitzt. »Ich hab während des Melkens über alles genau nachgedacht, Brigitte. Was hast du denn eigentlich vor?«

Brigitte hebt die Schultern und lässt sie wieder sinken.

»Scheiden lassen – der Gedanke ist so absurd, dass du ihn gar nicht festhalten darfst.«

Als Antwort kommt ein sprödes Lachen. »Ich müsst es halt so machen, dass er mich selber hinauswirft.«

»Mein Gott! Schwester! Wie weit hast du dich schon verirrt!«

»Kannst du mir sagen, was ich tun soll?«

»Man müsste dich die Sache durchleiden lassen.«

»Leiden?« Brigitte stutzt. »Wo nimmst du bloß solche Worte her? Aber du hast Recht, man muss wohl leiden, wenn man glücklich sein will.«

Der Abend ist da, die Dämmerung steigt über die Wiesen herauf. In Schierding läutet die Abendglocke. Barbara faltet die Hände, ihre Lippen bewegen sich lautlos. Die Brigitte aber sitzt ganz teilnahmslos da, die Arme über der Brust verschränkt, steil aufgerichtet. »Bet nur gleich für mich auch mit«, spottet sie.

»Das hab ich getan«, versichert Barbara nach einer Weile und zieht das Schultertuch enger um den Hals, weil der Wind etwas kühler geworden ist.

»Das wird meiner schwarzen Seel gut tun.«

»Du solltest darüber nicht spotten«, sagt Barbara scharf. »Und jetzt müssen wir doch alles der Reihe nach durchsprechen, wenn ich dir helfen soll.«

»Helfen? Du mir helfen? Davon hab ich kein Wort gesagt!«

»Aber gedacht hast du es. Wärst du sonst noch geblieben? Wenn du auch meine Hilfe ablehnst, so drängt es doch in dir dich mitteilen zu können. Wie heißt er denn überhaupt, der andere?«

Augenblicklich hellt sich Brigittes Gesicht auf. Sie atmet ein paarmal tief, als ob sie etwas abwerfe.

»Matthias«, sagt sie dann.

»Matthias, aha. Was treibt denn dieser Matthias so?«

»Was er treibt? Du stellst schon komische Fragen. Er ist Innenarchitekt oder er wird es bald. Muss nur noch ein paar Kurse machen, weißt du.« Die Brigitte wird auf einmal lebendig, redet mit Begeisterung. »Ein paar Kurse, ja, dann ist er fertig, verstehst du das?«

»Ja, ich verstehe. Und – was kosten die Kurse?«

Es ist bereits so dunkel geworden, dass Barbara nicht mehr sehen kann, wie die Schwester erbleicht. »Wie kommst denn auf die Frage?«

»Weil ich mir vorstellen kann, dass du in deiner Verliebtheit –«

»Hat der Michael was davon gesagt?«

Barbara schüttelt den Kopf und schaut dann zu den Sternen auf, die wie ein Trost über der Welt blitzen.

»Dann hat er es also nicht gemerkt«, fährt die Brigitte erleichtert fort. »Bloß ein paar tausend Mark hab ich ihm gegeben. Natürlich krieg ich das Geld sogleich wieder, wenn er seinen ersten großen Auftrag hat.«

»Und wann hat er den?«

»Er sagt im Sommer. Dafür hat er schon einen Vertrag. Es ist bloß – für den Auftrag, weißt, da braucht er fürs Material fünf- bis zehntausend Mark.«

»Bloß zehntausend Mark. Der macht's anscheinend recht billig. Kannst du es ihm denn geben?«

»Eben nicht. Ein bissel hab ich mir zwar auf die Seite geräumt, aber es langt halt nicht. Ich bin schon durcheinander. Viertausend Mark fehlen mir noch. Du kannst mir's auch nicht borgen?«

Schweigen. Eine Sternschnuppe fährt über den Horizont und erlischt. Drunten im Dorf schlägt ein Hund an, dann ist wieder Stille. Ab und zu hört man die Kette eines Rindes vom Stall heraus rasseln.

»Jetzt sind wir also doch so weit«, sagt Barbara langsam und fast ein wenig traurig. »Vorhin hast mich ausgelacht, als ich gesagt hab, dass ich dir helfen soll. – Nein, Brigitte. Und selbst wenn ich das Geld hätte, keinen Pfennig für diesen Berg voll Liederlichkeit!«

»Das hätte ich mir denken können.«

»Dann hast du richtig gedacht. Und was diesen Kerl betrifft, jetzt ist er mir noch unsympathischer.«

»Weil du ihn nicht kennst! Gegen ihn ist der Michael ein plumper Bär! Beim Matthias ist alles so frei, so unkompliziert, bei ihm spür ich, wie ich auflebe, und beim Michael ist alles so müder Alltag. Er ist so misstrauisch, dass er seinen Geldbeutel und die Schlüssel zur Geldkassette nachts unter sein Kopfkissen legt.«

»Wundert dich das? Und ist dir dabei nicht der Gedanke gekommen, dass er es gemerkt haben könnte, wenn ihm Geld fehlt?«

Brigitte beißt sich auf die Lippen und starrt nachdenklich in die Dunkelheit vor sich. »Das kann er nicht gemerkt haben. Das Geld für die Eier und die Butter gehört mir. Da kam schon was zusammen in den Jahren. Außerdem hab ich mein Erbe noch auf der Sparkasse. Aber wie gesagt, es reicht mir nicht ganz und – du willst mir nicht aushelfen?«

»Für diesen Zweck keinen Pfennig.«

Brigitte sucht nach den rechten Worten die Schwester treffen zu können. Es war ja auch dumm hier Hilfe zu erwarten. »Dann spar es nur auf für deinen Zuchthäusler!«

Sie hat den Satz noch gar nicht richtig ausgesprochen, da zuckt Barbaras Hand schon hoch und sie schlägt der Schwester klatschend ins Gesicht. Dann sagt sie mit unheimlichem Ton: »Wenn der Franz wirklich getan hätte, wofür er sitzt, dann könntest du dich gleich zu ihm in die Zelle setzen, denn du mordest ja auch. Du mordest deine Ehe! Du willst deinen Mann verlassen und deine Kinder! Das ist genauso ein Verbrechen! Glaub aber nicht, dass du das eines Tages nicht bitter büßen musst! Wenn die Ernüchterung kommt und wenn er dich wegwirft, dein Matthias!«

Brigitte ist aufgestanden und legt die Handfläche auf die brennende Wange. »Das vergess ich dir nicht!«

»Hoffentlich! Ich hätte dir gleich am Anfang eine runterhauen sollen, dann hätte ich mir dein sündhaftes Reden nicht anzuhören brauchen. Geh nur jetzt! Mir ist grad, als ob die Luft um dich herum schon verpestet wär. Aber einen Rat möchte ich dir noch geben, Brigitte: Kehr um! Noch ist es nicht zu spät. Noch ist nichts zerbrochen, aber wenn du nicht abkommst von dem gefährlichen Weg, die Scherben kannst du dann nicht mehr zusammenkitten. Wenn du einmal krank wärst oder sonst in Not kämst, ich würd dich nie im Stich lassen, würde dir immer helfen. Aber mit so einer Lumperei will ich nichts zu tun haben.«

Ob Brigitte noch alles mitbekommen hat, ist fraglich. Sie hat zu gehen begonnen, geht immer schneller, bis die Dunkelheit sie verschlungen hat.

Eine halbe Stunde später hört Barbara aus der Tiefe den brummenden Ton eines Autos und später sieht sie das die Dunkelheit brechende Strahlenlicht zweier Scheinwerfer. Der Schwager Hörl ist also jetzt unterwegs mit Brigitte, fährt sie zurück nach Waidholzen ins Fegefeuer, wie sie es genannt hat, weil sie in ihrer Verblendung die verlässliche Flamme des Friedens nicht mehr erkennen will.

Barbara aber steht immer noch da oben auf ihrer Höhe und grübelt darüber nach, was sie nur tun könnte diesen beiden Menschen wieder den Frieden zu schenken. Bei all diesen Gedanken steigt auch etwas Bitteres in ihr auf, weil es noch nie einem ihrer Geschwister eingefallen ist sie zu fragen, wie sie mit dem Leben zurechtkommt. Immer ist sie nur für die anderen da gewesen. Die Bettina hat sie gebraucht in ihrer schweren Stunde, in der sie im Krankenhaus gelegen ist auf Leben und Tod. Der Bernd hat immer nur von ihr gefordert und verlangt und jetzt auch die Therese.

Die Schwester auf solch sündhaften Abwegen! Wie kann ein Mensch sich nur so verirren. Und die Welt stürzt dabei nicht zusammen! Ruhig leuchten die Sterne am Himmel.

Sie seufzt und geht hinein. Und es ist wie ein Wunder, dass sie ihre kühle Hand auf Klausis warme Stirne legen kann, und sein schlaftrunkenes »Mama« ist eine tiefe Beglückung, die ihre Seele einhüllt wie in einen goldenen Schrein.

In dieser Nacht kommt ein Wind auf, ein Wind von Osten her, der die Blütenblätter von den Büschen und Bäumen wirbelt, dass es am nächsten Morgen aussieht, als hätte es leicht geschneit. Aber dann steigt die Sonne hoch und bringt wieder einen herrlichen Tag.

Der Klausi treibt die Kühe hinauf auf die Weide und Barbara nimmt die Harke wieder auf und arbeitet dort weiter, wo sie am Tag vorher durch den Besuch der Schwester unterbrochen worden ist.

Die Heuernte hat begonnen. Michael Harasser kommt mit seinem Traktor und mäht für Barbara die große Hangwiese umsonst. Der Bernd hätte es auch getan, aber nur um einen beträchtlichen Stundenlohn für die Maschine und ihn.

Der Harasser hat dies in zwei Stunden erledigt und will hernach sofort heimfahren. Nicht einmal für den Imbiss will er sich Zeit nehmen, den Barbara für ihn hergerichtet hat. Es sitzt auf einmal eine seltsame Unruhe in ihm, obwohl er auf Barbaras vorsichtiges Fragen gemeint hat, es ginge jetzt wieder einigermaßen.

Notgedrungen würgt er ein paar Bissen hinunter. Barbara betrachtet ihn von der Seite, entdeckt dabei, dass sein Haar an den Schläfen grau geworden ist. Ein müder, angeschlagener Mann sitzt vor ihr, mit harten Zügen um die Mundwinkel und Krähenfüßen an den Augen. Einmal seufzt er schwer auf. »Ach, Babsi, wären doch bloß wir zwei zusammengekommen!«

»Ich hab gemeint, es geht wieder einigermaßen?«

»Ja, aber wie. Kein freundliches Wort für mich und die Kinder. Und wenn ich was sag, dann plärrt sie gleich, als wenn sie am Messer stecken tät. Ich könnt verrückt werden, wenn ich denk, dass das ein ganzes Leben lang so andauern soll.«

Barbara schüttelt den Kopf und redet ihm gut zu.

»Das legt sich wieder, Michael. Du darfst bloß die Hoffnung nicht aufgeben. Was soll denn da ich sagen?«

»Ja, du. Wartest denn immer noch auf ein Wunder?«

»Nein, auf kein Wunder, bloß auf die Gerechtigkeit. Einmal muss es doch herauskommen, wer damals die Frau Wunderlich umgebracht hat. Und der Herr Könitz, weißt schon, der schon öfter mit seiner Frau bei mir war und mir die alten Sachen alle abgekauft hat, der hat jetzt einen guten Rechtsanwalt aufgetrieben. Der will – ich weiß jetzt nimmer, wie das heißt, was der will.«

»Ein Wiederaufnahmeverfahren vielleicht?«, vermutet Michael.

»Ja, genauso heißt es. Und da hab ich halt jetzt erst recht wieder Hoffnung. Komm, Michael, iss noch was.«

Er kann seine Unruhe nicht mehr verbergen, steht hastig auf und besteigt den Traktor. »Ich muss heim, es kommt mir gradso vor, dass ich jetzt daheim sein müsst. Morgen komm ich ja wieder mit dem Heuauflader, dann bringen wir das Heu ein.«

Am späten Nachmittag wendet Barbara das Heu. Die Sonne brennt vom Himmel herab und verspricht für morgen einen schönen Tag. Am späten Abend dieses Tages, als sie den Buben zu Bett gebracht hat, sitzt Barbara auf der Hausbank und lässt sich wieder einmal von jener wehmütigen Stimmung überwältigen, die sie zuweilen überkommt, wenn sie gegen die Ungerechtigkeit klagt. In solchen Stunden ist sie wehrlos den Gedanken ausgeliefert, woher sie auch kommen mögen, zumeist ja aus dem Dunkel der Erinnerungen, die Trauer und Sehnsucht zugleich auslösen.

Heute ist es besonders schwer, seit der Klausi gegen Abend mit zerkratztem Gesicht und zerissenem Hemd heimgekommen ist. Sie hat ihn zum Ochsenwirt hinuntergeschickt um ein paar Flaschen Bier. Solch kleine Botengänge kann er jetzt schon machen. Er erledigt das Einkaufen beim Bäcker oder Lebensmittelhändler mit peinlicher Gewissenhaftigkeit. Barbara braucht es ihm nur auf einen Zettel aufzuschreiben und das Geld ins Taschentuch zu wickeln. Er ist von solchen Gängen ins Dorf auch immer gleich zurückgekommen, nur heute ist er über Gebühr lange ausgeblieben. Und dann ist er so gekommen, zerrissen und zerkratzt, weil er sich gegen vierfache Übermacht hat wehren müssen.

»Was war denn los?«, hat Barbara voller Angst gefragt und der Klausi hat trotzig geantwortet: »Sie haben gesagt, mein Vater fährt gar nicht auf dem Meer, weil er eingesperrt ist. Ein Knastbruder wär er, haben sie gesagt.«

Steinschwer ist Barbaras Herz geworden. Sie hat das zerschundene Gesicht an sich gedrückt und ihre Tränen sind in sein wuscheliges Haar gefallen.

Sie hat ihn getröstet, so gut, wie sie es vermocht hat, und

jetzt sitzt sie da und bräuchte selber Trost. Sie erwägt, was sie tun soll. Soll sie dem Buben die Wahrheit sagen? Dass sein Vater eingesperrt ist, unschuldig zwar, aber immerhin eingesperrt? Dann zerbricht das Märchen vom stolzen Seefahrer und wer weiß, wie der Bub es aufnimmt. Aber ist es nicht besser, wenn sie ihm die Wahrheit sagt, bevor es ihm, wenn er im Herbst zur Schule gehen muss, in gehässiger Weise anders beigebracht wird? Am besten wird es sein, wenn sie in den nächsten Tagen den Pfarrer Goldbrunner aufsucht und ihn um Rat fragt. Er hat ihr schon so oft beigestanden und wird wieder einen Ausweg wissen.

Betäubend duftet das frisch gemähte Heu. Leise bimmeln die Kuhglocken hinter dem Haus und Leuchtkäfer schwirren durch die Dunkelheit.

Auf einmal zerreißen zwei Scheinwerfer die Dunkelheit und dann hält mit einem scharfen Ruck ein Auto knapp vor der Hausbank. Die Wagentür wird aufgestoßen und Barbara empfindet einen heftigen Schreck beim Anblick des Mannes, der mit starrem Blick vor ihr steht. »Schwager – du? Was ist denn geschehen?«

»Fort ist sie!«, keucht er und hält sich mit der einen Hand krampfhaft an der immer noch offen stehenden Wagentür fest.

»Um Gottes willen! Wie kann sie denn bloß so was tun? Und – was ist mit den Kindern?«

»Ich hab sie dabei. Philipp, komm raus!«

Aus den Wagen kriecht ein blondhaariges strammes Bürschchen in kurzen Lederhosen und sagt ein wenig kleinlaut: »Julchen ist eingeschlafen.«

»Ich bitt dich von Herzen, Babsi, nimm meine Kinder zu dir!«

»Da brauchst doch nicht zu bitten, Schwager!«

Schon beugt sich Barbara in den Wagen und nimmt das schlafende Kind in ihre Arme, trägt es ins Haus und bringt es gleich zu Bett. Auch den Philipp bringt sie in die gleiche

Kammer und streicht ihm übers Haar. »Du bist ja schon so ein großer Bub, kannst dich wohl allein ausziehen?«

Sie wartet noch, bis sich der Bub in das andere Bett gekuschelt hat. Dann dreht sie das Licht aus und geht hinaus.

Michael Harasser sitzt auf der Hausbank, die Ellbogen auf die Knie gestützt, den Kopf in den Händen vergraben. Er scheint gar nicht zu merken, dass die Barbara sich neben ihn setzt. Schließlich legt sie die Hand auf seine Schulter. »Nimm es nicht schwer, Schwager.«

Endlich richtet er sich auf und da sieht sie, dass sein Gesicht nass ist von Tränen. »Dass sie mir das antut! Dass sie sogar die Kinder im Stich lässt!«

»Sie sind gut aufgehoben bei mir. Platz hab ich ja genug.«

»Wenn ich das nicht gewusst hätt, hätt ich sie wohl kaum zu dir gebracht«, antwortet der Harasser und schluckt. »Du warst meine letzte Rettung. Der Rosl hab ich sie nicht anvertrauen wollen und ich brauch sie jetzt auch zur Heuarbeit. Sei nicht bös, Babsi, dass ich dir die Mühe mach.«

»Bös? Was fällt dir denn ein? Ich bin froh, dass du noch Vertrauen hast zu einer von unserer Familie.«

»In jeder Familie kann ein schwarzes Schaf sein und das hab ich erwischt. Den Kindern hab ich gesagt, dass – die Mutter ins Krankenhaus hat müssen. Was sollt ich ihnen denn sonst sagen?« Und wieder kommt der marternde Jammer über ihn. »Nein, dass sie mir das antun kann! Vom Geld will ich ja noch gar nichts sagen, aber dass sie auch noch davonläuft! Die Blamage, wenn es bekannt wird!«

»An die Blamage solltest jetzt nicht denken, Schwager«, sagt Barbara, weil ihr nichts Besseres einfällt. In dieser Minute meint sie die Schwester hassen zu müssen. Nichts, aber auch gar nichts kann sie finden zu ihrer Entschuldigung. Es war doch das letzte, was Brigitte hat tun können, fortlaufen vom Hof, vom Mann und den Kindern! Nur getrieben von der rastlosen Gier. Schreien hätte man können vor Scham und Entsetzen. Und doch weiß Barbara auch, dass Brigitte eines Tages von allem enttäuscht, in bitterer Reue, einsam und verlassen dastehen wird. »Und was willst du tun, Schwager, wenn sie eines Tages reumütig wiederkommt?«

Der Harasser stößt nur ein bitteres Lachen aus.

»Natürlich müsstest du ihr die Tür weisen.«

Da reißt es ihm den Kopf in die Höhe. »Nein! Weit, ganz weit tät ich sie aufreißen und es könnt alles wieder so sein wie in der ersten Zeit.«

Barbara vernimmt mit Erschütterung den Aufschrei dieses Liebenden und fragt sich, ob dies Schwäche oder Größe sei. Wo ist denn da die Grenze, wenn es um das lebendigste und unbegreiflichste der Gefühle geht?

Der Mann knetet an seinen Fingern herum und meint dann: »Wegen der Kinder schon müsst ich die Tür für sie ganz weit offen lassen und dann – weil ich sie doch gern hab. Babsi, ich hab sie immer noch gern. Und wenn ich bloß wüsst, wohin sie ist, ich tät sie heimholen wie ein verlaufenes Kind.«

»Nein«, gibt Barbara schroff zur Antwort. »Das wäre das Verkehrteste, was du tun könntest. Sie muss schon selber kommen und dir Abbitte leisten. Und eines Tages wird sie kommen.«

»Weißt du das gewiß, Babsi?« Der Harasser starrt sie bei dieser Frage an, als wollte er aus dieser Beteuerung seine Hoffnung nähren. Vielleicht hat Brigitte ihrer Schwester anvertraut, dass sie wohl einmal weglaufen, aber dann wiederkommen würde.

»Gewiß weiß ich es nicht, Michael, aber was will sie denn anfangen, wenn ihr törichter Rausch vorüber ist und die Ernüchterung kommt? Sie wird und muss den Heimweg finden, auch wenn er lang und beschwerlich ist.«

Lange schweigt der Harasser, bis er dann ungestüm nach Barbaras Händen greift. »Wenn ich dich nicht hätte, Babsi, ich wüsst nicht, was ich tät.«

Fest und mütterlich umschließt sie seine Hände. »Mach dir keine Sorgen mehr, Michael. Die Kinder sind bei mir gut aufgehoben. Und du musst jetzt heimfahren und auch schlafen. Der Tag braucht dich wieder.«

Ächzend erhebt er sich und murmelt mehr für sich: »Wie ein Turm bist du, mitten in einem reißenden Wasser, das andere mitreißen will. Aber du stehst und wankst nicht. Gute Nacht, Babsi! Morgen Mittag komm ich zum Heueinfahren.«

Barbara findet in dieser Nacht wenig Schlaf. Und als er sie übermannen will, wird es vor den Fenstern schon wieder hell, das Mädchen in der Kammer nebenan wird wach und beginnt zu plappern. Sofort steht Barbara auf. Davon wird auch der Klausi wach und läuft ihr nach.

Was hat er da zu staunen und zu fragen! Ob die beiden immer dableiben, will er wissen. Wie sie heißen und ob er mit ihnen spielen könne.

»Vorerst bleiben sie da«, gibt ihm Barbara Bescheid. »Und du musst dir denken, es wären deine Geschwister.«

Ja, das ist nun was für den Klausi! Bisher ist er selber immer Geführter und Behüteter gewesen. Nun ist er glücklich selber behüten zu dürfen. Besonders das nette Mädchen hat es ihm angetan, das gleich so vertrauensvoll seine Hand packt. Auch der Philipp vertraut sich Klausis Führung willig an. Auf Waidholzen hat er ja keinen Kameraden gehabt. Der Wald ist so nah hier und der Klausi weiß so viele Geheimnisse in dem Wald, er führt seine neuen Gefährten ganz hoch hinauf, tut ganz so, als gehöre der Wald ihm, sodass der Philipp fragen zu müssen glaubt, ob er diese verbogene Wurzel mitnehmen darf.

»Doch, du darfst sie nehmen«, gestattet der Klausi gönnerhaft und für das Mädchen wird er schon noch was finden. Weiter drunten, bei der sumpfigen Wiese, über die der Wind vom Hochmoor her streicht, dort findet er Küchenschellen und blaue Glockenblumen. Das gibt einen herrlichen Strauß und außerdem noch ein geflochtenes Kränzlein ins Lockenhaar von Julchen.

Barbara bekommt große Angst, als die Elfuhrglocke läutet und die Kinder immer noch nicht zurück sind. Sie geht hinters Haus und da sieht sie alle drei den Hügel herunterkommen. Das bekränzte Mädchen geht in der Mitte, der Philipp hört schweigend zu, was der Klausi erzählt. Er redet mit den Händen und Barbara kann einiges verstehen, was er sagt, von einem großen Schiff, auf dem ein Kapitän sei mit goldenen Borten an der blauen Uniformjacke und dass dieser Kapitän sein Vater sei.

Da dreht Barbara sich hastig um und geht zurück ins Haus. Dabei laufen ihr die Tränen über die Wangen.

Ja, was die Kinder betrifft, so kann die Barbara sie unbesorgt der Obhut Klausis überlassen. Aber welche Belastung, wenn sie an die Zukunft denkt. Dann erfasst sie pochende Angst, dass Brigitte nicht mehr zurückfinde. Es kommt kein Zeichen von ihr und Barbara hat doch gemeint, dass sie die erste sei, der Brigitte ein Lebenszeichen gäbe. Michael Harasser kommt fast jeden Abend und immer schwerer wird es Barbara sein Elend anschauen zu müssen. Wie muss er diese Frau lieben, die ihm so viel Leid antat! So vergeht Tag für Tag und Barbara kennt es schon nicht mehr anders, als dass sie ganz einfach für die Kinder der Schwester da zu sein habe als Mutter und Betreuerin. Das wird zur Selbstverständlichkeit. Nur manchmal, in einer stillen Stunde fragt sie sich: Wird mein Opfer einmal belohnt werden?

12

Michael Harasser hätte seine Frau kaum wieder erkannt, wenn er sie zu dieser Stunde gesehen hätte. Ihr Gesicht ist fahl, dunkle Ringe ziehen sich um ihre Augen, die ganz verschwollen sind, als hätte sie viel geweint.

Sie sitzt im dürftig eingerichteten Mansardenzimmer eines letztrangigen Gasthauses in München-Giesing. Dieses billige Zimmer hat Matthias Schober ihr beschafft. Großzügigerweise hat er es gleich auf vierzehn Tage vorausbezahlt, von ihrem Geld natürlich, das sie ihm auf Treu und Glauben ausgehändigt hat. Er hat ihr etwas von einer Kaution erzählt, die er stellen musste für ein todsicheres Geschäft, von dem Brigitte nichts versteht. Aber sie erkennt, dass ihr knapp vierhundert Mark verblieben sind von den zehntausend, die sie mitgebracht hat. Das bedrückt sie aber gar nicht einmal so sehr. Viel mehr erschüttert sie die herankriechende Ernüchterung und die Tatsache, dass das Abenteuer, in das sie sich gestürzt hat, keinerlei Höhepunkte mehr aufweist. Der falsche Glanz, dem sie nachgerannt ist, bröckelt ab und Matthias Schober ist, wenn sie es recht bedenkt, ein ganz gewöhnlicher Mann, der die Maske bereits fallen lässt. Vom strahlenden Kavalier ist nicht mehr viel übrig, zum Flegel ist es nicht mehr weit.

Da sitzt sie also in diesem Zimmer, nachdem sie mittags unten in der verrauchten Gaststube unter Straßenarbeitern und Monteuren Pizza gegessen hat, das billigste Gericht, das die Küche zu bieten gehabt hat. Und genauso billig wird auch sie eingeschätzt, obwohl der Stoff ihres Kleides teuer ist. In so einem Gasthof wird halt alles anders beurteilt als in einem großen Hotel. Hier scheut man sich gar nicht diese wartende Frau bei sich ein Flittchen zu nennen, obwohl sie niemandem etwas tut, ja sogar jedem Gespräch ängstlich aus dem Wege geht.

Seit drei Tagen wartet sie nun auf den Mann. Heute um

zwei Uhr will er sie abholen. Darum sitzt sie jetzt hier fertig angezogen, nervös mit der Handtasche spielend.

Als die Uhr auf dem Kirchturm drei Viertel schlägt, geht sie hinunter. Man kann den Gasthof so verlassen, dass man nicht durch die Gaststube zu gehen braucht. Wider Erwarten kommt Matthias pünktlich mit einem taubenblauen Kabriolett um die Ecke gefahren. Ohne sie zu umarmen sagt er: »Bin ich nicht pünktlich?«

Brigitte zieht die Tür zu. »Das ist aber auch das Mindeste, was ich erwarten kann nach drei Tage Warten.«

Matthias Schober zieht die Stirn kraus. Ihr Ton lässt ihn unwillkürlich aufhorchen. »Tja«, sagt er dann. »Meine Geschäfte – ich erklärte dir doch. Heute Abend bin ich frei. Frei für dich. Wohin möchtest du?«

»Ich möchte endlich einmal sehen, wie und wo du wohnst.«

Er gibt nicht gleich Antwort. Der dichte Straßenverkehr erfordert seine ganze Aufmerksamkeit. Brigitte hat Zeit sein Gesicht zu betrachten. Es ist angespannt. Das dunkle Bärtchen auf seiner Oberlippe lässt ihn älter erscheinen als er ist. Als sie zum Haus der Kunst kommen, biegt er nach rechts ab zum Englischen Garten und hält. »Bei diesem herrlichen Wetter in der Bude zu sitzen ist schon eine Zumutung«, meint er. »Aber, bitte, wenn du unbedingt willst. Ich wäre jetzt jedoch lieber eine Stunde spazieren gegangen.«

Wie immer gibt sie auch diesmal nach. Dennoch ist sie fest entschlossen heute Klarheit zu schaffen, um jeden Preis, weil es so nicht weitergehen kann. Sie hängt sich bei ihm ein und merkt nicht, dass er unwillig die Brauen hochzieht. Hin und wieder wirft er einen raschen Blick in Brigittes Gesicht. Es berührt ihn kaum, dass sie so blass aussieht, dass sie seinetwegen leidet. Jetzt pfeift er einen der aktuellen Hits vor sich hin. Mit einem Ruck bleibt Brigitte stehen. »Pfeif doch nicht so falsch, wenn du schon pfeifen musst statt dich mit mir zu unterhalten!«

Verdutzt zieht er die Brauen hoch und wirft die Zigarette in weitem Bogen von sich. Dann sagt er: »Olala! Was sind denn das für Töne? So kenne ich dich ja gar nicht.«

»Ja, das glaub ich schon, weil ich bisher meinen Mund gehalten hab. Ich weiß nicht, ob ich dir überhaupt noch etwas glauben soll.«

»Das wäre ja noch schöner! Du bist zu ungeduldig, mein Kind.«

»Wundert dich das? Es ist doch alles ganz anders geworden.«

Er blickt über ihren Scheitel zum Chinesischen Turm hinüber. Die Augen hat er halb geschlossen, sein Gesicht ist hochmütig. Im Gras verglüht die Zigarette noch, in kleinen bläulichen Kringeln steigt der Rauch auf.

»Tja«, sagt Matthias Schober dann und setzt einen gekünstelten Seufzer hintenan. »Manchmal kommt es halt anders als man denkt.«

Die Angst befällt sie wieder. Angst und Mißtrauen. Und ohne dass sie es recht weiß, schreit sie ungehemmt heraus: »Kannst du mir vielleicht sagen, was ich jetzt tun soll?«

»Was du tun sollst?« Er geht weiter. »Weißt du, wenn ich es recht bedenke, Brigitte, war es doch etwas voreilig so einfach aus dem warmen Nest davonzulaufen.«

Fassungslos starrt sie ihn an. Ihre Hände zucken und sie hätte ihm am liebsten ins Gesicht geschlagen. »Das sagst du jetzt! Und vorher – ach, wenn ich daran denke, was du vorher alles gesagt hast! Ich müsste zu dir kommen, du könntest einfach nicht mehr leben ohne mich.«

»Das hätte ich gesagt? Entschuldige, daran kann ich mich nicht erinnern. Aber es kann sein, dass ich mich so ähnlich ausgedrückt habe. Nur hättest du noch etwas warten sollen, bis ich von Ankara zurückkomme.«

»Dass du dorthin fährst, das hast du mir doch erst gesagt, als ich schon hier war und dir das Geld gegeben hatte.«

»Ja, das kam alles so überraschend. Der Auftrag, meine ich.«

»Was ist denn das überhaupt für ein Auftrag?«

»Hab ich dir das nicht gesagt von dem Preisausschreiben? Hab da den ersten Preis gewonnen und soll nun den Garten bei der Deutschen Botschaft in Ankara anlegen.«

»Ich hab gemeint, du bist Innenarchitekt?«

»Ich bin auch Gartenarchitekt. Irgendwie sind die beiden Sparten miteinander verwandt. Ich weiß nicht, ob du das verstehst?«

»Nein, ich verstehe es nicht, verstehe überhaupt so manches nicht mehr, am wenigsten mich selber.« Und dann mit einem plötzlichen Entschluss: »Du musst mir mein Geld wiedergeben, Matthias.«

Nervös greift er nach dem Zigarettenetui. »Du bist aber gut! Das hab ich doch schon in das andere Geschäft als Kaution gesteckt!«

»Und wovon soll ich leben, bist du wiederkommst?«

Er klopft die Zigarette auf dem Etui etwas fester und zieht sein Feuerzeug hervor. Bevor er sie anzündet, sagt er: »Wovon du leben sollst? Wenn du dich schon nicht entschließen kannst fürs erste wieder heimzugehen – Arbeit wirst du doch wohl finden! Wart mal, erst gestern las ich, dass das Café am Dom eine Putzfrau sucht und –«

Weiter kommt er nicht, denn blitzschnell hat Brigitte die Hand hochgerissen und ihn ins Gesicht geschlagen. Das Feuerzeug, das er gerade anknipsen wollte, fliegt in hohem Bogen ins Gras. Matthias selber rührt sich gar nicht. Nur um seinen linken Mundwinkel zuckt es, er sieht sich rasch um, ob es niemand gesehen habe. Dann bückt er sich nach dem Feuerzeug. »Das hättest du besser unterlassen«, sagt er dann mit solch unheimlicher Ruhe, dass Brigitte Angst bekommt und es schon wieder bereut.

»Du brauchst dich nicht zu wundern«, jammert sie

dann. »Ich bin mit meinen Nerven am Ende. Und dass du mich zur Putzfrau erniedrigst –«

»Schon gut. Komm jetzt.«

Folgsam geht sie neben ihm her, der es jetzt recht eilig hat. Als sie beim Wagen ankommen, fragt sie endlich: »Wohin fahren wir jetzt?«

»Du wolltest doch sehen, wo und wie ich wohne.«

Sie brauchen gar nicht weit zu fahren. In Schwabing bewohnt Matthias Schober ein Appartement. Sie fahren mit dem Lift hinauf in den dritten Stock, und weil Matthias die ganze Zeit über vollendet höflich ist, schöpft Brigitte wieder Hoffnung, dass doch noch alles gut werden könnte. Erst als sie schon in dem elegant eingerichteten Wohnraum stehen, sagt er eiskalt: »Jetzt müsste ich dir eigentlich zunächst einmal die Ohrfeige zurückgeben.«

Erschrocken blickt Brigitte auf. »Das kannst du ja versuchen«, sagt sie mit einer wilden Entschlossenheit, die ihn sofort warnt. »Natürlich werde ich das nicht tun«, lächelt er und deutet auf einen der bequemen Polsterstühle.

Brigitte aber muss sich erst noch umschauen. Neben dem Wohnraum ist eine kleine Küche, auf der anderen Seite ein Schlafzimmer, von dem aus man durch eine zweite Tür wieder auf den Gang und damit ins Treppenhaus kommt.

»So vornehm wohnst du«, sagt sie und fügt weinerlich hinzu: »Und mich hast du in so eine Bruchbude einquartiert.«

»Aber, Liebes! Es geht doch nicht, dass du bei mir wohnst.« Er steht hinter ihr und streichelt ihren Nacken. Seine Stimme ist auf einmal wieder zärtlich. »Nein, Brigitte, es geht wirklich nicht, dass wir hier zusammen wohnen.«

Brigitte fängt seine Hand ein, lehnt den Kopf weit zurück und sucht seine Augen. »Warum eigentlich nicht?«

Langsam kommt er näher, setzt sich auf die Lehne ihres

Stuhles und küsst sie. »Das fragst ausgerechnet du mit deinen Ansichten von Moral?«

Brigitte lacht mit rauer Stimme und senkt die Stirn. »Bei einer, die ihren Mann und die Kinder im Stich lässt, ist es mit der Moral kaum mehr weit her.«

»Komm, komm! Werde nicht gleich wieder dramatisch!«

»Ich werde nicht dramatisch, ich frage mich nur, was mich eigentlich zu diesem Schritt getrieben hat.«

Er streichelt ihr Haar und lässt alle Zärtlichkeit in seiner Stimme mitschwingen. »Der Hauptgrund wird wohl sein, dass du mich liebst.«

»Ja, das hab ich auch gemeint. Aber jetzt bin ich ins Grübeln gekommen. Und daran bist du schuld. Du hast mich drei Tage allein gelassen und das war Gift für mich. Ich habe so viel Zeit zum Nachdenken gehabt.«

»Vielleicht gar zum Bereuen?«

»Dazu bin ich auf dem besten Weg.« Sie streckt plötzlich beide Arme aus und legt sie um seinen Hals. »Sei mir nicht bös, aber du bist mir auf einmal so undurchsichtig. In mir will etwas zerbrechen, was ich für unzerbrechlich gehalten hab.«

»Sei so gut«, sagt er. Dann schweigt er eine lange Zeit, lässt seine Stirn an ihrer ruhen und meint dazu: »Du hast Recht. Ich hätte dich nicht drei Tage allein lassen sollen. Aber die Vorbereitungen für meine Reise –«

»Wie lange bleibst du denn weg?«, fragt sie schüchtern.

»Genau kann ich das nicht sagen. Drei Wochen – vier Wochen, je nachdem. Meistens folgen einem Auftrag andere nach.«

Wieder umklammert sie seinen Hals. »Nimm mich bitte mit! Lass mich nicht allein! Du kannst mich doch nicht allein lassen in dieser großen Stadt, wo ich niemanden kenne außer dir!«

Energisch nimmt er ihre Hände von seinem Hals. »Das

ist unmöglich.« Er beginnt im Zimmer auf und ab zu schreiten. Der dicke Teppich dämpft seine Schritte. Seine Stirn ist in strenge Falten gelegt. »Wie stellst du dir das vor? Dich mitnehmen? Unmöglich.«

»Aber dann lass mich wenigstens hier wohnen, während du weg bist. Nimm mich bloß aus dieser düsteren Dachkammer heraus.«

»Das ließe sich vielleicht machen«, antwortet er und beisst sich auf die Lippe um nicht mehr sagen zu müssen, am wenigsten das, was er die ganze Zeit denkt, nämlich, dass sie um acht Tage zu früh von daheim weggelaufen ist. Später hätte sie ihn schon nicht mehr angetroffen.

Ja, es ist ein wenig schwierig geworden mit ihr. Kleinere Beträge von hundert bis zweihundert Mark hat sie ihm jeweils überwiesen. Die größere Summe von zehntausend aber, die hat sie persönlich gebracht und damit hat er sie am Hals gehabt. Somit ist seine Rechnung nicht ganz aufgegangen. Brigitte hat ihm einen Strich durch die Rechnung gemacht und nun ist es sogar so, dass er auch noch gute Miene zum bösen Spiel machen muss, weil sie ihm sonst sein Konzept noch vollständig verdirbt. Morgen früh um sechs Uhr wird an der Autobahnauffahrt Richtung Salzburg die hellblonde Anita auf ihn warten, die liederlich genug ist mit ihm nach Rimini zu fahren und dort zu bleiben, bis die zehntausend Mark verprasst sind.

Er bleibt wieder vor Brigitte stehen, stützt beide Hände auf die Sessellehnen, sodass sie wie gefangen sitzt. »Ja, Brigitte, du hast Recht. Benütze die Räume, bis ich wiederkomme. Gut, dass du auf den Einfall gekommen bist. Mach dir's bequem hier. Und wenn ich dann wiederkomme –«

In diesem Augenblick läutet es.

Erschrocken macht er sich von ihren Händen los. Sein Gesicht verfinstert sich.

»Wer ist das?«, fragt Brigitte.

Er zuckt nur mit den Schultern. Seine Nervosität überträgt sich spürbar auf sie.

»Wer kann das schon sein? Höchstens mein Geschäftspartner. Tu mir den Gefallen und geh ins Schlafzimmer. Man könnte falsche Schlüsse ziehen, die deinem Ruf schaden. Es kann ja nicht lange dauern. Noch besser wäre, du wartest unten in dem Café auf mich. In spätestens einer Stunde bin ich bei dir. Wir werden dann recht nett zu Abend essen.«

»Kann ich denn nicht hier bleiben?«, fragt sie, ist aber bereits aufgestanden.

»Versteh doch, Liebes, die Situation ist für dich –«

»Ja, ich verstehe. Wo ist das Café, sagst du?«

»Wenn du bei der Haustür hinauskommst links und dann wieder links. Du siehst es gleich.«

Es klingelt zum zweitenmal. Diesmal viel länger und nachdrücklicher.

Er schiebt sie ins Schlafzimmer, rückt seine Krawatte zurecht und geht öffnen. Dann spielen Staunen, Verlegenheit und Wut zugleich in seinem Gesicht.

Pia Schütt steht vor ihm und geht dann schweigend an ihm vorbei ins Wohnzimmer. Etwas betreten folgt er ihr. »Wo kommst denn du her, mitten am Nachmittag?«

Brigitte hat das Schlafzimmer durch die zweite Tür verlassen, steht draußen im Flur und will gerade ins Treppenhaus hinaus, bleibt aber wie angewurzelt stehen, als sie helles Frauenlachen aus dem Wohnzimmer vernimmt und die Worte: »Es steht mir wohl zu dich zu fragen, wo du dich die zehn Tage herumgetrieben hast.«

»Das geht dich einen feuchten Staub an!«, schreit Matthias Schober. »Du bist ja bloß eifersüchtig.«

Pia Schütt lacht abermals laut auf. »Eifersüchtig? Das kann schon sein.«

»Mach dich doch nicht lächerlich!«, antwortet er gereizt. »Du weißt genau, worum es mir – und damit uns beiden – bei dieser Frau gegangen ist.«

»Rede doch keinen Blödsinn, Matthias. Du weißt genau, dass ich auf den Bauerntrampel nicht eifersüchtig bin. Die kann mir doch nicht gefährlich werden, das weiß ich. Es war nur dumm von dir, dass du sie hast kommen lassen.«

»Ich hab sie nicht kommen lassen.«

»Aber du hast gewusst, dass sie kommt.«

»Nicht aber, dass sie bleibt.«

»Ja, das war eben dein Pech!«

Matthias Schober hat sich wieder in der Gewalt, nachdem er sich überzeugt hat, dass das Schlafzimmer leer ist. Brigitte ist also gegangen. Nun kann auch er schreien und Pia in die Schranken weisen. Beide Hände in die Taschen seiner Jacke steckend sagt er überheblich: »Lachhaft! Ich habe schon andere abgeschüttelt als diese verliebte Bäuerin! Die wird schön brav wieder zu ihrem Bauern zurückfahren, wenn ihr die Augen aufgegangen sind.«

»Möglich«, sagt Pia. »Im Abschütteln hast du es ja zu einer gewissen Meisterschaft gebracht. Bloß bei mir hast du dich verrechnet.«

»Inwiefern?«

»Weil ich mich nicht abschütteln lasse! Oder erst dann, wenn es mir passt!«

»Willst du dich nicht deutlicher ausdrücken?«

»Liebend gern sogar. Du wirst mit mir nach Rimini fahren und nicht mit diesem blonden Gift.«

Das fährt ihm jetzt doch ein wenig in die Knochen. Über seiner linken Braue zuckt es verräterisch. »Seit wann spionierst du mir nach?«

»Werde bloß jetzt nicht komisch, Matthias Schober, Robert von Langenbach, Dr. Schock oder wie du dich sonst noch nennst. Keiner der Namen interessiert mich. Nur Matthias Schober. An diesen Namen bin ich gekettet. Damit also an dich. Und nun hör einmal ganz gut zu.« Sie richtet sich plötzlich auf. »Deine Abenteuer interessieren mich insofern, als ich davon profitiere. Die Hälfte des Zasters von diesem Bauerntrampel bist du mir übrigens noch schuldig. Aber das nur nebenbei. An deinen Heiratsschwindeleien habe ich manchmal riesigen Spaß gehabt. Bei dieser Anita ist es etwas anderes. Aus der kannst du nichts rausholen. Sie hat außer ihrer hübschen Fratze nichts zu bieten und ist drauf aus von dir was zu holen. Gestern seid ihr zwei im Café Luitpold gesessen.«

In diesem Augenblick schaut er so dumm drein, dass man Pia das Lachen wirklich nicht verdenken kann. Dann meint er: »Dein Informationsdienst funktioniert fabelhaft.« Aber es ist ihm nicht mehr ganz wohl in seiner Haut. Noch während er überlegt, wie er diese Situation zu seinen Gunsten meistern soll, spricht Pia schon weiter: »Diesmal kam mir wirklich ein Zufall zur Hilfe. Eine Freundin von mir, die dich kennt, saß gestern neben eurem Tisch im Café Luitpold und hat von eurem Gespräch so ziemlich alles mitgekriegt. Dieses blonde Gift wird also morgen früh an der Autobahnauffahrt stehen. Wir beide nehmen aber eine andere Straße und biegen erst in Hofolding auf die Autobahn ein.«

Er ist erbleicht. In seinen Augen funkelt Hass. »Du bist doch ein ganz elendes Miststück«, zischt er. »Ich bin genau das, was du aus mir gemacht hast. Einmal war ich ein Mädchen mit idealen Vorstellungen und Träumen. Aber dann bist du in mein Leben gekommen.«

»Immerhin hast du ganz flott und sorglos gelebt.«

»Flott ja. Ob sorglos, das sei dahingestellt. Manchmal wünsche ich mir von ganzem Herzen, ich wäre dir nie begegnet.«

»Damals habe ich noch beim Straßenbau gearbeitet.«

»Ja, ehrlich gearbeitet. Das hat mir mehr imponiert als das, was du jetzt treibst.«

Einen Augenblick scheint er nachzudenken. Dann aber überfällt ihn wieder die Wut, doch ehe er etwas sagen kann, fährt sie schon fort: »Ich weiß genau, dass du mich jetzt am liebsten umbringen möchtest. Aber das wirst du nicht tun, sondern du wirst morgen mit mir in den Süden fahren.«

»Und wenn ich nicht will?«, fragt er ohne sich umzuwenden.

»Du wirst schon wollen, mein Lieber. Du darfst nämlich nicht vergessen, dass es für dich recht unangenehm werden könnte, wenn ich rede.«

»Du drohst mir? Na schön! Vergiss aber nicht, dass dann für dich auch ein paar Jahre drin sind. Im Übrigen – für Heiratsschwindel sind die Strafen gar nicht so hoch.«

»Mag sein. Aber auf Mord steht lebenslänglich. Du scheinst diese Frau Wunderlich vergessen zu haben, mein Lieber.«

»Halt deinen Mund!«

»Ich möchte dich ja nur erinnern, dass bis heute noch ein Unschuldiger sitzt für eine Tat, die du begangen hast.«

»Und ich möchte dich erinnern, dass du dabei warst!«

»Aber nicht direkt. Du hast mich damals mitgenommen auf dem Motorrad und hast gesagt, dass du nur einige Sachen abholen möchtest, die du dort noch liegen hättest. Ich habe einen Kilometer vom Haus entfernt gewartet und du hast mir erst vier Wochen später, nach dem Einbruch in das Juwelengeschäft, erzählt, was damals in Schierding, oder wie das Nest heißt, wirklich geschehen ist.«

»Das reut mich heute noch!«

»Dass du es getan hast?«

»Nein, dass ich's dir erzählt habe.«

»Ja, das ist deine schwache Seite. Wenn du über den Durst getrunken hast, fängst du zu prahlen an. Das hätte dir schon ein paarmal gefährlich werden können. Aber lassen wir das. Du willst also morgen früh abhauen, bevor der Bauerntrampel dahinterkommt, dass du es immer nur auf ihr Geld abgesehen hattest und auf sonst nichts. Eigentlich tut sie mir Leid. Aber mit Gefühlen waren wir beide nie verschwenderisch. Also, es bleibt dabei: Wir fahren morgen in den Süden.«

War da nicht eben ein Geräusch?

Mit einem Sprung ist er an der Schlafzimmertür und stößt sie auf. Der Raum ist leer. Er rennt in den Flur hinaus, öffnet die Tür und beugt sich über das Treppengeländer. Alles ist still. Und doch: Zwei Etagen tiefer lehnt Brigitte totenblass an der Mauer. Ihr Füße sind schwer wie Blei.

Erst als sie oben die Tür wieder ins Schloss fallen hört, klammert sie sich an das Treppengeländer und schleppt sich hinunter.

Brigitte weiß nicht, wie sie auf die Straße gekommen ist. Erst als sie das taubenblaue Kabriolett auf der anderen Seite stehen sieht, kommt ihr alles wieder zu Bewusstsein und sie erinnert sich an alle Einzelheiten des Entsetzlichen, das sie vernommen hat.

Mechanisch geht sie die ersten Schritte auf dem Pflaster und merkt gar nicht, wie das Leben um sie herum pulsiert. Auf dem Gehsteig spielen Kinder. Ein Bub rennt mit seinem Roller direkt gegen Brigitte. Nicht einmal das merkt sie. Nur ein Gedanke beherrscht sie jetzt: die Polizei zu verständigen, ehe es zu spät ist. Nicht einmal das bedenkt sie jetzt, was ihr selber angetan worden ist. Nur die Schwester Barbara fällt ihr ein, mit welcher Tapferkeit sie ihr bitteres Los getragen hat und wie unzerstörbar ihr Glaube an die Unschuld des Jägers Goreiter geblieben ist. Wie schön muss es sein, jetzt, nach so vielen Jahren für die Unbeirrbarkeit solchen Glaubens belohnt zu werden. Für Barbara steigt nach so viel Leid das helle Licht wieder über die Hügel, während sie selber ins schwarze Dunkel hineingestoßen worden ist.

Es geschieht ihr ganz recht, scheint der Wind in den Bäumen zu rauschen. Du hattest ja das Glück fest in deiner

Hand, scheinen die Vögel in den grünen Wipfeln des Englischen Gartens zu zwitschern.

Ach ja, sie weiß schon, dass sie das Kreuz nun selber tragen muss, das sie sich leichtfertig aufgebürdet hat. Schal, grau und ohne Ziel ist ihr Weg geworden und sie weiß nicht, ob sie nach dieser grausamen Enttäuschung jemals die Kraft haben wird wieder auf den rechten Weg zurückzufinden. Es kann ja auch sein, dass eine Schranke geschlossen worden ist, an der vorbei es kein Zurück mehr gibt ins alte Leben.

Ein Postbote kommt ihr in den Weg, den fragt sie nach dem nächsten Polizeirevier. Die zweite Straße links, das dritte Haus. Und dann sitzt sie zwei Herren gegenüber, von denen einer ein Kriminalrat ist, der sie sehr skeptisch anschaut, während ein jüngerer Beamter an einem Computer sitzt. Gerade wegen dieses jüngeren Menschen ist es Brigitte peinlich Fragen beantworten zu müssen, aus denen sie erkennt, dass man ihr zunächst gar nicht recht glauben will. Sie muss zugeben, dass sie in näheren Beziehungen zu dem Mann gestanden habe, den sie nun des Mordes bezichtigt.

Der jüngere Beamte kommt nun mit einem Karteiblatt herbei.

»Wie sagten Sie? Robert von Langenbach?«

»Ja, so nennt er sich auch. Aber er heißt in Wirklichkeit Matthias Schober.«

»Wegen Heiratsschwindels vorbestraft«, erläutert der Jüngere seinem Vorgesetzten.

Kriminalrat Basler nimmt jetzt seine Brille ab und es ist genauso, als nähme er damit eine Maske ab. Er wird auf einmal ganz gütig und väterlich. »Wenn Ihre Angaben stimmen, Frau Harasser, dann geht uns ein ganz fetter Vogel ins Netz. Eine andere Frage noch: Hat er Ihnen auch Geld abgeschwindelt?«

Brigitte überlegt lange, was sie antworten solle. Von

den kleineren Beträgen will sie gar nichts sagen. Fast ängstlich hebt sie dann den Kopf. »Zehntausend Mark hab ich ihm gegeben. Er braucht sie für eine Kaution, hat er gesagt. Und jetzt will er mit meinem Geld verschwinden. Herr Polizeirat, das Geld hat er noch! Krieg ich's dann wieder?«

»Selbstverständlich. Nur muss das alles noch genau überprüft werden. Geben sie mir doch ihre Anschrift, Frau Harasser.«

Hier gerät Brigitte abermals in Verwirrung. Dann aber gibt sie kurz entschlossen die Adresse ihrer Tante in Aibling an.

13

Ein Morgen, so himmelblau und voller Düfte, voll traulicher Stimmen und Vogelgezwitscher liegt über dem Land, als sei alles in froher Erwartung.

Die Wiesen sind gemäht, das Korn ist reif und die Berge stehen über dem dunklen Fichtenwald wie ein schirmender Gürtel gegen alles Ungemach.

Auf der Sachingerhöhe deckt Barbara gerade das Tischchen auf der Terrasse und rückt den Sonnenschirm zurecht für die Urlaubsgäste, die jeden Augenblick zum Frühstück erscheinen müssen. Es ist eine Familie aus Berlin, ein Beamter mit Frau und Tochter.

Während sie die Tassen zurechtstellt, singt sie leise vor sich hin.

Seit sie weiß, dass dem Wiederaufnahmeverfahren gegen Franz Goreiter stattgegeben worden ist, scheint ihr die ganze Welt von Licht durchstrahlt zu sein. Woher sie den Glauben nimmt, dass Franz diesmal freigesprochen wird, wenn auch nur aus Mangel an Beweisen, das weiß sie nicht.

Sie glaubt es ganz einfach, wie sie die ganzen Jahre schon an seine Unschuld geglaubt hat.

Die neue Verhandlung soll bald stattfinden und darum ist Barbara von einer so frohen Stimmung erfüllt.

Auf dem Balkon droben streckt der Herr Amtsrat seine Arme vor und macht Kniebeugen. Zwanzig Stück und darauf ist er sehr stolz. Dann beugt er sich über das Geländer herunter. »Guten Morjen, Barbara! Wie det duftet! Charlottchen, komm doch mal raus und sieh, wie der Morjen leuchtet.«

Charlottchen ist seine Frau und hat so gar nichts von einem Lottchen an sich. Sie ist einsfünfundachtzig groß und wiegt zwei Zentner. Die Tochter ist siebzehn und nur ein Hering im Vergleich zu ihrer stattlichen Mutter.

Als das Kleeblatt herunterkommt, trägt Barbara Butter und Honig auf und die Brötchen, die der Bäckerlehrling vom Schwarzfischer jeden Morgen bringt. Dann lehnt sie unter der Haustür und schaut zu den Kindern hinauf.

»Sieh nur, Elke, wie die Jipfel leuchten«, sagt Herr Schulte und deutet zu den Bergen hinauf.

»Enorm!«, zwitschert Elke, weil sie ihren Papa in allem unterstützen muss, was den Aufenthalt hier betrifft, denn Frau Schulte wäre lieber an die Nordsee gefahren. Frau Schulte lässt sich nicht ablenken, bestreicht sich bereits das dritte Brötchen dick mit Butter, obwohl sie dauernd jammert, dass sie so dick ist. Endlich ist sie fertig und fragt: »Sagen Sie mal, Barbara, züchten Sie den Honig selber?«

»Nein«, antwortet Barbara. »Den hat mir mein Schwager gebracht.«

»Schmeckt fabelhaft, nicht wahr, Elke?«

»Enorm«, sagt die wieder und fragt dann, was man für eine Bergtour alles mitnehmen müsse.

»Vor allem gutes Schuhwerk.«

»Siehste, siehste!«, meint Herr Schulte. »Hab's dir ja jesagt, mit det Stöckelzeugs kannste nich uff de Berje jehn!«

Er selbst hat bereits feste Bergschuhe an. Auch der Rucksack ist schon gepackt, den er wahrscheinlich selber tragen muss, obwohl man vielleicht auch einen langen Stecken nehmen könnte, dessen eines Ende einmal die Elke und zur Abwechslung auch Frau Charlotte tragen könnte. Aber das sehe gar nicht nach »Bergheil« aus, hat Elke gemeint, und es sei doch durchaus enorm, wenn der Papa so eine Art Bergführer mache. Zwar wolle man nur auf eine Alm, aber immerhin –

»Ach, Barbara«, fällt es Herrn Schulte gerade noch ein. »Haben Sie vielleicht die Morjenzeitung schon hier? Nur eenen Blick hineinwerfen, wat et Neues jibt in der Welt.«

Barbara hat noch keine Zeit gehabt einen Blick in den Kreisanzeiger zu werfen. Die Zeitung steckt immer noch hinter dem Fensterladen, wo die Zeitungsträgerin sie jeden Morgen befestigt.

Herr Schulte zündet sich zuerst noch seine Morgenzigarre an, dann schlägt er die Zeitung auf. Barbara fragt, ob sie schon abräumen dürfe und trägt zuerst die Kaffeekanne hinein. Dann kommt sie mit einem Tablett, auf das sie das übrige Geschirr stellt. In diesem Augenblick sagt Herr Schulte: »Haste so wat schon jehört! Schon wieder ein Justizirrtum! Fünf Jahre hat da wieder einer unschuldig gesessen! Jetzt hat man den wirklichen Mörder gefunden. Ich sage es ja immer, man soll keenen Menschen nur auf Grund von Indizien verurteilen. Jottlob, dass et keene Todesstrafe mehr jibt!«

Barbara will gerade mit dem Geschirr zur Haustür hinein, als sie gegen den Türstock taumelt und das Geschirr fallen lässt, sodass es auf den Steinplatten klirrend zerbricht.

Für ihre zwei Zentner ist Frau Charlotte ungemein schnell zur Hand. Viel schneller als der Hering Elke.

»Aber, Barbara, was ist denn?«

Barbara streicht sich mit der Hand über die Stirn, als erwache sie aus einem bösen Traum. »Nichts, es ist schon vorbei.« Dann richtet sie sich auf. »Wie heißt denn der, den sie unschuldig verurteilt haben? Steht das nicht drin?«

»Doch, doch«, antwortet Herr Schulte eilfertig und nimmt die Zeitung wieder zur Hand. »Et handelt sich um eenen jewissen Franz Goreiter?«

Da geht ein Leuchten über Barbaras Gesicht. Am liebsten wäre sie Herrn Schulte jetzt um den Hals gefallen. Langsam geht sie ins Haus, holt Schaufel und Besen und kehrt die Scherben zusammen.

Erst hernach, als Schultes schon aufgebrochen sind zu ihrer Bergwanderung, löst sich bei Barbara die ungeheure Spannung. Alles, was sich in den langen Jahren in ihr angesammelt hat an Leid und Schmerz, will sich nun frei machen wie ein Strom, der lange gehemmt gewesen ist. Aber kein Jubelschrei, kein Jauchzer kommt über ihre Lippen. Alles entlädt sich in einem trocknen Schluchzen. Sie wirft die Arme über den Tisch und birgt ihren Kopf darin.

So finden sie nach einer Weile die Kinder.

Am Mittag dieses Tages kommt Michael Harasser ganz aufgeregt angefahren. Kaum dass er den Wagen verlassen hat, ruft er schon: »Hast du's schon gelesen, Babsi?«

Freude schwingt mit in der Stimme des Schwagers. Und weil er selber so tief leidet, ist diese Teilnahme ehrlich.

»Ja, Michael, ich hab's gelesen«, antwortet sie ruhig.

»Oder ist er vielleicht gar schon da?«

»Nein, noch nicht. Glaubst du, dass man die Stunden bis zu seiner Ankunft schon zählen darf?«

»Lange kann es jedenfalls nicht mehr dauern. Bis halt die Formalitäten erledigt sind. Und dann – er muss auch eine schöne Stange Geld bekommen. Haftentschädigung nennt man das.«

»Um 's Geld geht's mir jetzt überhaupt nicht, Schwager.

Komm, setz dich doch. Ich bin so aufgeregt, Michael, und zugleich hab ich ein wenig Angst.«

»Angst? Ja, wovor denn? Du brauchst doch keine Angst zu haben!«

»Ich meine halt, ob Franz zufrieden sein wird mit dem, was ich hier geschaffen hab.«

»Jetzt bist du aber still, Babsi! Du hast ihm eine schöne Heimat geschaffen, für ihn muss die Heimkehr wie ein Gang ins Himmelreich sein nach all den bitteren Jahren.«

Und damit schweigt Michael Harasser auch schon wieder. Ganz jäh hat ihn der Gedanke daran übermannt, was er alles tun würde, käme nur Brigitte wieder. Kein Wort des Vorwurfs sollte sie hören und schützend würde er sich vor sie gegen alle Anwürfe stellen.

»Wo sind die Kinder?«, fragt er dann.

»In den Wald hinauf um Tannenzweige zu holen. Schließlich muss ich doch ein Willkommensschild anbringen. Kannst du mir keins schreiben, mit großen Druckbuchstaben?«

»Dazu brauchte man Tusche. Ich werde dir ein fertiges in der Kreisstadt besorgen.« Und sinnend fügt er hinzu: »Es kommen ja öfter welche heim – nach langer Abwesenheit.«

»Aber keiner so wie Franz. Er hätte nie fortgehen brauchen.«

»Brigitte auch nicht.«

Barbara legt ihm die Hand auf die Schulter. »Nicht bitter werden jetzt, Schwager. Schau, der Herrgott lässt kein Unrecht ewig währen. Es richtet sich am Ende doch alles nach seinem Willen.«

»Wenn ich nur wüsste, wo sie steckt«, sagt er verzweifelt.

»Meinst, dass ich mich aufmachen soll sie zu suchen?«

»Wo willst du sie denn suchen?«

»Ja, wo!«

Und während dieser Mann in die Kreisstadt fährt um ein Willkommensschild für den Franz zu holen wendet das Schicksal schon wieder ein Blatt im Buch seines Lebens.

Was die Lokalzeitung nur kurz und nüchtern zu berichten gewusst hat – am Bahnhofskiosk der Kreisstadt schreit es ihm mit dicken Lettern entgegen. »Schon wieder ein Justizskandal!« – »Unschuldiger fünf Jahre im Gefängnis!« – »Der Fall Franz Goreiter!« Und dann: »Bäuerin überführt Mörder!«

Das ist die Schlagzeile einer Boulevardzeitung mit Massenauflage. Der Harasser kauft sämtliche Zeitungen und will sie Barbara mitbringen. Zuerst aber vertieft er sich selber noch in die Sensationsberichte der Reporter, die gegen die Justiz und die Unfähigkeit der Polizei wettern. Eine einfache Frau aus dem Volke habe mehr Scharfsinn bewiesen. Sie heiße –

Der Harasser lässt das Blatt sinken. Seine Hände zittern, in seinem Kopf dröhnt es. Das kann doch nicht wahr sein! Fast ängstlich hebt er die Zeitung wieder vor die Augen. Es ist aber kein Irrtum. Klar und deutlich steht es da. Brigitte Harasser heiße die Frau, deren Umsicht und Mut man nicht genug bewundern könne.

Wie der Harasser anschließend nach Waidholzen gekommen ist, das weiß er nicht mehr. Auf alle Fälle hat er weder auf eine Straßenkreuzung noch auf einen Bahnübergang geachtet. So durcheinander ist er gewesen.

Daheim aber wirft er sämtliche Zeitungen zunächst auf den Tisch. Seine Erregung schaut wie Wut aus und auch sein lautes Schreien ist das eines Menschen, der damit etwas verdecken will. »Da, jetzt steckt eure Nasen einmal hinein und lest! Dann könnt ihr sehen, warum die Brigitte wirklich fort ist! Dies geht vor allem dich an, Rosl, du hast ja dein Maul so fleißig spazierengehen lassen! Und auch dir, Vater, schadet es nicht, wenn du es erfährst, was die Brigitte wirklich getan hat!«

»Da schau her!«, staunt der alte Harasser. »Am Ende hätten wir ihr ja Unrecht getan? Wo steckt sie denn jetzt?«

Ja, hierauf weiß der Michael nun doch keine Antwort. Er geht still hinaus, geht hinter dem Hof den Hang hinauf, geht immerzu den Kopf tief gesenkt, bis der Wald ihn aufnimmt, über den sich schon die abendlichen Schatten senken.

In derselben Stunde geschieht es, dass der Franz Goreiter sich langsam Schierding nähert. Immer wieder bleibt er stehen und setzt sich dann schließlich auf die Bank bei der Kapelle auf dem letzten Hügel vor dem Dorf.

Warum zögert er nur? Er, der doch jetzt erhobenen Hauptes durch das Dorf gehen könnte, dem nicht mehr der leiseste Makel anhaftet. Er könnte die große Stube beim Ochsenwirt betreten, seinen Hut übermütig auf den Kleiderhaken werfen und sich an den runden Bauerntisch setzen.

»So, da bin ich wieder«, könnte er sagen. »Und wer von euch allen hat damals keinen Stein aufgehoben um nach mir zu werfen?«

Oder er könnte morgen aufs Forstamt gehen und fragen, ob man ihn jetzt wieder in Gnaden aufnehmen wolle.

Aber er wird weder das eine noch das andere tun. Die Jahre hinter den grauen Mauern haben ihn nicht zerbrochen, aber sie haben ihn geknickt, irgendwie angenagt und in ihm eine grenzenlose Scheu vor allen Menschen erzeugt.

Bis zur Kreisstadt ist er mit der Bahn gefahren und die fünfzehn Kilometer bis Schierding ist er jetzt zu Fuß gegangen, obwohl er gleich Anschluß an den Bus gehabt hätte. Aber dann wäre er am hellen Nachmittag angekommen. Seine Scheu aber sucht die Dunkelheit.

So friedvoll liegt das Dorf in der Abendstimmung. Kaum ein Laut steigt zu dem Hügel herauf. Nur die Vögel singen sich ringsum in den Schlaf. Ernteschwer zieht sich vor seinen Augen ein Weizenfeld den Hang hinunter. Der Wind streicht darüber hin, die Halme wiegen sich leicht, als beugten sie sich in Demut vor der kommenden Nacht.

Wenn Franz den Blick hebt, dann sieht er auf der anderen Seite drüben, auf der Sachingerhöhe, die Mauern des Hauses schimmern, in dem die Barbara mit seinem Buben haust. Und dabei überkommt ihn Ehrfurcht. Barbara hat ihm in ihren spärlichen Briefen wohl von der Restaurierung berichtet. Aber dass es so schön geworden sei, das hat er nicht gedacht. Das letzte Licht des Sonnenuntergangs umschmeichelt den Hof. Einmal sieht er jemanden vor die Tür treten, aber die Entfernung ist zu groß, als dass man erkennen könnte, wer es ist.

Den letzten Brief von Barbara hat er vor zwei Monaten erhalten. Darin hat sie ihm außer der Nachricht, dass man sich jetzt um ein Wiederaufnahmeverfahren bemühe, auch mitgeteilt, dass sie im Sommer Zimmer an Urlauber vermiete. Das mache zwar mehr Arbeit, aber es bringe was ein. Und das sei notwendig, denn der Rechtsanwalt werde wohl viel Geld kosten. Aber das mache nichts, sie scheue keine Mühe und keine Sorge seinetwegen, denn sie wisse ja, dass er unschuldig sei.

Nun erlischt auch auf den Bergen das letzte Leuchten. Die Dämmerung breitet sich aus. Vom Kirchturm beginnt die Glocke zu läuten und Franz Goreiter meint, noch nie in seinem Leben habe ihn ein Glockenläuten so tief und freudvoll berührt.

Als die letzten Töne verklungen sind, steht er auf und streckt sich. Im Dorf brennen bereits die ersten Lichter und dann sieht er auch von der Sachingerhöhe herunter ein Licht. Es sieht fast so aus, als wäre es ein Stern. Doch die Sterne sind noch nicht da, die warten noch auf mehr Dunkelheit.

Aber als er dann zur Höhe hinaufkommt und einmal

den Kopf weit zurücklegt, als wolle er ganz bewusst und ganz tief die Heimatluft einatmen, da sieht er es glitzern da oben, ein schimmerndes Gitterwerk, darinnen einzelne ganz helle Kerzen.

Die letzten Schritte bis zum Haus. Einmal fährt er erschrocken herum, so wie ein Tier, das viel gejagt worden ist. Aber es war wahrscheinlich nur eine Fledermaus. Oder ist es sein eigenes Herz, das so laut flattert?

Jetzt nähert er sich dem Fenster und sieht hinein. Sieht lange hinein, deckt einmal die Hand vor die Augen wie um ein Trugbild auszulöschen. Hernach ist es aber umso deutlicher da. Es ist kein Irrtum. Am Tisch sitzten Barbara und um sie herum – drei Kinder.

Drei Kinder? Franz Goreiter lehnt sich an die Wand. Eine unsagbare Traurigkeit nagt an seinem Herzen. Der eine Bub, der die Arme auf den Tisch gelegt hat und mit schief gehaltenem Kopf in Barbaras Gesicht schaut, die leise etwas erzählt, dieser Bub, ja, das muss sein Klausi sein. Wer aber ist der andere, der Blonde, und das Mädchen, das Barbara auf dem Schoß hält?

Ein Stöhnen entringt sich seiner Brust. Und er erinnert sich, dass Barbara ihm einmal geschrieben hat, sie trüge eine leise Angst in sich vorm Wiedersehen, und er hat sich nicht erklären können, warum sie Angst haben könnte. Nun weiß er es plötzlich. Wie Schuppen fällt es ihm von den Augen und es ist Idiotie gewesen zu glauben, Barbara hätte die ganzen Jahre ein einsames Dasein geführt. Er schlägt sich mit der Hand vor die Stirn.

Ich Narr! Wie hab ich denn glauben können, dass –

Zwei Kinder hat sie, denkt er. Und der Mann? Kann er nicht jeden Augenblick aus der Dunkelheit auftauchen und Alarm schlagen? Ein fremder Kerl steht vor dem Haus, gerade aus dem Gefängnis entlassen. Und der Mann wird vielleicht ins Haus gehen und ein Gewehr …

Aber warum hat sie ihm denn nicht geschrieben, dass sie

geheiratet hat! Sie hat ihm doch sonst auch alles geschrieben! Nur dass sie noch zwei Kinder hat, davon nie ein Wort.

Und nachdem er dies nun alles so durchgedacht und durchgelitten hat, könnte er ja wieder gehen. Morgen, bei Tag, da wird er dann kommen. »Du musst mir meinen Buben wiedergeben«, wird er sagen. »Und eine ehrliche, glatte Rechnung machen. Erziehungsgeld für meinen Klausi. Du brauchst nicht knausrig zu sein. Ich habe Geld genug. Der Direktor des Gefängnisses hat gesagt, dass ich Haftentschädigung bekommen müsse ...«

In diesem Augenblick tritt Barbara aus dem Haus und will die Fensterläden schließen. Da prallt sie fast auf ihn. Und obwohl es ziemlich dunkel ist, erschrickt sie keinen Augenblick und ist sich auch keine Sekunde im Unklaren, wer da vor ihr steht. Sie hätte gar nicht die große Lampe über der Tür anzuknipsen brauchen. Aber nun brennt sie, ganz hell, und zerreißt mit ihrem Schein die Dunkelheit. Das Licht fällt auf den Mann, der immer noch an der Mauer lehnt und sich nicht rührt. Ja, es scheint, als hätte er die Augen geschlossen.

»Franz ...«, sagt sie leise.

Langsam öffnet er die Augen. Ihre Stimme ist auch anders, denkt er. Dann fallen ihm die Kinder wieder ein und das zwingt ihn zu fragen: »Ich komm dir wahrscheinlich recht ungelegen?« Barbara tritt einen Schritt zurück und sieht ihn an. Er trägt das gleiche Gewand, in dem sie ihn damals verhaftet haben. Es scheint ihm ein bissel zu groß geworden zu sein. Aber sonst sieht er nicht sehr verändert aus, so weit sich das bei dem grellen Licht der Hoflampe beurteilen lässt. Und darum versteht Barbara seine Frage nicht. In ihr zittert alles vor Jubel und Glückseligkeit. Ach, wie hat sie auf diese Stunde gewartet! Hundertmal hat sie es sich ausgemalt und sich die Worte zurechtgelegt, die sie sagen wird. Und nun diese merkwürdige Frage, ob er ungelegen käme. Schüchtern fasst sie nach seiner Hand. »Wieso solltest du ungelegen kommen? Wir warten doch schon seit gestern mit Schmerzen auf dich.«

Seine Augen weiten sich in grenzenlosem Staunen. »Hast du denn gewusst, dass ich komme?«

»Aber natürlich, Franz. Das war doch anzunehmen, nachdem sich jetzt deine Unschuld herausgestellt hat. Es hat doch in allen Zeitungen gestanden.«

»Ich habe keine Zeitungen gelesen. Und – ich wollte dich überraschen.«

»Es tut mir Leid, Franz, dass dir das nicht gelungen ist. Wir haben gestern schon auf dich gewartet.«

Wieder studiert er eine gute Weile ihr Gesicht. Jetzt erst sieht sie, dass sich an seinen Nasenflügeln ein paar tiefe Falten abwärts ziehen und dass um seinen Mund Bitterkeit liegt.

»Wer?«

»Du bist schon gut! Der Klausi halt und ich.«

»Und die anderen zwei Kinder?«

Ein paar Sekunden stutzt sie verständnislos. Dann begreift sie auf einmal. Ein helles, glückliches Lachen bricht aus ihr. »Ach, du Dummerl! Jetzt versteh ich erst! Die zwei Kinder, der Philipp und das Julchen, gehören doch meinem Schwager, dem Harasser von Waidholzen! Ich hab sie nur bei mir – für einige Zeit.«

Jetzt überfällt ihn eine tiefe Beschämung. Wie hat er überhaupt nur einen Atemzug lang an dieser Frau zweifeln können! Er hebt die Arme, legt sie um Barbaras Hals, so als suche er Schutz bei ihr und Geborgenheit. »Verzeih mir, Babsi, dass ich gezweifelt hab.«

»Da gibt es doch nichts zu verzeihen, Franz!«, lacht Barbara und hebt ihren Mund dem seinen entgegen.

Aber in diesem Augenblick erscheinen die Kinder unter der Tür und der Klausi fragt: »Wo bleibst du denn so lange, Mama?« Barbara schiebt ihren Arm in den des Heimgekehrten. Sie gehen in das Wohnzimmer und erst da sagt sie: »So, Klausi, da ist er nun, dein Vater – auf den wir so lange gewartet haben.«

Mit weiten Augen betrachtet Franz Goreiter seinen Buben. Dann reißt er ihn in seine Arme, an seine Brust. »Ach, Büberl! Wie hab ich mich nach dir gesehnt!«

Der Klausi weiß mit dieser wilden Zärtlichkeit gar nicht recht viel anzufangen. Als Franz ihn loslässt, beginnt er ihn eingehend zu mustern. Das dauert so lange, bis Franz lächelnd fragt: »Was schaust du mich denn so an, Bub?«

»Ich seh nirgends Goldborten oder einen Stern.«

»Das erkläre ich dir später«, sagt Barbara schnell. »Jetzt wird Vaters Heimkehr gefeiert. Du wirst Hunger haben. Es dauert gar nicht lange. Weil wir auf dich gewartet haben, ist ja schon alles vorbereitet.«

Sie hat nur nicht mit der Ungeduld der beiden Buben gerechnet. Während Franz mit großem Appetit den Rostbraten verzehrt, will der Klausi wissen, wie viele Matrosen eigentlich auf so einem Ozeandampfer seien, während der Philipp fragt, ob der Onkel auch in Afrika gewesen sei und ob sich die Kinder dort auch waschen müssten und die Zähne putzen.

Der Heimgekehrte wird ganz verlegen bei so viel Fragen, aber Barbara erlöst ihn schließlich davon, indem sie resolut sagt: »So, Kinder, jetzt ist Schluss! Marsch ins Bett!«

Dann sind sie endlich allein und wissen mit diesem Alleinsein zunächst gar nichts anzufangen. Eine merkwürdige Scheu hält sie beide umfangen. Auf Franz' Gemüt lasten die Gefängnisjahre noch zu sehr und er meint immer, jetzt und jetzt müsste sich die Tür öffnen, der Wärter stünde da, klimperte mit den Schlüsseln und sagte dann: »Die Besuchszeit ist um.«

Erst Barbaras warmherzige Stimme reißt ihn aus seiner Versunkenheit. »Jetzt ist alles vorbei, Franz«, sagt sie, gerade als ob sie seine Gedanken erraten hätte. Dabei legt sie ihm den Arm um die Schulter, fühlt, wie die Scheu langsam schwindet, und weiß wohl jetzt auch, dass sie es sein muss, die den Mann behutsam herauslöst aus dem Dunkel, in dem er noch befangen ist. Und wenn auch ihr erster Kuss noch nicht vermag ihn aus der Verstrickung zu befreien, so übermannt ihn unter ihren Liebkosungen doch das übermächtige Gefühl, dass er wieder daheim ist, dass Wärme und Wohlbefinden ihn umhüllen nach diesem langen, großen Heimweg und dass seine ganze Liebe ein Leben lang nicht ausreichen wird dieser Frau zu danken, die so treu auf ihn gewartet hat.

Wie ein Lauffeuer verbreiten sich die Nachrichten, dass Franz Goreiter heimgekehrt ist. Und es ist genauso, wie Barbara es immer gedacht hat. Jetzt hat plötzlich niemand an seine Schuld glauben wollen. Der Metzgermeister Heilmannseder zum Beispiel steht in seinem Laden, zerteilt die drei Koteletts, während die Frau des Gemeindesekretärs Eberl genau Obacht gibt, dass sie nicht zu dick werden. Hernach stützt er sich auf den Stiel seines Fleischerbeils und meint: »Ich hab immer schon gesagt, von wegen der Inderzien darf man keinen Menschen verurteilen. Und Recht hab ich gehabt! Unschuldig ist er gesessen, der Goreiter.«

»Ich habe auch nie an seine Schuld geglaubt«, sagt Frau Eberl, die so lang und mager ist wie ein Hopfenstange und sich seinerzeit am meisten entrüstet hat über das Verbrechen, das dieser ruchlose Goreiter begangen habe. »Aber die Sonne bringt ja alles an den Tag«, fügt sie noch hinzu.

»Nein, diesmal war's nicht die Sonne. – Soll ich das Fett noch ein bissel wegschneiden?«

»Ja, Sie wissen ja, mein Mann hat's doch an der Leber.«

Im Wirtshaus merkt man davon aber nichts, hätte der Metzgermeister gern gesagt, denkt dies aber nur und kommt noch mal darauf zurück: »Bloß wegen der Inderzien –«

»Das heißt Indizien«, klärt Frau Eberl ihn auf und fügt hinzu: »Justizirrtümer hat es immer schon gegeben und wird es auch weiterhin geben.«

»Und dann hockt man fünf Jahre unschuldig im Knast! Besten Dank! Aber, wie ich schon gesagt habe die Sonne hat's nicht an den Tag gebracht. Haben Sie es denn noch nicht gehört? Die Schwester von der Barbara, die Brigitte, die den Harasser von Waidholzen geheiratet hat, die ist der Sache nachgegangen und hat den wirklichen Mörder herausgefunden!«

Nein, das hat die Frau Eberl noch nicht gewusst und das ist allerhand, denn sie ist in Schierding als lebendes Tagblatt bekannt, sehr zum Leidwesen ihres Mannes.

»Was Sie nicht sagen?«

»Es steht ja in der Zeitung.«

»Jetzt so was! Ich hab mal was läuten hören, die sei ihrem Mann durchgebrannt.«

»Alles Lug! Jetzt weiß man es!«

»Ja, man darf nicht alles glauben, was geredet wird. Was macht das jetzt? Drei Koteletts und hundert Gramm Streichwurst? Da, schaun Sie einmal hinaus! Ist er das nicht?«

Hurtig kommt der Metzgermeister hinter seinem Ladentisch hervor. »Ja, tatsächlich, er ist es! Schaun Sie nur grad hin! Man merkt es doch von weitem schon, unschuldig wie ein Engel.«

»Übrigens ein strammer Mensch, ich hab ihn früher gar nicht so gekannt. Ist er jetzt eigentlich mit der von der Sachingerhöh verheiratet?«

»Aber woher denn! Wann hätten sie denn heiraten sollen, wenn sie ihn doch auf Grund von In –«

»dizien«, ergänzt Frau Eberl hilfreich. »Ich glaub gar, er geht aufs Gemeindeamt?«

Woraus die beiden nun den Schluss ziehen, dass Franz Goreiter dort jetzt das Aufgebot bestellen wird.

Franz Goreiter aber geht zuerst in den Friedhof an das Grab seiner verstorbenen Frau, verweilt auch eine Weile vor dem Grabhügel der ermordeten Frau Wunderlich und dann erst geht er zum Gemeindeamt um tatsächlich das Aufgebot zu bestellen.

Aber dann treibt es ihn schon wieder nach Hause. Ihm ist, als dürfe er jetzt die Barbara keine Minute mehr allein lassen. In Wirklichkeit ist es aber so, dass er ohne sie nicht mehr sein kann. Und er weiß, dass ihre Hand ihn wieder hineinführen wird in das wirkliche Leben, denn die Jahre, die er hinter den grauen Mauern gelebt hat, sie sind kein Leben gewesen, sondern nur ein dumpfes Dahinvegetieren.

Sie hatten sich gestern noch so viel zu erzählen, und obwohl Barbara so manches verschwieg, zwischen ihren Sätzen hat er doch herausgefunden, wie tief das Tal des Leides gewesen ist, durch das auch sie hat waten müssen. Er kann sich nicht genug wundern über ihren Mut und ihre Tapferkeit, und als er jetzt den Hügel hinaufschreitet, muss er immer wieder stehen bleiben und alles in sich aufnehmen, die breite, abgemähte Hangwiese, auf der schon wieder zart und dunkel das Gras nachwächst, das Kornfeld, über das der Morgenwind weht, und die Lerchen, die singend darüberstehen. Das alles, muss er glückselig denken, ist mein. Die Kühe, die hinter dem Haus weiden, der Kartoffelacker da drüben und die Obstbäume, die so schwer Frucht tragen. Das alles hat Barbara für mich bewahrt, behütet und vergrößert. Und keinen Pfennig Schulden gemacht. Und da hat diese wunderbare Frau auch noch Angst gehabt, ich könnte nicht zufrieden sein mit dem, was sie geschaffen hat!

Aber selbst wenn es ihr nicht gelungen wäre das alte Haus so großartig instandzusetzen, den Stall zu füllen, Äcker und Wiesen wieder ertragreich zu machen, es hätte ihm nicht zugestanden ihr deswegen auch nur den leisesten

Vorwurf zu machen, denn größer als dies alles ist doch, dass sie so voller Glauben auf ihn gewartet hat.

Die Kinder laufen ihm entgegen. Er nimmt das Julchen auf den Arm, die Buben hängen sich links und rechts an seinen Mantel. Der Klausi hat bereits vergessen, dass ihm ein Traumbild zerstört worden ist. Doch mögen auch das weiße Schiff, die goldenen Borten an einer blauen Kapitänsuniform verblichen sein, die immerwache Phantasie dieses Buben erzeugt schon wieder ein anderes Bild. Und dieses Bild ist vielleicht noch heroischer: Ein unschuldiger Mann unter einer Horde von Verbrechern. Wie ein Märtyrer ragt dieser herrliche Vater heraus. Auch ohne Sterne und Goldlitzen.

An diesem Vormittag kommt die Bettina ganz atemlos angelaufen und ruft von weitem schon: »Ist es wahr, dass er da ist?«

Die Barbara wäscht gerade Salat und deutet mit dem Kinn auf die Wohnzimmertür. »Drinnen sitzt er.«

Die Bettina kennt keine Scheu. Sie fällt dem zukünftigen Schwager ganz einfach um den Hals und küsst ihn auf beide Wangen. Dann tritt sie zurück und sagt: »Gut schaust aus, Franz! Bloß ein bissel blass. Aber weil die Sonn auf der Sachingerhöh am Morgen schon um eine halbe Stunde früher da ist und am Abend erst um eine halbe Stunde später geht, schätz ich, dass du in drei Tagen schon braun sein wirst.«

»Vorausgesetzt, dass es inzwischen nicht regnet«, meint Franz scherzend.

»Geh! Für dich muss ja die Sonn jetzt ewig scheinen.«

»Hast Recht, Bettina, jetzt steh ich mitten im Licht. Ein paar Tage noch, dann ist mein Leid nur mehr Erinnerung. Die Babsi sorgt schon dafür.«

»Ja, die Babsi! Sie war immer schon die beste von uns. Wenn ich dabei an die Brigitte denk. Wie die sich ihr Leben verpfuscht hat.«

»Und doch, Bettina, jeder Mensch muss den Weg gehen, der ihm vorgezeichnet ist, auch wenn er in die Schuld führt. Ich wenigstens will keinen Stein werfen, denn ohne sie säße ich jetzt nicht hier.«

»Da hast du auch wieder Recht. Ich aber, wenn ich der Harasser wär, ich gäb ihr trotzdem zuerst eine Tracht Prügel, bevor ich sie wieder aufnähme.«

»Ja du«, lacht Franz Goreiter. »Tätest du es nicht, wärst du auch nicht die Bettina. Was treibt denn jetzt eigentlich der Bernd?«

»Ach, der! Wie eine Windfahne auf dem Dach ist er. Damals hast nichts anderes gehört von ihm als von der Schand und dass die Babsi ein strohdummes Luder wär – und gestern Abend im Wirtshaus – mein Armin hat es erzählt – hat der Bernd ganz laut auf die Gerichte geschimpft, die einen Unschuldigen verurteilt hätten. Aber so ist er eben, der Bernd.«

»Er wird sich nie mehr ändern.«

Die Bettina schaut auf die Uhr und steht auf. »Jetzt muss ich aber heim. Wenn das Essen nicht pünktlich auf dem Tisch steht, da wird er grantig, mein Mann. Komm halt einmal hinunter zu uns. Vielleicht heut Abend?«

»Kann sein, ich muss erst noch mit der Babsi reden.«

Die Barbara aber sagt: »Nein, Franz. Die Jahre der Trennung, zählen sie nicht doppelt? Mich dünkt, dass wir jetzt noch nicht unter die Menschen gehen sollten, weil für sie jetzt das Mitleid so billig geworden ist. Versteh mich nicht falsch. Die Bettina nicht, auch ihr Mann nicht, die haben immer zu mir gestanden. Aber ich kenn eine ganze Menge, die nur gehöhnt haben über meine angebliche Dummheit auf dich zu warten. Und vielleicht macht es dich glücklich, Franz, wenn ich dir jetzt sage, dass ich mein ganzes Leben lang nur auf dich gewartet hätte.« Sei streicht ihm übers Haar und entdeckt dabei, dass es an den Schläfen schon leicht angegraut ist. »Geh jetzt, Lieber, und schau, ob wir das Korn nicht morgen schon schneiden können.«

14

Um elf Uhr kommt der Postbote mit einem Brief an Frau Barbara Rumbold, Sachingerhöhe, Post Schierding.

Ein Absender steht nicht darauf, doch Barbara weiß sofort, dieser Brief kommt von Brigitte.

Es ist der Schrei eines Menschen in tiefster Not.

Nichts beschönigt Brigitte, sie findet alle Schuld bei sich allein und kann es selber nicht verstehen, dass sie um eines Irrlichts willen Mann und Kinder verlassen hat. Nun sei sie, krank an Gemüt und Seele, bei der Tante in Aibling und habe den einzigen Wunsch die Kinder zu sehen. Dass ihr von Michael verziehen werden könne, das erwarte sie gleich gar nicht. Darum schreibe sie auch an sie, die Schwester, die doch selber zutiefst im Leid gesteckt habe. »Ich nehme an«, schreibt Brigitte weiter, »dass Franz inzwischen bei dir ist. Und wenn du, liebe Schwester, noch einen Funken Barmherzigkeit für mich finden kannst, dann denke bitte, dass ich erst in tiefste Schuld hab taumeln müssen um einem Unschuldigen zur Freiheit zu verhelfen. Damit, wie ich hoffe, auch zu deinem Glück. Und das hast du tausendfach verdient, so wie ich's verdient habe verdammt zu werden. Schreibe mir nicht, was Michael alles gesagt hat und dass er mich verflucht hat. Wenn nur die Kinder niemals etwas erfahren würden von meiner Verirrung. Nur du schreib mir ein einziges tröstendes Wort. Ich brauche es um jetzt nicht zu verzweifeln. Wenn du es nicht kannst – auch das würde ich jetzt verstehen, ich verstehe jetzt so vieles – so wisse du wenigstens, wie tief ich alles bereue und dass diese Reue ewig sein wird in deiner unglücklichen Schwester Brigitte.«

Wortlos reicht Barbara den Brief an Franz weiter, der gerade vom Kornfeld mit den Worten zurückkommt, ein paar Tage könne man wohl noch warten. Und während er liest, schickt sie sich schon an sich umzukleiden.

»Was willst du jetzt tun?«, fragt Franz.

»Ich fahre heute noch zu ihr. Oder meinst du es anders?«

»Nein, fahre nur. Du musst es ja doch tun. Aber wie willst du denn hinkommen?«

Barbara bindet den Schal um. Ganz aufgeregt ist sie, sodass sie Franz bitten muss ihr das Kettchen mit dem Silbertaler im Nacken zu schließen. »Wie ich nach Aibling komme, meinst?« Wozu ist denn der Hörl Armin mein Schwager? Der kann ruhig auch einmal was für mich tun. Er braucht mich ja bloß bis zur Kreisstadt zu fahren, von dort aus nehme ich den nächsten Zug. Kommst du mit den Kindern zurecht, wenn ich grad über Nacht ausbleibe?«

»Mach dir nur keine Sorgen, ich werd schon fertig werden mit ihnen.«

Nun ist sie reisefertig, nimmt noch etwas Geld aus der Tasse im Küchenschrank und legt es in ihre Handtasche. Dann sieht sie Franz bittend an. »Hast du was dagegen, Franz, wenn ich sie mitbringe, die Brigitte?«

»Was soll ich denn dagegen haben? Schließlich ist sie doch deine Schwester und das hier ist dein Haus.«

»Das darfst nicht sagen, Franz. Es ist doch auch dein Haus. Und – freilich hat sie eine große Schuld auf sich geladen, die Brigitte, aber wenn ein Mensch die Hand ausstreckt um Hilfe, dann darf man sie nicht zurückstoßen. Also, behüt dich Gott, Franz. Ich komm so bald als möglich wieder.«

Schon läuft sie den Hang hinunter und verschwindet in dem Wäldchen. Nur einmal bleibt sie kurz stehen und überlegt, ob sie vielleicht den Philipp und das Julchen nicht hätte mitnehmen sollen. Doch dann kommt sie zu der Überzeugung, dass es so besser sei.

Der Hörl Armin tut ihr gern den Gefallen, er will nur noch schnell aus seinem Monteuranzug schlüpfen und sich umkleiden. In der Zwischenzeit hat Barbara Zeit der Bettina von Brigittes Brief zu erzählen. Zwar ist Bettina der Meinung, dass es Brigitte nicht gar so leicht gemacht werden solle, sie besteht nach wie vor darauf, dass sie zumindest eine Tracht Prügel verdient hätte, und versteht nicht ganz, dass Barbara sagt: »Prügel wären in dem Fall das Verkehrte. Wer sollte sie auch prügeln? Der Harasser könnte das nie. Was unsere Schwester jetzt braucht, das ist viel Verständnis und eine Menge Güte. Wie ein Kind, das sich verlaufen hat, muss man sie an die Hand nehmen und heimführen.«

»Ja, dann nimm sie nur an die Hand«, antwortet Bettina, die im Grunde genommen ja auch fürs Verzeihen ist.

»So, ich bin so weit«, sagt der Hörl und öffnet die Wagentür. »Steig ein, schöne Schwägerin.«

Gerade vorm Wegfahren fällt es Barbara noch ein: »Jetzt hätt ich es bald vergessen, Bettina. Um sechs Uhr musst hinaufgehn und die Küh melken. Das kann der Franz nämlich nicht. Und dann bringst das Julchen auch gleich ins Bett. Mit den Buben wird er schon fertig, der Franz.«

Auf der Fahrt hat der Hörl Armin erstmals Gelegenheit sich etwas ausführlicher mit der Barbara zu unterhalten. Diese Unterhaltung besteht aber hauptsächlich darin, dass er seine Bettina als das mustergültigste, das fleißigste und treueste Eheweib hinstellt, das es in Schierding und weit darüber hinaus gäbe.

»So was musst suchen«, lobt er. »Bloß mit dem Mundwerk ist sie manchmal ein bissel vorlaut, aber wenn man ein Geschäft hat wie wir, braucht's das schon mitunter. Was meinst, wie die manchmal die Vertreter abkanzelt! Aber die lassen es sich merkwürdigerweise gefallen. Die kennen sie schon, weißt.«

»Die Bettina war immer schon die robusteste von uns«, schmunzelt Barbara. »Was die dem Bernd oft gesagt hat, da muss ich mich heut noch wundern. Die Hauptsache ist, Armin, dass ihr glücklich seid miteinander.«

»Zu dir gesagt, Schwägerin, ich mag sie von Tag zu Tag lieber.«

»Dann ist es gut. Dort musst jetzt links abbiegen zum Bahnhof, glaub ich.«

Sie hat Glück. In zehn Minuten geht ein Zug. Sie löst die Fahrkarte, und als sie schon vor dem Zug steht, tritt sie noch mal heran. »Du musst mir jetzt noch einen Gefallen tun, Armin. Nachher rufst in Waidholzen an und sagst dem Michael, er soll morgen Vormittag zu mir kommen. Magst du das tun?«

»Als wenn man dir was abschlagen könnt! Soll ich ihm sagen, dass du zu Brigitte gefahren bist?«

Einen Augenblick zögert Barbara, dann nickt sie. »Ja, sag es ihm ruhig.«

Da fährt der Zug bereits ein.

Während der ganzen Fahrt überlegt Barbara, was sie der Schwester alles sagen will. Noch ist das Bild der von Hochmut und Stolz strotzenden Brigitte lebendig in ihr, die über die heiligsten Güter des Lebens immer nur gehöhnt hat. Es würde Barbara nicht wundern, wenn Brigitte sie auch jetzt noch in ihrer kaltschnäuzigen Art empfangen und mit ihrer von Sachlichkeit klirrenden Stimme sagen würde: »Jawohl, ich habe geirrt und bin enttäuscht worden. Aber das ist weiter kein Problem für mich. Ich werde schon fertig mit mir.«

Aber dagegen spricht der Brief. Während draußen die Gegend vorüberfliegt, nimmt Barbara ihn wieder aus ihrer Tasche und ändert ihre Meinung. Jeder Satz schreit vor Verzweiflung, bitterer Reue und Zerknirschung. Daran darf auch Barbara jetzt nicht mehr zweifeln und sie muß ihre Hände bereitwillig weit ausstrecken, damit die verirrte Seele wieder einen Halt findet.

Und in elender Verfassung trifft sie auch die Brigitte an.

Sie hält sich im letzten Winkel des weiträumigen Gartens auf, sitzt dort auf einer Bank wie eine Angeklagte, die auf ihr Urteil wartet.

»Sie sitzt schon seit Stunden da hinten«, erzählt die Tante. »Was ist denn eigentlich los mit ihr? Ist sie davongelaufen von daheim?«

»Ja, Tante. Aber ich bin gekommen sie heimzuholen. Hat sie dir denn nichts erzählt?«

»Sie redet ja kaum ein Wort.«

»Mit mir wird sie wohl reden müssen.«

Als Brigitte die Schritte auf dem Kies hört, hebt sie das Gesicht. Ein ängstlich gespannter Ausdruck kommt in ihre Züge. Dann will sie sich zu einem Lächeln zwingen, aber es wird keins, die Augen lächeln nicht mit, es steht zu viel Angst darinnen.

Barbara aber geht mit festem Schritt auf die Schwester zu und streckt ihr die Hand hin. »Grüß dich, Brigitte. Da bin ich jetzt. Deine Hand ist eiskalt, frierst du?«

»Ja, ich friere in allem. Setz dich, Barbara.«

Wie müde und klanglos ihre Stimme ist, wie die düstere Not und Verzagtheit aus ihren Augen sprechen!

Es ist eine weiße Bank aus Birkenstämmen, vor dichten Haselnussstauden. Auf schlanken Stielen leuchten in dichten Reihen Sonnenblumen dahinter, ihre goldenen Köpfe leicht geneigt. Bienen summen herum und zaubern eine leise Orgelmelodie in den stillen Nachmittag. Da sitzen sie nun und keine weiß einen rechten Anfang, bis sich Barbara dann doch zu dem Seufzer aufrafft: »Ja, ja, so geht's«

Über Brigittes Brauen zuckt es ein paarmal hin, als verspüre sie einen körperlichen Schmerz. Sie nimmt die Worte der Schwester wie einen Vorwurf und antwortet mit düsterer Entschlossenheit: »Gestern war ich nahe daran, ins Wasser zu gehen.«

Das hätte sie besser nicht gesagt. Zornröte überfließt Barbaras Stirn und hemmungslos bricht es aus ihr heraus:

»Dämliches Luder, dämliches! Als ob dann deine Schuld nicht noch größer wäre! Zuerst reißt du bedenkenlos verbotene Früchte herunter, und wenn es nicht genau nach deinem Kopf geht, dann wirst feig wie ein junger Wachtelhund, der vor einer Fliege erschrickt! Schämst dich denn gar nicht? Und an deine Kinder denkst du auch nicht! Sind zwei so liebe Zwergchen.«

»Meine Kinder? Ja, sie hätten wirklich eine bessere Mutter verdient.«

Vom Kurpark weht der Wind eine zärtliche Melodie herüber.

»Mach dich doch nicht schlechter als du bist«, sagt Barbara. »Ins Wasser gehen! So was Blödes! Du willst anscheinend alle Todsünden auf dich nehmen. Ins Wasser gehen, die Ehe brechen –«

»Ach, was weißt denn du, wie mir zumute ist, die ganzen Tage schon!«

»Nein, wie soll ich denn das wissen?«, fragt Barbara singend vor Spott zurück. »Mit mir hat es ja das Schicksal besonders gut gemeint. Mach du das zuerst einmal mit, was ich hinter mir hab. Aber der Gedanke, dass ich deswegen ins Wasser gehen müsst, ist mir in keinem Augenblick gekommen. Nein, Brigitte, verzagt bin ich deswegen nicht.«

»Entschuldige, Babsi, so hab ich's nicht gemeint. Ich bin ja so froh, dass du so schnell gekommen bist. Das hätt ich mich gar nicht zu hoffen getraut.«

»Ich kann dich doch nicht im Stich lassen«, antwortet Barbara einfach und schaut einem Eichhörnchen zu, das über den Boden huscht und dann flink am Stamm einer Föhre hinaufklettert.

»Wie soll es jetzt weitergehen, Babsi? Ich weiß mir keinen Rat mehr.«

»Ja, so seid ihr! Zuerst gewaltsam und rechthaberisch alle Seligkeiten vom Himmel reißen wollen, und wenn's schief geht, dastehen wie der Ochs vorm Berg und nimmer wissen, wie es weitergehen soll!«

»Schimpf nicht mit mir, Barbara«, jammert die Brigitte. »Bei allem Unrecht, das ich auf mich geladen hab, war auch was Gutes dabei. Durch mich ganz allein ist das Verbrechen aufgeklärt worden, und – du hast deinen Franz wieder.«

»Und dafür danke ich dir, Brigitte.« Barbara greift der Schwester unters Kinn und schiebt ihr den Kopf zurück. »Schau mich einmal an, Brigitte, und belüg mich jetzt nicht. Hast du dich mit ihm –?«

Ruhig hält Brigitte dem forschenden Blick stand. Dann schüttelt sie den Kopf. »Irgend etwas hat mich gewarnt, dass ich mich nicht ganz vergesse. Darum war auch dein Vorwurf vorhin die Ehe gebrochen zu haben nicht ganz berechtigt. Freilich, ob der Michael mir das glauben wird …«

»Das weiß ich nicht. Ich weiß bloß, dass er die Tür für dich offen gelassen und dass er den Kindern erzählt hat, du wärst im Krankenhaus. Du weißt es noch gar nicht. Die Kinder hat er zu mir gebracht, gleich an dem Abend, als du –«

»Sprich es nur aus. Als ich durchgebrannt bin, wolltest du sagen. Ja, ich weiß, so pflichtvergessen kann selten eine Frau sein.«

Eine kleine Weile sinniert Barbara vor sich hin, dann sagt sie entschlossen: »Es hat keinen Sinn, Brigitte, wenn du selber immer in deiner Schuld herumrührst. Denk lieber daran, was ich dir grad gesagt hab, dass die Tür offen steht. Der Michael umsorgt dich doch mit einer guten und starken Liebe und es wird ganz sicher wieder schön werden, für dich und auch für ihn.«

»Auch jetzt noch, meinst?«

»Ja, auch jetzt noch. Es kommt bloß auf dich an.«

Endlich hellt sich jetzt Brigittes Gesicht auf. »Babsi, wenn ich dich nicht hätte! Was soll ich denn jetzt tun? Ich nehm ja alles auf mich. Und wenn er es verlangt, der Michael, dann knie ich vor ihm nieder und bitt um Verzeihung.«

»Ich glaub nicht, dass er das verlangt. Und was du tun sollst jetzt? Zur Tante recht schön ›Behüt dich Gott‹ sagen und mit mir mit dem nächsten Zug heimfahren.«

Ein hoffnungsfrohes Aufatmen, dann sagt Brigitte – und man spürt in jedem Wort die bittere Reue mitschwingen: »Heute versteh ich selber nimmer, was in mich gefahren war. Bloß eines weiß ich, dass mein ganzes Leben nicht ausreichen wird zur Wiedergutmachung.«

»Das wichtigste ist der ehrliche Wille das alles wieder gutzumachen.«

»Ja, Babsi, den Willen hab ich!«

»Dann komm jetzt!«

In der Kreisstadt angekommen telefoniert Barbara nach Schierding, dass man sie abholen möge. Die Bettina, gerade vom Melken von der Sachingerhöhe zurück, ist am Telefon und fragt ganz aufgeregt: »Was ist's denn jetzt?«

»Was soll denn sein? Ich bring die Brigitte mit.«

»Das hab ich mir doch gedacht! Aber wart nur, der werd ich die Leviten lesen!«

Die Barbara lacht nur und hängt ein. Dazu wird sie es gar nicht kommen lassen. Bis der Hörl Armin mit dem Auto kommt, setzen sie sich ins Wartehäuschen. Die Brigitte hat seit Tagen kaum mehr etwas gegessen und verzehrt drei Paar Schweinswürstl mit Kraut mit einem Heißhunger wie ein Bettler, den man eine Woche lang überall weggejagt hat. Die Angst ist für einige Zeit aus ihrem Herzen gewichen. Barbara ist doch ein so herrlicher Halt, eine so kraftvolle Stütze. Als Brigitte schüchtern beginnen will von dem zu erzählen, was ihr geschehen ist, hat Barbara nicht viel Verständnis und sagt nur: »Das geschieht dir grad recht«, verbessert sich aber dann schnell und fügt hinzu: »Es wird dir auch hoffentlich eine Lehre sein.«

»Darauf kannst du dich verlassen.«

Dann kommt auch schon bald der Hörl. Er begrüßt die zurückgekehrte Schwägerin, von der er weiß, dass sie ihn nie gemocht hat, so unbekümmert, wie er eben ist.

»Grüß dich Schwägerin. Grandios, wie du den Verbrecher überführt hast! Wenn es dafür einen Orden gäbe, müsstest du einen kriegen! Und jetzt steigt ein, meine Damen!«

Vor dem Ortseingang bittet Barbara den Schwager zu halten, weil sie mit Brigitte den Rest des Weges zu Fuß zurücklegen will. Sie brauchen dann nicht durch das Dorf zu gehen, sondern gehen hinten herum.

Der Abend nähert sich schon. Nur die Bergspitzen sind noch von einem violetten Schimmer überhaucht, dann erlischt auch das. Ein sanfter Wind streicht von den Höhen herunter und kühlt die Stirnen der zwei Frauen, die rasch aufwärts steigen. Auf einmal bleibt Brigitte stehen. »Ich hab solches Herzklopfen, dass ich meine, mir zerspringt die Brust.«

»Gehen wir halt langsamer«, sagt die Barbara.

»Es kommt ja nicht vom schnellen Gehen, Schwester, es ist bloß, weil ich jetzt meine Kinder wiedersehen soll.«

»Die werden sich freuen. Komm nur, Brigitte!«

Ein Reh mit zwei Kitzen drängt sich aus dem Jungwald und überquert den Weg.

»Aber der Michael?«, zweifelt Brigitte.

»Der kommt erst morgen. Ich hab es ihm wenigstens so ausrichten lassen. Jetzt schläfst dich erst einmal richtig aus. Und morgen schaut dann alles schon anders aus.«

Etwas langsamer gehen sie dann weiter. Die Dämmerung sinkt tiefer, das ganze Land ist in einer stillen, andachtsvollen Verwandlung. Der Wind ist stärker geworden und die reifen Ähren im Kornfeld schaukeln leicht hin und her. Am Ende des Kornfeldes aber steht der lange Schatten eines Mannes.

In heftigem Schreck klammert sich Brigitte an Barbaras

Arm. »Schwester, jetzt musst du mir beistehen! Oder meinst, dass es der Franz ist?«

»Nein, es ist der Michael. Reiss dich zusammen jetzt, Brigitte! Das Letzte müsst jetzt schon ihr zwei allein besprechen.«

»Was hat er denn da in der Hand?«, flüstert Brigitte ängstlich.

»Einen Halm aus dem Kornfeld.«

»Ich hab gemeint, eine Peitsche.«

»Nein, es ist ein Halm. Schau doch hin, jetzt zieht er die Ähre durch die Finger.«

Barbara geht auf den Harasser zu. »Ich hab dir doch ausrichten lassen, Michael, dass du erst morgen Vormittag kommen sollst.«

Der Harasser richtet sich auf.

»Der Armin hat es schon so bestellt. Aber glaubst du denn, dass ich bis morgen hätt warten können?«

Langsam schleicht Brigitte heran. Barbara sieht, wie die Augen des Mannes aufleuchten. Jetzt brauchen die zwei mich nicht mehr, denkt sie. »Sei gut zu ihr, Schwager«, flüstert sie. »Nur mit Güte kann man ihr helfen.« Dann geht sie rasch davon, weil sie sieht, dass droben beim Hof der Franz und die Kinder bereits um den Wagen des Harasser herumstehen und warten.

Drei Schritte vor ihrem Mann ist die Brigitte stehen geblieben, in einer Haltung, als gelte es Sein oder Nichtsein der ganzen Welt, indessen es doch nur um ihr kleines, unbedeutendes Leben geht, das sie sich beinahe selber zerstört hätte.

In diesem Augenblick streckt der Harasser beide Hände weit aus, sodass sie nur hinzutaumeln braucht. Seine Umarmung ist so heftig wie nie zuvor. Brigitte hat den Kopf ganz tief gesenkt, die Scham lastet zentnerschwer auf ihr. Der Mann aber flüstert ergriffen über ihren Scheitel hin, dass sie nicht weinen solle, es sei ja nun alles wieder gut.

Da erst beginnt Brigitte zu weinen über die grenzenlose Güte des Mannes, am meisten aber über sich selber.

Nach langer Zeit, als das Schluchzen längst nachgelassen hat, umfasst Michael Harasser mit beiden Händen ihr Gesicht. »Jetzt schau mir einmal in die Augen«, bettelt er.

Und sie kann es. Sie weiß auch, was er damit meint, und bekennt ihm: »Nein, Michael, die schwerste Sünde wider dich, die hab ich nicht auf mich geladen. Wenn du mir das nur glauben möchtest.«

Er nimmt sein Taschentuch und wischt ihr die Tränen von den Wangen.

»Ja, Brigitte, ich glaub es dir. Und über alles andere – darüber wollen wir nie mehr ein Wort verlieren. Komm jetzt, die Kinder warten.«

Vierzehn Tage darauf schon halten Franz Goreiter und Barbara ihre Hochzeit in aller Stille und fern von Schierding im Gnadenort Altötting. Der Harasser und der Hörl sind die Trauzeugen. Die Brigitte aber hat es sich nicht nehmen lassen auch dabei zu sein. Weniger der Hochzeit wegen als vielmehr aus Dankbarkeit, weil alles wieder gut geworden ist.

Eine völlig andere Brigitte geht nun an den Sonntagnachmittagen Hand in Hand mit ihrem Manne die Felder entlang da und dort verweilend und von den Dingen des bäuerlichen Lebens redend und schweigend von dem, was verschwiegen sein will, damit nicht durch das leiseste Rühren an Vergangenem die Schuld wieder sichtbar werde. Denn schuldig geworden ist sie ja.

Sie lebt nur mehr für den Hof, den Mann und die Kinder. Es ist, als blühe sie von neuem auf, jetzt erst in einer wahrhaften, wirklichen Liebe, dass der Michael Harasser unwillkürlich sich fragt, ob nicht doch ein kleiner Teil von Schuld auch auf seine Schultern geladen werden müsse, weil er in der Vergangenheit versäumt hat Brigittes wirkliche Art zu erfassen. Statt sie mit hartem Willen und straffer Zucht hineinzuführen ins bäuerliche Leben, hat er in seiner Verliebtheit die Zügel schleifen lassen und hat sich immer gedacht, sie würde schon selber noch darauf kommen. Kein Mensch aber schlägt Wurzeln, wenn man ihm nicht das Erdreich lockert.

Brigittes größte Freude aber ist, dass ihr jetzt auch der alte Harasser volle Anerkennung zollt. Gerade bei ihm muss sie besonders viel gutmachen und es fällt ihr gar nicht einmal so schwer ihn zu rufen, wenn sie ihn am Vormittag über den Hof gehen sieht, ein wenig gebeugt jetzt schon und schneeweiß das Haar. »Komm doch rein, Vater! Musst denn du immer noch arbeiten?«

Dann bereitet sie ihm eine Brotzeit, dazu ein Gläschen Rotwein. Die Enkelkinder sitzen dann bei ihm und dürfen ein wenig kosten und das Glück des Friedens strahlt aus den Augen des alten Mannes, der sich auf solche Weise das Alter schon gefallen lässt. Er ist aber auch ehrlich genug am Wirtshaustisch in seiner bedächtigen Art von der Tüchtigkeit der Schwiegertochter zu berichten. »Die Brigitte ist schon in Ordnung«, kann er loben. »Wir haben sie halt alle verkannt.«

Nur einmal, so gegen Ende September, wird die junge Harasserin ganz schweigsam, fast tiefsinnig. Der alte Harasser deutet es so, dass sie wieder ein Kind erwartet. Michael aber erfasst es gleich richtig und sorgt dafür, dass Brigitte in dieser Zeit keine Zeitung mehr unter die Augen bekommt, die von dem Mordprozess gegen Matthias Schober und seine Komplizin Pia Schütt berichtet.

Auch das geht vorüber, wie alles vorübergegangen ist.

An manchen Sonntagabenden, wenn die Kinder schon schlafen, fahren sie hinüber zur Sachingerhöhe. Wenn sie nicht selber das tiefste Glück gefunden und neu errungen hätten – von Franz Goreiter und seiner Barbara hätten sie jedes Mal ein wenig mit heimnehmen können.

Als hätte der Himmel alle Gnade über die beiden ausgeschüttet, weil er sie doch entschädigen musste für alles Leid und die Tapferkeit, mit der sie ihr Schicksal getragen haben, so leben die beiden da droben auf der Sachingerhöhe. Man hatte zwar Franz vom Oberforstamt aus das Angebot gemacht seinen Dienst als Jäger wieder aufzunehmen, doch Barbara war dagegen. »Erstens«, sagt sie, »waren die damals auch so schnell bei der Hand mit der Verurteilung. Und zweitens, Franz, wie soll ich denn die viele Arbeit allein noch schaffen können? Musst doch bedenken, dass wir richtige Bauern geworden sind. Allein kann ich's nimmer bewältigen.«

Richtige Bauern. Da hat sie ganz Recht. Sie haben von der Gemeinde zwanzig Tagwerk Moorwiesen kaufen können. Und wenn dort auch vorerst noch nichts wächst als saures Gras, sie werden die Wiesen entwässern, und kaum hat Franz damit begonnen, ist er schon von einem so brennenden Ehrgeiz besessen, dass Barbara ihn zuweilen ermahnen muss: »Alles auf einmal muss nicht sein, Mann. Was heuer nicht geht, wartet geduldig aufs nächste Jahr. Nichts in der Welt kann so geduldig warten wie die Erde.«

Franz ist zutiefst durchdrungen von seiner Aufgabe und wächst in seine Sendung völlig hinein. Er sieht das kommende Korn schon auf den Moorwiesen wachsen und sich im Wind wiegen. Sein Vertrauen in den Boden wächst, diesen dunklen, fetten Boden, den er zu Frucht und Ernte bringen wird, den er einmal an seine Kinder weitergeben wird, an den Klausi oder an einen anderen Buben; denn das Glück wäre nicht vollendet, ginge nicht Barbara schwanger in den Herbst hinein.

Nach etlichen Tagen trostlosen Regens steigen noch mal wunderschöne Herbsttage auf mit einem Himmel, so blau und fein wie Seide. Kleine weiße Wolken treiben über die stolzen Berggipfel hinweg und ziehen wie die letzten Sommervögel nach Süden, in die wärmeren Gefilde.

Franz und Barbara stehen in diesen Tagen im Moor, ziehen Gräben und legen die Dränagerohre ein. So um vier Uhr herum kommt dann der Klausi von der Schule zu ihnen, sitzt unter einer der weißen Birken, deren Blätter schon goldgelb sind, und macht seine Hausaufgaben. Um fünf geht er dann mit der Mutter heim, die Kühe wollen gemolken und das Abendessen will bereitet sein. Dann müssen sie aber zuweilen schon recht lange warten, denn Franz bleibt im Moor, bis die Dunkelheit aufzieht. Dann kommen die Sterne und schütten ihr tröstliches Licht über die Erde aus. Der Mond geht auf und sieht mit seinen Augen alles, was da drunten geschieht. Auch die Barbara sieht er, die aus dem Haus kommt und dem Mann entgegengeht. Dann hängt sie sich müde an seinen Arm und lächelt glückselig, denn der Heimweg war unendlich lang und sie haben ihn erst finden dürfen, nachdem sie beide den Kelch bis zur Neige geleert haben, den Gott zuweilen für seine Geschöpfe bereithält, als ob er sie prüfen will um sie dann würdig zu finden für das Glück dieser Erde.